iHuman

成
为
更
好
的
人

高研院的四季

外一种：观察者

梁治平 著

广西师范大学出版社
·桂林·

GAOYANYUAN DE SIJI : WAI YI ZHONG : GUANCHA ZHE

出 品 人：刘春荣
责任编辑：罗　灿
助理编辑：周丹妮
封面设计：彭振威
责任技编：郭　鹏

图书在版编目（CIP）数据

高研院的四季：外一种：观察者 / 梁治平著．—桂林：广西师范大学出版社，2021.1
ISBN 978-7-5598-2896-5

Ⅰ．①高… Ⅱ．①梁… Ⅲ．①随笔－作品集－中国－当代 Ⅳ．①I267.1

中国版本图书馆CIP数据核字（2020）第094230号

广西师范大学出版社出版发行

（广西桂林市五里店路9号　邮政编码：541004）
　网址：http://www.bbtpress.com
出版人：黄轩庄
全国新华书店经销
广西民族印刷包装集团有限公司印刷
（南宁市高新区高新三路1号　邮政编码：530007）
开本：889 mm × 1 194 mm　1/32
印张：10.875　　　　字数：150千字
2021年1月第1版　　2021年1月第1次印刷
定价：56.00元

如发现印装质量问题，影响阅读，请与出版社发行部门联系调换。

作者像（莽萍绘）

目　录

001　再版自序

高研院的四季

003　学者乐园
　　　——Institute for Advanced Study 追记之一

019　学人社会
　　　——Institute for Advanced Study 追记之二

037　高研院的四季
　　　——Institute for Advanced Study 追记之三

053　追念格尔兹教授

065　从卢瓦尔河到台伯河
　　　——欧游日记摘抄之一

086 从拉韦洛到庞贝

——欧游日记摘抄之二

100 普拉亚斯，一个夏日的记忆

113 法庭观摩记

139 书缘

155 后记

观察者

159 小引：到美国去

城市

164 纽约的地上和地下

168 Baby- kisser

169 两种秩序

172 自由女神像

177 河畔公园

- *180* 感恩节游行
- *183* 圣诞节印象
- *186* 芳邻
- *190* 超级市场
- *194* 火车旅行
- *197* 一个社会，两种精神
- *201* 地铁站里的表演
- *204* 中央公园

大学

- *210* 午餐报告会
- *212* 上课记
- *216* 知识的确定与不确定
- *219* 图书馆印象
- *230* 运动
- *234* 记事本
- *239* 两所大学

博物馆

- *244* 犹太博物馆
- *247* 古根海姆博物馆
- *250* 大都会艺术博物馆
- *260* 现代艺术博物馆
- *264* "奥德赛"

人间世

- *268* "暂时脱离尘世"
- *270* 两种消息
- *273* "如此具有人性的动物"
- *276* 《双城记》
- *279* 神迹
- *281* 信仰
- *286* 圣瓦伦丁节
- *288* 观察者
- *292* 一桩未了的心愿

"故国"

- 296　中国店铺
- 298　一次诗歌朗诵会
- 300　吃亏的哲学
- 303　东方晚会
- 305　在美国读丰子恺

求书记

- 312　纽约求书记
- 317　《地平线》
- 320　《国家地理》杂志
- 324　哈佛的书店
- 329　阿瑟·拉克姆的童话世界

- 333　后记

再版自序

本书收录的，是我过去写的两本小书，一本题为《观察者》，浙江文艺出版社"学术小品丛书"的一种，1991年出版；另一本，《高研院的四季》，列入上海书店出版社的"海上文库"系列，2013年在沪上印行。这两本小书，主要记录了我两次游学美国的见闻和经历。第一次访学是在1988和1989年之间，历时七个月。第二次则是在十年之后，从1998到2001年，虽不足三年，前后却有四个年头。两次赴美访学，我的身份并无不同，然而时间有先后，时段分短长，不但经验与观感不同，心境也有很大差异。

首次赴美，时在三十年前，那时中美之间，不但政治、法律和文化方面有着显著差异，经济与社会方面的差距也十分巨大。就是"出国"一事，对普通中国人来说，也是极少数人才有的奢侈，如果不是出于特权，那就是因为"运气"。了解了这样的背景，今天的读者对《观察者》所记种种或能多一点理解，甚而不嫌其浅陋，能从中体味那个逝去不久但距我们已经十分遥远的年代。此外，读者或许还发现，此书虽名为"观察"，其实却更像是一个天涯旅人触景生情式的自白。关于这一点，《观察者》初版"小引"已有说明：

  昔日，任公先生游新大陆，欲将平日所记，纂成一册，其友人徐勤曰："凡游野蛮地为游记易，游文明地为游记难。子以尔许之短日月，游尔许之大国土，每市未尝得终一旬淹，所见几何？徒以辽豕为通人笑耳。"今日读到这一段话，心中不免惭愧。像我这样，到访只纽约、波士顿两地，而时仅数月，结识往还之人不过数十，参观游览之所不过十数，竟也下笔千言，讲述美国见闻，怕是最没有资格的了。任公先生当日曾述其理由曰："顾性好弄翰，有所感触，不能不笔之。积数月，碎纸片片盈尺矣。自一覆视，虽管蠡之见，可笑实甚，然容亦有为内地同胞所未及知者。"这两条理由，也只前一条可以适用于我。中国人睁眼看世界，总有一百多年的历史，前人游历美洲新大陆的记录与描述，也已经多得不偻指数，又哪里容得我这样的匆匆过客置喙？只是，"性好弄翰，有所感触，不能不笔之"。真要将那些"碎纸片片"付之一炬，终觉得可惜，那也是敝帚自珍的意思。

  耐着性子读了这本小书的人，大约会觉得著者这样的人，在二十世纪的中国人里面仅是少数，这种看法可能是对的。只是在有些问题上面，人数的多寡并不重要。重要的是少数人的问题是否真实，他们的思考又是不是真诚。我终于下决心把一两年前零星记下的感受整理出来，就是因为那是我的问题和思考的一部分。而我把它们记录下来，并不是要在汗牛充栋的美国研究里面再加上一种，却是想以这一种方式，重新审视我们这一代人的心路历程。自然，我说的我们这一代人，只是同龄人中很少的一部分。我正是要把这一本小书，奉献给他们。

犹忆三十年前，一个将届而立之年的年轻学子，刚刚经历了一场艰难的历史跋涉（其时，拙著《需求自然秩序中的和谐：中国传统法律文化研究》刚刚杀青），怀着对传统的温情与敬意，心中充满对文明再生的热望，只身来到大洋彼岸。他此时身心俱疲，无意于流俗所谓学术研究，只想停下脚步，歇息片刻，在一种自由、放松的状态下观看、聆听和思想。因此，这本小书记述的种种见闻和观感，纵然皆出于偶然，也都是有感而发，那些文字也因此透露出作者当时的心境、他的关切与好恶，甚而折射出造就了作者其人的那个时代的风貌。

十年后陆续写成的《高研院的四季》有一种不一样的面貌。二十年过去，中国社会变化巨大。当年初识美国感觉新鲜的许多事物，早已为国人所惯见，甚而成为其日常生活的一部分。比这更重要的，则是中国人对世界了解日深，知识日增，交往日益频繁。而作者也由不惑之年进入知天命的年龄，观照世界之际，多了一份从容。

此次再版旧籍，仍以《高研院的四季》为书名，《观察者》附之。两书对照，以见个人生活与思想变化之迹，以及时代与社会的变迁。前书晚出，只增补了欧游日记一组，他无大改动。后书调整略著，有删节，有增补，也有文字上的订正，而最主要的调整，是将全书按主题分为六篇，重新安排了原书各章。如此，或可以把作者当年的思绪更好地传达于读者吧。

如前所述，《高研院的四季》本系"海上文库"的一种，此次蒙上海书店出版社惠允，得收入本书再版。特此志谢。

2018年4月
记于西山忘言庐

高研院的四季

学者乐园[*]

——Institute for Advanced Study 追记之一

出普林斯顿大学朝向拿骚街（Nassau St.）的大门，在街的尽头拐上默瑟道（Mercer St.），步行约十五分钟，在红绿灯处向左一转，就上了那条破破烂烂的老街（Olden Lane）。老街路面斑驳，年久失修，不过，静卧在古木与老宅中间的这条旧道与周围幽深雅静的氛围到底还是协调的。也许，此地的主人有意保持这样的状态，以挽留几许旧日情趣，或者，他们是怕游客如织，破坏了这里的清幽。

走过几个街口，眼前豁然开朗，右面一大片圆形草场，绿茵中间，两列白皮梧桐辟开一条"大道"，"大道"尽头是由一座带钟楼的乔治亚式建筑率领的小建筑群。远远望去，

---

[*] 本文关于高等研究院历史的介绍参考了瑞吉斯（Ed Regis）所著《柏拉图的天空》一书（邱显正译，台北：天下文化出版公司，1992年），文中部分引文也出自该书。

钟楼在阳光下烨烨生辉，红砖砌成的楼宇庄重而典雅。转向左面，一幢幢的二层公寓，一色仿包豪斯式建筑，散落于树木和草地中间。最让人称奇的是那些纵横左右的便道小径，不起眼的小路，居然顶着响当当的名号：麦克斯韦（Maxwell），冯·诺依曼（von Neumann）……自然，最响亮的还是福德楼（Fuld Hall）前那条环绕圆形草场的路名：爱因斯坦路（Einstein Drive）。这里就是大名鼎鼎的高等研究院（Institute for Advanced Study）了。

高等研究院声名远播，据说它在欧洲的名气比在普林斯顿更大。不过，知道高研院大名的人大多对它也不甚了了。人们提到高研院时常犯的一个错误，是把它径直接在"普林斯顿大学"后面，结果，生来便睥睨傲世的高研院竟屈尊成了普大的一个部门。这也难怪，高研院太小，且地处一隅，夹在一大片高尔夫球场和更大一片森林之间，若不是在林中迷路，一般人或许还发现不了这片学者的清修之地。更重要的是，高研院的设计者和创建者从一开始就想把这里建成一个最最崇高的学术殿堂，纯而又纯的象牙之塔。如此遗世而独立，世间的令名美誉又何足道哉。

高研院建于1930年，是两位实业家兼慈善家的慷慨、远见同一位大教育家的大胆奇思相结合的产物。1929年，新泽西富商班伯格（Bamberger）兄妹卖掉生意，有意捐一笔巨款在当地建一所医学院，这时他们遇到了亚伯拉罕·弗莱克斯纳（Abraham Flexner）。这位弗莱克斯纳当真是一个教育界的

从林地望福德楼（背面）

异人。他是美国著名的大学教育改革家，对医学院的改革贡献尤大。不过，当他在"耳顺"之年得此天赐良机，能够将毕生探索得来之理念付诸实施，办一所理想的大学时，他心中想到的却不是什么医学院，甚至也不是一般意义上的大学，而是一所独一无二的顶尖级学府，一个目标单纯、旨在推进尖端知识的"学人社会"（society of scholars）。他写道："它必须是个自由自在的学人社会。要求自由自在，乃是因为成熟的人，出于知识的目的，必须以自己的方式去达成他们的目标。也必须具备单纯的环境，尤其重要的是宁静——不必受俗世的干扰，也毋须负责教养那些不成熟的学生族群。"弗莱克斯纳写这段话时想到的乃是法兰西学院和牛津的万灵学院。那是在 1929 年，当时他决计想不到，一年以后会有可能梦想成真。

班伯格兄妹首批捐献的款项约有 3 千万美元之巨，如此坚实的经济基础，足以令世间最大胆的奇想付诸实现。但这些都还是第一步。接下来须要选址建院，更要网罗贤能，礼聘大师。最后，经过一番准备筹划，院址定在美丽幽静的新州小镇普林斯顿，与著名学府普林斯顿大学为邻。不过，直到 1930 年代末院所建成、全体教职员迁入现址之前，高研院主要借用普大数学系所在的范氏馆。显然，这也是人们常常错把高研院叫成"普林斯顿大学高等研究院"的一个原因。

高研院聘请的第一位教授是爱因斯坦。请到这位物理学教宗无疑是高研院历史上最成功的举措之一。直到七十年后的今天，公众仍习惯于把高研院同爱因斯坦的名字联系在一起，径以"爱因斯坦研究院"相称。爱因斯坦成为高等研究院的象征，但这不只是因为他享有崇高声望，也是因为，他所探求的知识，以及他探求知识的方式，无不表明高研院建院的宗旨。

1933年爱氏初入高研院时，他的三位同事分别是拓扑学之父詹姆斯·亚历山大（James Alexander）、现代计算机之父冯·诺依曼和数学家奥斯瓦尔德·维布伦（Oswald Veblen）。同年进高研院的还有一批来此深造的"工作者"，他们多数获得博士头衔不久，在大学任教和从事研究，且发表过有潜力的学术论文。其中一个二十七岁的年轻人，他的名字叫哥德尔。这些人，教授和工作者，物理学家、数学家和逻辑学家，都研究高深而抽象的学问。他们探问宇宙的奥秘，大至星体，小至粒子，无不在其观照之下。不过，与普通科学家不同，他们没有实验室，也不借助天文望远镜、显微镜或者高能加速器，他们的工具是方程式，是他们的笔和脑。相应地，他们最关心的并非知识的应用，而是知识本身。就像数学家莫尔斯（Harold Marston Morse）说的那样："虽然我研究的是天体力学，但是我对登陆月球可没什么兴趣。"尽管偶有例外，这种醉心于抽象理论和纯粹知识的好尚确实表明了高研院立院之本。

要保持这样一种知识情趣，维持高研院建院宗旨于不辍，须要满足若干条件。

从林地望社科与人文图书馆

首先是经济条件。高研院虽无实验设备之需，但是建院之前的征地建屋、大兴土木，建院之后的招贤纳良、管理运作，在在都需要坚实的财政支持。而且，欲使院内研究人员心无旁骛、一心问学，丰厚的薪俸必不可少。至于那些大师巨匠，不用说更要重金礼聘，终生奉养。幸运的是，高研院自成立始，从不曾为金钱所苦，有时，问题竟是因为付酬太丰而起。当年，爱因斯坦要求年薪3000美元，弗莱克斯纳认为太少，最后以1万美元（按：约合1994年的8—9万元人民币）定案。爱氏最早在高研院的同事维布伦的年薪更高达1.5万美元，外加退休金8千美元。据说仅是这笔退休金就相当于甚至超过当时普大一些极杰出教授的全职薪水。如此优厚的薪俸为高研院带来了"高薪研究院"的雅号，自然，也曾引起院内院外的不平之声（关于高研院教授的薪俸，社会科学部教授克利福德·格尔兹［Clifford Geertz］的评语是："对凡人很多，对半神半人却太少"）。1980年代中期，高研院终身教授年薪约为9万美元，现在应该水涨船高，在10万以上了。当时全院年度预算大约1000万美元，占高研院资产的十分之一不到。而据高研院去年的报告，截至2000年年底，院净资产为3亿6570多万美元，当年各部门支出总计则是2800多万美元。

其次，研究人员应无行政与教学之累，专心学术，这正是当初创立"学人社会"的构想。高研院成立之初，曾将颁授博士学位事项载明其组织章程，但又旋即改变初衷，宣布只有已获博士学位或具相等程度资历者方可申请进入高研院。这项安排并非没有争议，但已成为定制，延续至今。当年弗莱克斯纳在解释这一改变时说："我不打算颁授博士学位，因为我不想把教职员卷入论文审核、考试以及杂七杂八的相关行政工作上。世上多的是提供学位的地方，我们志不在此，而是有更崇高的理想。"撇开其他方面不论，这一制度确实为高研院教授们节省了不少时间和精力，令他们可以专心于自己的研究和履行他们在高研院的另一些重要职责，比如指导后进、组织学术活动、确定新的研究方向，等等。

高研院终身教授人数不多，加上已经退休的荣誉教授也不过三十来人。整日在办公楼进出的，除行政人员之外，便是每年更新的研究员和访问者。这些来自世界各地的学者通常保持在一百八十人左右。说起来，最轻松自在的还是这些暂驻的访客。他们享有高研院提供的金钱、住所和一应便利，唯一的"义务"，只是在访问期间驻院。驻院有利于学者之间的切磋与合作，增强"学人社会"的群体认同。更重要的是，高研院刻意营造这种物质环境和知识氛围，正是为了给来访的学者们提供一个完全自由的环境，使他们能够彻底摆脱俗务，一心问学。生活在这样一个学者乐园当中，与大师和同侪们朝夕相处，智慧生长、学术精进，岂非指日可待？

然而，要建设一个学者乐园，还有一项条件不可缺少，那就是学者们生活和工作的物质环境。高研院最初的章程曾经载明院址应选在新泽西州纽沃克市内或市郊，幸而这一条最后并未付诸实行，否则，高研院绝不会有今日的魅力。美国的一些名校，如纽约的哥大、费城的宾大、纽黑文的耶鲁，皆因为所在城市衰落、环境恶化而面临种种问题。普林斯顿是小地方，风景秀丽，环境清幽，绝无大都市的嘈杂拥扰，但也并非偏远闭塞之所。从普林斯顿到纽约或者费城，只需一个小时，再远一点到北面的波士顿或南面的华盛顿，也只需半天时间。因此，普林斯顿的居民无需忍受现代都市病，却可以享受大都市的种种好处。自然，与普林斯顿大学为邻也很重要。两三所学术机构连在一起也能自成气候。

大环境好，小环境也要适宜。尤其是以学者乐园相标榜的地方，一定要让它的居民生活无忧、乐不思"俗"才好。自然，不思"俗"的意思不是要人做苦行僧，而是让人完全不为俗务所累。而要做到这一点，第一要解决的便是"住"。

高研院终身教授人数不多，而且长居此地，住房自然不是大问题。相比之下，每年来访者人数众多，其中多数还携有家小，这些人的住所真正是个问题。美国许多大学，尤其是在东西海岸的名校，通常无力也无意为访问学人提供住房，而这些地方从来人满为患，房价高扬。找一个合适的住所，即使是对本国学者来说，也总是一件让人头疼不已的事情。花几周时间安顿下来是常事，前后折腾几个月的也不乏其例。在这方面，高研院同样与众不同。它有自己的能容纳约二百户的公寓区，足以满足每年到访者住房之需。这些公寓设计美观，实用大方，内部设施一应俱全，不但配有全套家具和餐具，就连电话也已经装好。新人到来，即使是孑然一身，也不致有生活匮乏之虞。院内还设有幼稚园，有接送学童的校车和来往于普大和镇上的班车。每年新学期之前，有关部门会把载有详细说明的相关材料寄给来访者，让他们事先了解与在高研院生活和工作有关的详情，并帮助他们选定住所。这样，早在搬入高研院之先，这些人就已预先知道了自己新居的地址、电话号和电子信箱地址。我在美国游学数年，这种经验是绝无仅有的。

安顿下来马上要考虑的问题是"食"。高研院有自己的食堂，不过，这可不是我们在听到"食堂"两个字时通常想到的那种场所。长方形的宽大厅堂，足有两层楼高，一面连着有喷水池和白桦树的庭院，另外两面装饰有大幅的抽象派油画，还摆放着对本院具有纪念意义的铜塑胸像。这里是饭厅，也是高研院同仁们日常交际之所。此外，高研院还在这里迎来送往，宴宾客，开舞会。食堂每周五天供应早餐和中餐，外加两顿晚餐。普林斯顿是国际性的社区，小镇上有各种不同风味的饭馆和食物。不过，美食家绝不会错过高研院食堂。这里食物的丰富与精美，用美酒佳肴四个字来形容也不过分。请来访的朋友在那里用餐，肯定不会让人感到失望。

安居然后乐业。接下来便要坐办公室、钻图书馆了。凡是高研院的研究人员都有自己的办公室。教授们有自己的秘书，办公室宽大明亮。研究员的办公室自然小很多，但是电脑、电话、书橱、书桌等基本设施却也一应俱全。在我访问的

社科与人文图书馆一角

社会科学部，打印机、复印机和传真机是"公共财产"，此外，另有一间公用办公室，一位秘书为大家服务。想来其他几个部的情况也大体不差。

高研院有两座图书馆，一座设在福德大楼正中，古色古香，专供自然科学研究之用。另一座建在历史和社会科学所在的"西楼"和一片池塘之间，造型现代，专门收藏人文和社会科学文献。这些图书馆规模不大，藏书有限，但是自有特点，独具魅力。人文社科图书馆是我在高研院时常去的地方。两层楼的图书馆，设计现代，布局雅致，极舒适而亲切。二楼采光最好，书架之间摆放着宽大的书桌，地上铺着厚厚的地毯，走在上面悄无声息。与那些迷宫一般的大学图书馆相比，它更像是一座私人图书馆，属于高研院的每一个成员。没有出纳员，也没有看门人。"一周七天，每天二十四小时"，使用者可以自由出入，随意取阅（书刊），且数量不限，甚至时间也没有限制。如果不是碰巧收到图书馆应其他读者要求而发出的还书催单，很难意识到还有别人同你一道分享这座图书馆。这种经验使我了解到什么是真正自由的"学人社会"。

高研院诸同仁享有如此优异的服务，自然会戮力本业。这时应当有适当的精神调剂，益增其乐。高研院的娱乐活动多种多样，从舞会、聚餐、读书会到电影展播、音乐会和观光游览，应有尽有。而比这些更加重要的是，高研院本身就是一片无忧的田园，鸟语花香，恬淡悠然。人之所至，尽是美地，目之所及，皆成胜景。一棵树，一片草，一泓水，无不透着人与自然的和谐融洽；空中飞鸟，林中麋鹿，在在显示了这片乐土的欢乐与自在。无怪乎新到的同仁们聚到一起，异口同声把高研院说成是"天堂"（paradise）。

天堂是人人向往的极乐至福之地，但是做一个天堂居民却不一定没有烦恼。当初弗莱克斯纳请来爱因斯坦，为确保爱氏不受外界干扰，以不辱其创造伟大理论的使命，竟然常常截留爱氏往来信函，甚至代为回复。有一次美国总统罗斯福邀请爱氏夫妇参加一个在白宫举行的晚宴，弗莱克斯纳获悉此事之后，立即回电给白宫，不客气地说爱因斯坦很忙，没有时间赴白宫的晚宴。接着他还写了一份措辞严厉的信给白宫，其中说"爱因斯坦教授应聘来普林斯顿，为的是能与世隔绝，专心从事科学工作"。信的结尾说："我们绝对不可能开此恶例，免得使他无可避免地成为公众人物。"对这类事，爱因斯坦忍了又忍，终至忍无可忍，最后只好向高研院理事会提出申诉。有一则记载说，爱氏当年致信友人时，曾经自我调侃地把信封上的地址写成"普林斯顿高等集中营"。自然，这些都是旧时故事，今天的高研院要有人情味得多了。不过，话又说回来，什么问题不是因人而起呢？弗莱克斯纳早年在写给朋友的信里说要把高研院建成"学者的天堂"（a paradise for scholars），这位朋友却向他泼冷水说，这种想法可当不得真，"对一个人来说，天堂肯定是个好地方，但再加哪怕一个人，那可就要命了"。"我们还是试着认识人性吧"，这位朋友最后说,"因为我们打交道的是人,而不是天使"。弗莱克斯纳任院长职不过十年,就因为刚愎自用行事专断而尽失人心,终于在一场教授们发动的"政变"中丢了位置。实际上,高研院自建院以来,各种各样的紧张(教授与院长之间、院长与理事之间、理事与教授之间,以及所有这些人与捐助人之间)和纷争(任命之争、设系之争、薪俸之争)从未停止过。

记得一次晚会上与在高研院已经整整三十年的人类学家克利福德·格尔兹闲聊,内子说到我们都非常喜欢的高研院,随口说出"paradise"这个词。老人听了微微一笑,把这个字重复了一遍,正要说些什么,却被下面的节目打断了。后来我读到格尔兹的学术自传《追寻事实》(*After the Fact*),读了其中专门讲高研院的几页,于是明白了那个微笑的意思。

格尔兹在1970年由芝加哥大学转来高研院,很快发现自己处在一个"最不同寻常但又极为艰难"的学术环境之中。这种艰难在两年后的"贝拉事件"(The Bellah Affair)中暴露无遗。当时,格尔兹在院长卡尔·凯森(Carl Kaysen)支持下提名著名社会学家罗伯特·贝拉(Robert Bellah)为高研院教授,不料遭到各方阻挠甚至攻击。教授中早有人对经济学家出身的院长不满,对设立永久性的社会科学部不高兴。种种不满,加上以往的积怨和矛盾,借此机会一并发泄出来。提名之议演成一场公开冲突,更有人私底下串联媒体,将事态扩大。一时间,"乐园"之内的阋墙成为一些报纸的卖点,且看这些冷嘲热讽的标题:"天堂里的麻烦事","象牙塔里的内讧","奥林匹斯山上的晦日"。这场风波,据格尔兹说,几乎令高研院分崩离析。后来凯森院长虽然力排众议,强行通过了对贝拉的提名,但是饱受内心创伤的贝拉对高研院兴味索然,没有赴任。凯森院长和格尔兹教授也都感到深受伤害。自然,到世纪之交我有幸造访高研院的时候,所有这些陈年旧事都已经烟消云散,不为人知。院内各研究部门和睦相处,遇有活动,大家欢聚一堂,其乐融融。无论如何,高研院最艰难的时期已经过去,学术建制也已经牢牢确立,纵有人际之间的纠葛纷争也不足为虑。尤其是,高研院大多数研究人员来此只是暂驻,不大受校园政治影响,却最能享受这天堂乐园的种种乐趣。

当然,要在这样的地方硬挑出点"毛病"也还是可能的。天堂好处多多,只是"高处不胜寒",难免寂寞之苦。大抵携配偶同来、与家小同住的,尚不致孤独难耐,若是孤男寡女,一人独处,有时不免会觉得百无聊赖。我在高研院认识的一位单身朋友,在自然科学部作博士后研究,一住三年,到了周末便四处活动,不是去镇上"吃早茶",就是找什么地方看电影;这个月去参加本地一个朋友的生日聚会,下个月到邻州另一个朋友的婚礼上充摄影师。自然,有机会他也会把天下豪杰拉来高研院,先在大饭厅聚餐神聊,然后到他在林边的住所玩猜字游戏。他是非常出色的青年,研究很前沿的超弦理论。像前辈爱因斯坦一样,他也不靠实验设备,只用纸、笔和脑（现在加上了电脑）。6月的某个中午，我看见他跨卧在图书馆前的石条上，竟似睡着一般。事后问他，他说原来是坐在那里思考，想着想着就躺了下去，觉得那样更舒服一点。我看着他，心想他躺在石条上究竟是睡过去了呢，还是真的在闭目凝思。也许，睡与不睡没那么大区别，反正他当时是在神游太虚。

学人社会

——Institute for Advanced Study 追记之二

8月间，在圣克鲁斯（Santa Cruz）风景如画的度假地查米纳德（Chaminade），遇到台湾"中央大学"的单骥教授。闲谈中，他知道我下月将赴普林斯顿地方的高等研究院访问，顿时肃然起敬。他告诉我曾读过一本专门介绍高研院的著作，对那里心仪已久，还说回台北后要找出那本书来寄给我。

到高研院不久便收到单君寄来的书。原书题目是 *Who Got Einstein's Office?* 下面还有副题：*Eccentricity and Genius at the Institute for Advanced Study*。如果直译，可以译成"谁得到了爱因斯坦的办公室？高等研究院的奇才异士"。中译者揣摩原意，把书名译为《柏拉图的天空：普林斯顿高研院大师群像》，倒也贴切。的确，高研院那些"半人半神"的科学家们一直生活在柏拉图的天空之下，对他们来说，可以感觉经验的世界充满谬误，真实的世界反而遁于无形，而他们冥思苦想、孜孜以求的，正是隐匿于混沌之后的抽象真理。把"eccentricity and genius"译为"大师"也不错。自高研院建院至今，总有十几位诺贝尔奖得主曾经是其教授和研究员（faculty and members），数学界与诺贝尔奖齐名的菲尔兹大奖（Fields Medal）的获得者，一半以上也是出自这一群体。称他们为大师并不为过。不过，"大师"这个译法虽含尊崇，却漏掉了原书副题中包含的"奇、异"之意。实际上，科学大师有异于常人的想法和做法，原本不足为奇，而书中对从爱因斯坦到威滕（Witten）的"奥林匹斯山诸神"的描写，也不乏对个性与生活细节的刻画，读来引人入胜。不过，公道地说，这本书其实只写了半个高研院，而且基本上是科学家们眼中的高研院。高研院的另外一半要"世俗"得多，因为它眼中所见和心中所想的尽是人间情事。这也许令其事业不如那另一半的来得那么纯粹和崇高，让人望而生畏，但这丝毫不能减弱其重要性。

高研院现有四个部系（school）：自然科学、数学、历史学（Historical Studies）和社会科学。虽然高研院成立于1930年，目下这一格局却直到1970年代才最终得以确立。这期间围绕各部系名称和建制有过无数试验、争论甚至冲突。较早的政治经济学部后来彻底消失；科学部历经痛苦之后一分为二，成为现在的数学部和自然科学部；人文学（Humanistic Studies）部则更名为历史学部。社会科学部最为晚出，也最是

"难产"。著名的"贝拉事件"几至动摇高研院的根基,前文已经述及。此事与社会科学部的成立直接有关,容再补充几句。

1966年,任高研院院长已经十九年的大物理学家奥本海默卸任,接替他的是经济学家卡尔·凯森。在科学家眼中,经济学是一门可疑的学问,其科学性大可怀疑。据说当时院里的评审团在看到凯森著作的目录后都傻眼了。数学家维尔说:"我想他的论文写的是一家制鞋工厂。"这时不但埋下了不信任的种子,科学的傲慢与偏见也初露端倪。在后来的"贝拉事件"中,数学家们不仅把社会学家贝拉的工作贬得一钱不值,对经济学家凯森的判断力也大加攻击。在一部分教授看来,凯森作高研院院长根本不称职。不过,人们现在可以肯定,凯森院长在位期间对高研院的发展至少有两大贡献。首先,他筹措巨资为高研院盖了新的餐厅和办公楼。此举的意义远不只是扩展了原有的空间,而且是改变了高研院的面貌,提升了高研院的精神。原来,本院创建人弗莱克斯纳对于物质环境并无特别措意,建筑之设计皆以实用为主要考虑。凯森则不仅考虑实用,更注重美学的效果。他主持完成的建筑,虽然每平方英尺造价在当时居全国之冠,但都是获奖精品,它们为高研院上下带来的乐趣和满足,远远超出当初在金钱上的耗费。其次,凯森到任不久即延聘人类学家克利福德·格尔兹到院,意在创立永久性的社会科学部,后来虽有"贝拉事件"令其意图受挫,社会科学部最终还是在高研院争得一席之地。1974年,经济学家阿尔伯特·赫希曼(Albert O. Hirschman)成为社会科学部的第二位教授,政治理论家迈克尔·沃尔泽(Michael Walzer)和社会历史学家琼·瓦拉赫·斯科特(Joan Wallach Scott)也在1980年和1985年先后成为高研院社会科学部的教授。《柏拉图的天空》的作者瑞吉斯认为,在硬件方面,是凯森把高研院带入20世纪。"凯森离开十年后,"瑞吉斯写道,"在他手中奠基的建筑物已成为校园内的珍宝,社会科学系虽小却很有朝气,倒是高研院的粒子物理每况愈下,年轻的临时成员虽殚精竭力想挽回失去的荣耀,却是力有未逮。在狄拉克、鲍立或奥本海默之下,显然还悬缺无数空间有待填补,有待急起直追。"([美]瑞吉斯:《柏拉图的天空》,第343—344页,丘显正译,台北:天下文化出版公司,1992年。以下援引此书只注作者名)

到社会科学部后碰到的第一位教授是赫希曼。那是在9月初,教授们尚未正式上班,绝大部分研究员也还没有到院,整栋办公楼里难得见到一人。在一个安静的上午,我在办公室外面的走廊里与一位老人不期而遇。开始,我错以为他跟我一样是来访的研究员。问他来了多长时间,他说二十五年。看到我吃惊的样子,他指指我斜对面的办公室,慢吞吞地告诉我说他是阿尔伯特。我也真是蠢得可以,高研院取人纵无年龄歧视,请一位八秩老翁来作访的可能性毕竟微乎其微,而我竟迟钝如此,问他是谁,来了多久。阿尔伯特1915年生于柏林,在欧洲多所大学受过教育。1941年到1943年,他在加州大学伯克利分校作洛克菲勒学人,此后多数时间是在美国的大学教书和研究。1974年转来高研院前,他已在哈佛大学任政治经济学教授凡十年。阿尔伯特的专长是发展的政治经济学,他对于南美国家政治经济发展的研究尤为著名,并因之获得许多荣誉。不过,阿尔伯特并不只是区域研究的专家,他甚至不是通常意义上的经济学家。他兴趣之广泛、思想之敏锐、学识之广博,足以当得起思想家的称号。1970年由哈佛大学出版社出版的《退出、呼吁与忠诚》(*Exit, Voice, and Loyalty*)早已跻身于政治理论经典之林,此书引证率极高,亦可表明其被阅读的广泛。七年后在普林斯顿大学出版社出版的《欲望与利益》(*The Passions and the Interests*)是一部思想史的杰作,其对于资本主义兴起的解释,在马克思和韦伯的理论之外另辟蹊径。后来一位书评作者在评论阿尔伯特的另一本书时说,阿尔伯特·赫希曼属于那种有时会被误认为不只是一个人的杰出学者,有一个政治理论家的赫希曼,有一个思想史家的赫希曼,还有一个制度论者的赫希曼,欧洲重建和第三世界发展之实践者的赫希曼,外国政府顾问的赫希曼……自然,"他们"其实是同一位赫希曼,此刻正与我相对而谈。看着眼前这位身体弯曲行动迟缓的老人,我一时感慨良多。

  阿尔伯特的办公室就在我办公室的斜对门,很巧,他的住宅同我在高研院的寓所之间也只有一小片草地,可以隔窗相望。早饭后常见他踽踽走过我寓所门前的那段"老街"向办公室方向去。有一次与他同路,问他是不是还在写书,他说:"写书?不,我已经写了太多的书。"他说这话的时候,已经出版了十四本英文著作和多部其他语种的著作,这还不算大量的论文。一个人写了这么多著作,而且是如此优异的作品,的确可以歇息一下了。1985年,阿尔伯特在高研院社会科学教授任上退休,任社会科学部荣誉教授至今,而在他荣休十五年之后,高研院正式设立了"阿尔伯特·赫希曼教授讲座"。阿尔伯特生平获得荣誉无数,这大概是最近也是最有纪念意义的一项了。

到高研院之后拜访的第二位教授是克利福德·格尔兹。其实,在正式拜见这位名满天下的大学者之前几天,先已在走廊里同他打过照面。再早几年,因为组织翻译他的大作《地方性知识:事实与法律的比较透视》,同他还有过一次书信往来。对后面这件事,我猜他多半已经不太记得,但是因为这段前缘,我心里对这位面色红润、须发皆白的人类学家却更多一份敬重和亲切。

所谓正式拜访,不过是在约定时间到他在走廊另一端的办公室内同他见面,简短地交谈几句。所谈的内容都是初次见面时要说的话,自然,我也提到几年前蒙他惠准同意翻译他作品之事,并再次向他表示感谢。谈话中也问到他手边的工作,知道他仍在整理一些论文,而且当时正有一本集子即将出版。就在下一年我离开高研院之际,这本题为《烛幽之光:哲学问题的人类学省思》(*Available Light*:*Anthropological*

Reflection on Philosophical Topics）的文集由普林斯顿大学出版社出版了，这应该是他最新的著作吧。像阿尔伯特一样，克利福德也是著作等身。不过在本部的几位教授当中，克利福德·格尔兹的名字在中国传播最广，这固然是因为十余年来一直有学者以不同方式把他的学术思想介绍到汉语学术界，他的两部重要著作，《文化的解释》和《地方性知识：阐释人类学论文集》，也在近年被译为中文，而同样重要的是，他确是20世纪最具原创性和影响力的学者之一。他所倡导和实践的阐释人类学对思想学术的贡献远远超出人类学的范围，而渗入到文化研究和社会科学的诸多领域。当年凯森院长请他到高研院，委之以组建社会科学部的重任，可说是独具慧眼。一位在耶鲁大学拿了人类学博士的朋友知道我在高研院，可以每天见到格尔兹教授，流露出十分羡慕的神色。他说那里（高研院）是人类学的圣地（自然是因为格尔兹的缘故），又告诉我说有学生见到格尔兹教授会激动得吻他的手。这类故事未免夸张，不过与一般流传的关于高研院的种种说法如"天堂乐园"、"奥林匹斯山"、"半人半神"、"（物理学）教宗"等也不至相去太远。其实，克利福德是像我们一样的普通人，跟他谈话会发现他随和，善解人意。第一次见面不久，他把一本新到的人类学杂志放在我的信箱里，并附了一张便笺，说我可能对这本杂志里的一篇文章有兴趣，同时他也没有忘记嘱咐我阅后把杂志还他。2000年学年终了，克利福德应聘到高研院已整整三十年，他就在这一年正式退休，像阿

THE INSTITUTE FOR ADVANCED STUDY
PRINCETON, NEW JERSEY 08540

SCHOOL OF SOCIAL SCIENCE

Dear Zhiping

This, which has a symposium on law in China just arrived & I thought you might like to see it. Please return when you are finished (no hurry)

Cliff

格尔兹教授写给作者的便笺

尔伯特一样成为本院荣誉教授。相信不会太久，在他工作和生活了多年的这个地方，也会有一个以他的名字命名的讲座。

琼·瓦拉赫·斯科特是社会科学部教授中唯一的女性，她性情开朗，健谈，有女性特有的活力。到高研院之前几个月就已同她有过"接触"，因为她担任本院1999—2000年度学术执行主席，这一年有幸获本部接纳的申请人都曾收到过以她名义发出的带来"好消息"的信函。因为同样的缘故，大家到高研院后同她的接触也更多一些。琼于1985年被任命为本部的教授，之前，她是布朗大学的讲座教授，并主持一个妇女研究中心。琼在高研院的头衔是"社会科学教授"，其实她的本业是历史，确切地说是法国近代史。她著有和编有著作多种，大多与妇女问题、性别研究和女性主义有关。说来惭愧，琼的书我一本也没有读过。后来在哈佛访问期间买到她1998年的一本新书：《进退维谷：法国女性主义者与人权》(*Only Paradoxes to Offer：French Feminists and the Rights of Man*)，虽然至今仍未得暇细读，但有这一本书在手边，常能拿起翻翻，感觉十分亲切。

迈克尔·沃尔泽比琼早五年到高研院，他和克利福德一样是在哈佛拿到的博士学位，同阿尔伯特一样来之前是哈佛的教授。不过，他的研究领域是政治理论和道德哲学，他所讨论的问题，如政治义务、战争、正义、民族主义、族群问题、福利国家、社会批评等，大多敏感而且现实，容易激动人心，激发论辩。如他几位同事一样，迈克尔著述甚丰，影响甚大。1977年出版的《正义与非正义战争》(*Just and Unjust Wars*)诚为当代讨论战争之道德性问题的经典,也为作者赢得杰出政治理论家和道德哲学家的声誉。1983年出版的《正义诸领域》(*Spheres of Justice*)是迈克尔的另一部重要著作。这本书的主题,正如其副标题"为多元主义与平等一辩"(*In Defense of Pluralism and Equality*)所表明的那样,是阐述和主张一种基于平等理念的多元正义观。此书出版引起的批评与它所获得的赞誉一样多,然而即使是批评者,也都承认这是一部对正义理论有重要贡献的著作。迈克尔后来所写的东西,许多是针对围绕本书的批评展开,而他持守平等、多元和宽容诸原则的初衷则未稍改。我在高研院那一年,迈克尔除继续其关于宽容和多元主义的研究之外,还从事一项关于犹太政治思想史的合作研究,在我离开普林斯顿前后,这个项目的第一部分已经完成出版。

也许是因为"社会科学部"本身名称的缘故,本部四位教授的头衔都是"社会科学",而实际上,他们的研究领域相当不同。有什么是这个小小的学术群体所共同分享的呢?我注意到,本部与哈佛大学似有一种特殊关系。克利福德和迈克尔都是哈佛的博士,阿尔伯特和迈克尔到高研院之前都是哈佛的教授,而最近被聘来本部的埃里克·马斯金(Eric Maskin)则不但是哈佛的教授,他所有的学位,从学士到博士,都是在哈佛拿到的。当然,这些多半是巧合。另一些共同点可能更值得注意。比如,他们虽处理不同主题,但都注重历史实例和生活细节。克利福德治人类学、琼治历史学就不必说了,阿尔伯特的方法不是建立数学模型,迈克尔的路子也远非哲学思辨。实际上,这四位教授治学的方法确有某种共同之处,而这一点富有深意。克利福德事后回顾说,在进行各自的研究之外,尚有许多事情需由这些终身教授决定,而其中最重要的,便是如何把一个规模极小且并不特别具有代表性的学术研究与它应当使之丰富的"国际社会科学"的庞杂理念和活动联系在一起。因为不可能把现有学科全部搬来这个小小的学术机构,所以必须在社会科学研究中找到一种特定角度、方式、出发点或曰视界。不过在另一方面,若不想这一事业变得狭隘、孤立、自说自话、不着边际,也须要把它同当下的发展,即社会科学的一般问题、趋势和成就联系起来。换言之,选择一个路子,既要足够独特而与众不同,又要足够开放而有超出其自身的影响。这是一种两难。最后,采取的总的方向基本上是"解释的"。这个路子,在克利福德看来,不仅是他自己过去所尝试且现在仍然坚持的,而且也是他的几位同事以其他方式、在其他学科、于其他背景下所遇到的。他这样写道:"我们并非对所有事情都看法一致。我们兴趣不同,面对的问题也不同;不过,对依自然科学面貌塑造社会科学的做法,对一味追寻规律的普遍性方案,我们无不心存疑虑。我们所追求的,毋宁是发展一种研究的概念,其核心是分析社会行动对于行动者本身的意义,以及赋予这些行动以意义的信仰和制度。具有语言禀赋并且生活于历史中的男男女女,无论结果好坏,拥有各种意图、想象、记忆、希望、情绪以及激情和判断,这些东西对他们行事和行事的原因绝非无关紧要。想只根据力量、机制和驱动力这些被置于封闭的因果系统中的客观变量来理解他们的社会与文化生活,这种努力恐怕不会成功。"(Clifford Geertz, *After The Fact*, Harvard University Press, 1995, pp. 126-127. 以下援引该书只注作者名)克利福德坦承,社会科学部同仁欣赏的这种"解释的"态度并不代表社会科学研究的主流,但在他看来也不是与之正相反对。毋宁说,"它把研究者置于某种偏离主流并且向它提问的角度:警觉、不断发问、不守正统"(Geertz, p. 128)。这种理论姿态甚至也表现乃至影响于实质性的方面。一般地说,社会科学部诸公皆认同自由主义的基本价值,但是体现于比如性别研究、多元主义和解释学立场中的自由主义,显然与主流的自由主义有别。在这里,他们同样秉持一种警惕的、提问的和不守正统的立场。

作为制度化的学术建制,高研院及其社会科学部无疑代表当代学术主流,但是社会科学部诸公自觉采取了一种边缘立场。这种现象耐人寻味。不过,就在去年,本部有一次重要的人事变动。在这一年,克利福德正式退休,"赫希曼讲座教授"也已经设立。春夏的学期即将结束之际,工人们在社会科学部办公区进进出出,开始清理一间新的办公室。这间办公室的主人埃里克·马斯金,另一位哈佛大学经济学教授,将是高研院第一任"赫希曼讲座教授"。对这位新来的经济学家，我几乎一无所知，只知道他涉猎广泛，在经济理论的诸多领域都有贡献。不过从作品目录上看，他多半不是阿尔伯特那种老派经济学家，不大会写《欲望与利益》或者《反动的修辞》（*The Rhetoric of Reaction*）那类极富人文趣味和"解释性"的作品。毕竟，像今天大多数经济学家一样，他讨论问题的方式更像是科学家。这一改变对于高研院内这个小小的知识群体究竟意味着什么，恐怕还需要拭目以待。

不管所研究的领域是什么，也无论采取的立场怎样，凡能够被高研院聘为终身教授，成为这个小小精英群体中一分子的，即便不是学术界公认的大师巨匠，肯定也都是功成名就、独当一面的杰出人士。不过，在高研院设立若干永久性的位置，据克利福德所见，并不只是为"二十或者二十五个据说天资过人的人物提供一个机会让他们随心所欲地做他们想做的事情"，更是要建立和维持一种令学术能在其中得到发展和繁荣的智识环境。因此，在他看来，每年大约一百八十名研究员来到高研院从事这样那样的学术研究才是整个事情的核心。（Geertz, p. 126）

这一百八十名研究员来自世界各地，是由各部系教授们从大约一千五百名申请者中遴选得出。瑞吉斯说要加入这个人文荟萃的菁华圈殊非易事，就好比少林和尚要通过十八铜人阵的考验，只有真正出类拔萃的菁英才能入选，所言大体不差。（瑞吉斯，第9页）不过，各部系、学科情形不同，取人时的具体考量也不尽同。比如，数学、物理两科博士后较多，研究年限也较长，最长的项目可达三五年；而在人文社会科学方面，差不多所有研究员都在其他学术机构有正式职位，而他们在高研院访问的时间通常为一（学）年，短的则不过一个学期。高研院立院至今七十年，接纳的客座研究员有五千之众，他们来自五十多个国家。这一点颇可表明高研院的国际性。

在高研院的四个部系当中，社会科学部规模最小，在任教授不过三人，每年的客座研究员则在十五到二十人之间。不过，历年来访的研究员累计起来也有二三百之数，这其中，不乏中国读者熟悉的名字，如政治哲学家罗尔斯（John Rawls）和泰勒（Charles Taylor），社会学家本迪克斯（Reinhard Bendix）、布尔迪厄（Pierre Bourdieu）和斯考切波（Theda Skocpol），历史学家蒂利（Charles Tilly）等。1972到1979年间，科学史家和科学哲学家库恩（Thomas Kuhn）每年有半年时间在此，创下多次出入高研院的记录。在他之前，历史学家汤因比（Arnold Toynbee）也曾在高研院数度进出，但那时还没有社会科学部之设。我在高研院的1999—2000学年，社会科学部有研究员（member）十六人，访问者（visitor）三人，其中女性九人，亚裔三人，非洲裔一人，分别来自德国、以色列、澳大利亚、美国和中国，专业则包括哲学、历史、文学、人类学、社会学、政治学、法学等。

研究员的义务，载明文献的只有两项，一是在访问期间驻院，二是要从事自己的学术研究。这差不多等于说，来此访问的学者可以"为所欲为",而无须承担任何义务。虽然偶有例外,研究员们并不把驻院视为负担,他们显然更乐于享受这个"学者乐园"为他们提供的种种便利,尽量延长而不是缩短在高研院居住的时间。尤其是在历史和社会科学两部门访问的学者,对他们来说,能够暂时地摆脱教务和一应俗务,在此专心研究或著述,这样的机会弥足珍贵,而在他们的生活中,实在也很难找到其他东西比读书问学更有吸引力了。倒是另外一些安排更应被叫作"义务",而其中的"午间报告"一项甚至让人有点紧张。

正如弗莱克斯纳当初设想的那样,"学人社会"由成熟而自立的学者组成,大家独立从事各自的研究,没有指导,也无需汇报,更没有考核。不过,也许正因为如此,就更有必要为大家提供一些交流的机会。"午间报告"便是各种交流形式中稍具正式性质的一种。所谓"正式",只是相对而言,其实,这种制度本身是相当随意的。社会科学部的"午间报告"定在每周四的12点半到2点(历史部安排在周一中午),主讲者均系本部学者,报告题目自选(内容通常与主讲人目下的研究有关),事先公告,听众则主要来自本院和毗邻的普林斯顿大学。报告厅与餐厅相连,到报告时间,大家端了托盘,在报告厅找个座位坐下,一面进餐,一面听讲。这种形式实在说不上怎么正式,不过,整整一个半小时的报告,形形色色的听众,各式各样的问题,的确够主讲人准备的。我的许多同事,即使已经在大学执教有年,经历过多次的求职面试、报告讲演，在这种场合也都不敢懈怠，无不全力以赴、精心准备，有的甚至事前请其他同事来听其试讲，足见这个报告会在大家心中的分量。

除每人轮一次的"午间报告"外，本部的另一"集体项目"是双周讨论会。与午间报告会不同，讨论会并不向外公开，参加者只限于本部学者。而且，讨论会有一个大的主题，由本部教授事先议定，作为整个学年的议题。每次讨论的题目，多少与这一主题有关。讨论会也有报告人，但因为有关材料事前已发给每一位参加者，报告时间便只有一二十分钟，剩下的时间都用来讨论。又因为不向外界公开，讨论会的组织也更随意。最初，参加者选自己已经发表过的东西来讨论，轮过一遍之后，讨论的题目便扩大到更大范围。1月底一个大雪纷飞的下午，我们讨论了苏珊·奥金（Susan Okin）颇受争议的新著《多元文化论对妇女有害吗？》（*Is Multiculturalism Bad for Women?*）春天第一次剪草后的那次讨论，读的是刚刚在普大出版社出版的《一个达尔文左派》（*A Darwinian Left*），其作者彼得·辛格（Peter Singer），备受争议的伦理学家，也被请来参加讨论。这种关起门来的讨论，规模既小，形式也更灵活，有助于讨论的深入。遇到敏感的话题，大家各执一端，机锋相接，那种场面是"午间报告"时见不到的。

集体性学术活动就是这些。自然，这里说的只是社会科学部的情况，其他部系的情况应该大同小异，不过，因为它们人数更多，专业更细，要组织类似本部"双周讨论"那样的活动也就更难。比如与本部最接近的历史研究部就没有全体参加的讨论会,虽然它也有每周一次的"午间报告",但显然不能每人轮一遍。它的活动更多是按专业来组织,日常交流也多在专业小群体内进行。1999—2001年度,加州大学洛杉矶校区(UCLA)的本杰明·艾尔曼(Benjamin Elman)教授任高研院历史研究部的"梅隆访问教授"(Two-Year Mellon Visiting Professor),在任期间,他在院内聚集了一小群汉学学者,并且举行了若干次专题研讨会和较大型的学术会议。这虽然不算是常例(历史研究部向以希腊、罗马、中世纪以及艺术史方面的研究为重点,延请艾尔曼教授则表明其有意开拓新的研究领域),但也可以表明历史研究部活动的一般方式。此外,每学期在全院范围内也有系列讲座,主讲人通常是院内教授团的成员。这种讲座非为专业人士而设,因此也向社会开放。

高研院号称"学人社会",除隐含了一种精英意识(高研院倒是从不讳言这一点)之外,还可能给外人一种错觉,以为这个小社会里的成员都彼此相熟。事实上,许多人虽然在餐厅相邻而坐,却可能"老死不相往来"。格尔兹说:"高研院并不是知识分子俱乐部;像是我在那儿和哥德尔谈论不完备定理,他和我说爪哇宗教。其实压根儿不是外界所想的那么一回事。"(瑞吉斯,第363页)常驻的教授们如此,临时来访的学者之间也就可想而知了。其实,并不是高研院的居民个个孤傲封闭,实在是因为不同专业之间沟通不易,而大家也太忙。学年伊始,格尔兹向部内同仁发出一份备忘录,力荐数学部教授罗伯特·朗兰兹(Robert Langlands)的系列讲座"数学实践"(The Practice of Mathematics),但好像响应者寥寥。后来,本部一位人类学家出面,组织大家每周五同科学家们围坐一桌共进午餐,办过两次之后也就不了了之。实在说,大家对同行之间的交流要热心得多,而且这种交流从来不限于高研院内部。不过在另一方面,高研院确实称得上是一个"学人社会"。在大学访问,你可以去上课、听讲演、参加讨论、约见教授、同学者交往,但却不大可能改变自己的局外人角色。在高研院则不同。这是一个很小的群体,而你是其中的一员。中午时分,同事们陆续走出各自的办公室,进入餐厅,端着食物在属于自己那一小群的餐桌就坐。席间的闲谈通常与学术无关,但却是同事之间交换看法和联络感情的有效途径。自然,这一时刻也是约见朋友或与同事个别谈话的好时机。而下班之后同事之间的走动,更让人感到一个自己隶属于其中的小群体的存在。

作为一个名副其实的"学人社会",高研院在当今世上无数高等学府和学术机构当中确实别具一格。在普通人眼里,它超凡脱俗,近乎神秘,而在圈内,人们对其功过得失评说不一。但是无论如何,在建院七十年之后,这个"学人社会"不但依然富有生机,而且赢得了许多赞赏和尊崇。

2001 年 11 月 28 日
写于北京万寿寺寓所

高研院的四季

——Institute for Advanced Study 追记之三

8月底住进高研院时,新学年尚未正式开始,这段时间正好用来熟悉周围的环境。探险从寓所门前的"老街"延伸到拿骚街和普大校园,从办公室、图书馆深入到林中小径。不数日,我与内子俨然已成了这个幽静社区的一分子,有了自己最喜爱的景点和散步路线。

出寓所前门,穿过"老街",沿爱因斯坦环路走几步,在到达福德楼之前向左一拐,穿过一道小小的红砖门,就到了福德楼的后门。花圃之间的那条红砖甬道直通西楼和饭厅,不过,既然不是去上班,不妨在甬道中间就直接转上左边那一大片草地,踩着厚厚的草甸直下漫坡,奔幽幽的一大片树林而去。自然,在进到那片林木之前,一汪碧水会止住你的脚步。天气好的时候,这里总少不了遛狗的人。通常,狗的主人会捡起一截树枝,奋力向池中一扔,狗儿们便奋不顾身跃进水中，抢了树枝咬在嘴里，游回来交到主人手上，游戏的第一个回合结束，然后是第二个回合……绕过池塘，沿林边小径慢行，五分钟后在一处小小豁口转出去，走上小坡，一片巨大的草场就在眼前展开。放眼望去，草场中央孤零零立着一棵老树，而在被默瑟道隔开的草场另一端坡顶，石柱高耸，一排残破的门柱像是在展示一段辉煌悲壮的历史。1777年1月3日，华盛顿率军在此大败英军，从此扭转颓势。当时一位义军军官就战死在草场中央的树下，如今，老树犹在，英魂早逝。人们辟出此地，立柱造墓，镌刻诗句其上，纪念当年战死的美英将士。这片名为"战场"（Battle Field）的大草地与高研院只一道树墙之隔。如果不想原路返回，就在靠近默瑟道的一段找个藤木稀疏的地方钻过去，趟过离离蒿草，就上了通向爱因斯坦环路的麦克斯韦小道。以后有朋友造访，这也是我们引领参观高研院必走的一条路。不过，平日散步，我们更多是在高研院内，或倘佯于林、池之间，或沿爱因斯坦环路绕福德楼前的大草场徐行。看惯了的景致其实并不单调，冬去春来，各有情致。

秋

那一年夏天，美国东部奇热，持续的高温干旱，焦黄了草儿。9月初，暑热将去，空气中弥漫了湿热的气息。我和内子像两个快乐的孩子，每到下午便出发到树林里去探奇揽胜。

有人曾说，美国的大学即是一座伟大的运动场附设一个小小的学院。可以把这句话改一下来说高研院：高研院是一大片森林附设的一个小小的研究院。高研院占地八百英亩，其中，"高研院森林"（Institute's Woods）就有五百八十九英亩。森林从校园向南、东、西三个方向延展，一望无垠。林中小路纵横，曲径通幽。据说当年华盛顿在与英军决战前也曾在此行军露营，如今，这一切已经了无痕迹。我们踏着枯枝败叶在林中觅路，每天都有新的发现。

从正对福德楼后门的树林，一路向南穿过密林，会到达一条弯弯曲曲的小河。河上有桥，铁索相连，横木其上。这里离纽约不过一小时车程，距现代科学中心也只有一箭之遥，但却人迹罕至，有如世外。栈桥悠悠，流水无声。一时间不知身在何处。换一种走法。先向西，再折向南，走不到十分钟，左边豁然开朗，有一片蒿草没膝的长方形空地嵌在林中。地中间一块隆起的地基，让人想到以前不知什么时候那里可能立着一座屋宅。这样一想便注意到，脚下青草覆盖之下，两道车辙隐约可见。这条青草凄凄的小路原来也宽可容车。顺这条弃道走不远，道路渐宽，右面居然是大片的玉米地，转过一个弯，左边有大片的高粱地。玉米橙黄，高粱暗红。奇怪的是无人前来收获，好像任由它们自生自灭。路边一栋二层木构，斑驳腐朽，显然已经被人废弃多时。太阳西斜，虽然不再灼人，依然耀眼逼人。用手遮阳望过去，庄稼地从树林的边缘向西延伸，直到远处车窗闪耀的公路。这里没有林中的阴湿、寂静和神秘，而是充满阳光、富足与恬然。

"高研院森林"原来并不属于高研院，而是由十数位当地人士各自拥有。这座新州南部最著名的森林今天能够连成一片，是因为这些人士的慷慨捐赠之故。前数年，高研院申报当地政府，将这片森林正式辟为自然保护地，永不开发。如今，捐赠者的姓名和这段故事被镌刻在石板之上，列于林间空地让游人阅览。我和内子以为，一定有一块更大的石碑，记录高研院最初的捐赠人班伯格兄妹的善举。但我们什么也没有发现。最后还是因为得人指点，终于在距林池不远、正对福德楼后门的森林入口处，找到那块遍寻不得的石碑。石碑小而质朴，高不过膝，立于路边草丛之中，丝毫不引人注目。简洁的碑文，也如那块石碑一样，朴实无华：

纪　念

路易斯·班伯格先生和卡罗琳·班伯格·富尔德夫人

他们的慷慨和远见使得高等研究院成为可能

9月里，学者们陆续到达，院内各部门也已开始工作。不过，因为没有学生，高研院的新学期不像一般大学那样紧张和忙碌。各部系的第一次学术活动大多安排在9月的最后一个星期。院内电影系列的第一场在月底播出。10月5号，高研院在本院高大宽敞的餐厅举行新学年招待会。所有教职人员，连同他们的配偶、朋友、子女，都被邀请出席。新朋旧友，欢聚一堂，随意取用美酒佳肴，自由走动和交谈。学人社会的集体生活，这时方才正式揭幕。

10月是一年里最丰饶的季节。果子熟了，叶儿红了。林池之畔，层林尽染，雁过留声。新来的同事都已经安顿下来，此刻开始忙着读书、写作、准备讲演和参加讨论。不过，大家并没有忘记享受学者乐园里的自由与闲暇。到了周末，许多同事开车携家人出游。我和内子未曾远游，但也一样领受大自然的丰厚赏赐。毕竟，我们就生活在山水之间，与自然相伴。

清晨，漫步于林池之畔。薄雾如纱，露珠闪亮，坚果落地发出脆响。黄昏时，走出办公室回寓所，天际暗红，钟楼高耸，倦鸟归巢，乌鹊乱飞，嘈杂纷扰之中有一种平和与安详。夜色将至，一只孤雁飞过，声声急，让人牵挂。每年此时，成群的大雁从加拿大飞来，就落在水草丰美的新州南部过冬。驾车上"高研院森林"南面的一号公路，可以看见数以千计的大雁在路边草场上栖息觅食。林池之侧，也有几对大雁驻足。那日散步，发现雁儿已去，只留下一对色彩斑斓的野鸭在池中戏水。令人惊讶的是，水边多了一只高足长颈、颀长美丽的灰色大鸟。形单影只，茕茕独立。那鸟儿若不是受了伤，也一定是遭逢了什么变故，不然怎么会独自在此。心里这样想着，却不敢近前去惊动它，只好悄悄绕开去。走过"战场"这一侧，不远处，鹿儿在林边草地觅食，听到这边响动，它们便警觉地引颈张望。风吹树动，几片黄叶飘然而下。

　　新英格兰地区的秋天，色彩斑斓，绚丽至极。然而，最美丽动人的景致却是在秋日将去未去之际。此地虽然四季分明，但是气候多变。前一日尚极晴朗，一夜之间，风雨齐至，吹落枝叶无数。进入11月，每下一场雨，天气便转凉一层。夜中散步，冷雾从路边树丛中漫出，滚过路面，令人顿生寒意。每日晨起，依着餐桌，透过大扇的落地窗望出去，落木萧萧，透明的黄叶在空中旋转着、飞舞着落下来，悄没无声地落入草地。风过处，露珠齐下，雨声飒然。我倚坐窗前，静静欣赏这自然的舞蹈，为造物平凡无声的伟大感动不已。

　　几番风雨之后，树木凋零，不数日前还人来人往的校园，变得苍凉萧瑟，只有福德楼东面马路两侧那几株白桦树姿态不改，满树的小圆叶宛若金钱在风中抖擞。高研院的深秋虽然也一般地凋零残败，却有几分童话世界的色彩。

冬

　　本年度院内第一场音乐会安排在11月末12月初。音乐会由本院"驻院艺术家"罗伯特·陶布（Robert Taub）组织。陶布是钢琴家，1994年受聘高研院，出任本院第一位"驻院艺术家"。头三年，陶布在高研院的沃尔芬森（Wolfensohn）厅演奏了贝多芬的全套钢琴奏鸣曲，并制作了录音。在那以后，陶布的任务是每年为高研院组织九场音乐会，由他本人和他邀请的其他艺术家共同演出。

普林斯顿虽是小镇，剧场和演出却不少。尽管如此，高研院每年的音乐会仍是地方的一件盛事。音乐会并不对外售票，每场演出却总是座无虚席。演出照例在美轮美奂的沃尔芬森厅举行。这座半圆形的建筑造型现代，设施先进，内外装饰透着一种典雅质朴的气息。除用作音乐厅外，沃尔芬森也兼作电影院和讲演堂，是大餐厅之外高研院举行集体活动的另一处重要场所。不过，逢到这种涉及整个地方的活动，它的空间立刻就显得大为不够。所以，每套曲目都演出三场，这样方可勉强满足需要。

高研院的音乐会就像高研院本身，规模小而极精。没有管弦乐队，也不会上演歌剧，但选定的曲目都可说是阳春白雪。第一场音乐会由陶布本人和一位小提琴家、一位单簧管演奏家联袂，演奏巴托克、斯特拉文斯基、勃拉姆斯和达维多夫的作品。来年2月那场音乐会的曲目是舒伯特的声乐套曲《冬之旅》，陶布担任伴奏，演唱者是男中音兰德尔·斯卡拉塔（Randall Scarlata）。最后一场音乐会在仲春时节举行，陶布单独演奏海顿、巴比特、李斯特等人的作品。每场演出都十分精彩，成为高研院生活中的一个重要节目。

高研院的音乐生活如此，其体育却乏善可陈。没有运动会，自然更没有"驻院运动健将"或者诸如此类的位置。大约在"柏拉图的天空"下面，音乐家可以有一席之地，运动家则不登大雅之堂。当然，运动场还是有的。两片网球场，一

高研院沃尔芬森厅

个篮球场,一个健身房,还有一个可能不足二分之一尺寸的足球场。这片足球场原来不过是林边一块长方形草地,两端放上球门便成了球场。开学不久,所有高研院人都收到一通电子邮件,发信人招募自愿者,加入"高等研究院的并不高级的(not advanced)足球队"。活动日定在每周四。后来,果然有些青壮年于某个周四下午在那片草地上奔跑,少则三四人,多则七八人,仅此而已。我不善足球,却好篮球,因此每过一段时间就会到球场上驰骋。多数情况下,我是场上唯一的运动员,但我并不能独享那片场地。因为球场的一侧有沙盘和秋千,是隔壁幼稚园孩子们的游乐场。那些小人儿能量很大,尤擅扩张。他们在球场上涂鸦,玩耍,四处扬沙,抛掷各种小玩具。后来终于有一天,唯一完好的那块篮球架被降下来,球框的高度适合大约十岁的孩童。

  进入12月不久,(镇上)帕默尔广场上的圣诞树就已点亮,拿骚街两旁橱窗明亮,乐声荡漾。不过,圣诞前后,高研院比平日更安静。大部分教职员都已经离去,访问者中也有许多不在院内。这一年的除夕很特别,因为第二天便是新的千禧年了。也因为如此,镇上今年的除夕活动"谢幕"(Curtain Call)办得格外隆重。那天白天,我们守在家中看PBS转播世界各地庆祝新年活动的二十四小时特别节目。入夜,我们去镇上看圣诞树,看教堂里的仪式,看各种表演。午夜时分,在苏格兰裙和风笛的引领下,我们汇集到普大那所颇具历史意义的拿骚楼(Nassau Hall)前,同数以千计的男男女女一道等待新世纪的钟声敲响。那天，内子培育的水仙花开了，屋内清香四溢。

入冬第一场大雪在新年的第三个星期到来。大雪纷纷扬扬下了一整天，积雪盈尺。携内子往林中踏雪，行近林池，忽然见到那只孤独的大鸟，风雪之中，"独立寒江"。白雪茫茫，仿佛天地之间，只有这一个生灵傲然独立。此情此景，令人悲悯不已。如此冰天雪地，它到哪里觅食？想到此，内子赶忙拉我回家，找出一听鱼罐头打开，再去池边，想要悄悄放在离它最近的什么地方，不料还是惊动了它。那鸟儿向前轻轻一纵，展开巨大的双翼飞进林中去了。真希望它能平安度过这个冬天。

不到一周，风雪又至。这次是暴风雪。当日，学校关闭，机场许多航班也被取消。两天后，我们再去林池，大鸟已经不知去向。池塘冰封，可以行人。我们走上冰面，径直穿过林池，沿林边小径到古战场。那里是白茫茫的世界，雪深没膝，杳无人迹。我们是暴风雪之后最先在这里留下足迹的人。不过，这里从来不缺少生命的痕迹。就在我们深一脚浅一脚在雪中跋涉的当儿，一群鹿儿从林中跑过。这些矫健的四足动物才是此地的主人。

新学期的招待会于1月底举行，两周之后，则是"仲冬舞会"。这是一年一度的盛会，也是成人的聚会。舞会还是在餐厅举行。鸡尾酒会在前，晚宴继之，最后是舞会。柏拉图天空下的舞会，也像其他地方的舞会一样热烈，无拘无束。

走出书斋的学者们，在这里以另一种面貌示人，而且他们之间的关系也变得不同。往日那些常人不易理解的术语、学说和思想不见了，学者之间的专业壁垒也消除了。这里只有一种语言，一种大家共享的简单动人的语言。借了这种语言，高研院的学人社会实现了另一种融合。舞会8点开始，直至午夜过后，大家尽欢而散。

春

天气渐暖。忽然有一天，坐在办公室电脑前被窗外鸟儿的鸣啭唤醒。走出西楼，发现花蕾已在树梢。春天就这样突然到来，带给人一种惊喜。当地的朋友告诉我说，普林斯顿没有春天，因为她太短暂，来去匆匆，倒像是冬夏之间的一段过渡。不过，我们还是感受到了春天，领略了她的美妙。

春天里，一切都在变，时时都在变。草儿由黄转青，不久，草甸里绽出紫色和黄色的小花。新绿也爬上树枝，再过些时，花儿开满枝头。这时我们才发现，高研院原来还是集奇花异草于一的百草园。福德楼前后的那些树木很少重样，株株都有讲究，棵棵都很特别。我不懂植物，也叫不出大部分植物的名称，但在这里，我确实看到许多过去见所未见的植物。那些花树千姿百态，形状、色泽和香味各不相同，花期也长短不一。整个春天，高研院都浸润在花香鸟语之中。花儿开过一波又一波，直到仲夏。

4月的第一个周末，工人们剪了草。空气中又充溢熟悉的青草的芬芳。路边开满野花，让人觉得到处都充满生机。两天后的早晨，我拉开窗帘时惊讶地发现，雪花飞扬，世界已经一片银白。不过，冬天毕竟已经过去。中午时分，天转晴。到了下午，积雪尽去，了无降雪痕迹。

这个春天还发生了一件事情，让人们感到几许惋惜，几许怅然。在经历了二百五十年的风霜雨雪之后，古战场上那棵代表了一段往日理想和光荣的老树，终于在风中折毁了。再去古战场，果然不见了那棵状如冠盖的大树。实在说，那棵树太老了。若不是管理人员用水泥填满了空洞的树干，再加铁索固定，它怕早已不敌风雨雷霆，化作朽木了。如今，在老树倒下的地方，在一堆树桩和水泥之间，有一株新栽的小树苗。据说这株树苗取自衰朽的老树，人们把它栽在这里，希望将来有一天，它也能长出粗壮的树干、繁茂的枝叶，把昔日的光荣与梦想传递下去。

时光流逝，往事不再，只有生命之树常青。林池边上的那对大雁孕育出新的生命，高研院的鹿家族也添了新丁。再到池边散步，总会看到那对恩爱的大雁和三只毛茸茸的小雁。它们每天在岸上啄食青草，在池中濯理羽毛。偶尔，有顽皮的狗狗不听主人召唤，雀跃着直奔到大雁近前，这时，雁爸爸必定挺身而出，嘎嘎大叫着，半是警示，半是威胁，拖着翅膀作势向前，雁妈妈则领着小雁迅速扑入池中，游向池心。

温润的春日，一天暖似一天。有时在办公室坐不住，便和内子相约了到池边散步、观鱼。内子说池中有大鱼,看她比划的样子,那鱼总有二尺长。我不信,说她太过夸张,急得她赌咒发誓。后来有一天,她终于有机会向我证明所言不虚。那条大鱼浮上水面,黑黑的背脊,就像一只潜艇。我惊奇这小小池塘如何养得如此大鱼。也许,这里也如我身后那些小楼,可以卧虎藏龙。树林那边,碧空之下,一只苍鹰展着双翅优美地滑翔,它在林中看见了什么?

夜幕降临之后,虫鸣四起,皓月当空,借着月光可以看清森林的边缘。此刻,该是精灵们出来活动的时候了。我从来没有在夜里走进森林,我相信那里是安全的,但她的神秘令我敬畏。"清风徐来,水波不兴"。我想起了东坡先生的文句。我们看到的可是同一个月亮?九百年过去,星移斗转,人世沧桑,而先贤诗句犹在。想不到在这物欲横流、纷扰嘈杂的今世,我们竟能够偷得几日闲,侣鱼虾而友麋鹿,过一种半隐士的生活。人生如此,夫复何求?

院内组织的最后一次出游安排在 4 月 29 日,目的地是位于纽约中央公园一侧的美国自然历史博物馆,重点是当时刚刚建成开放的"罗斯地球与太空研究中心"(Rose Center for Earth and Space)。领队的专家是本院自然科学部教授,天体物理学家皮特·哈特(Piet Hut)。这位哈特教授人很随和,年前彗星现身,当日午餐时,他就不请自来,对我们这些不懂科学尤其是不懂天体物理学的人传播有关星星的真理。就是因为他,我们才没有错过据说是千年而一见的奇景。印象中，哈特教授来高研院前就是在自然历史博物馆任职，总之他对那里很熟，而向大家讲述宇宙的形成、天体的演变，更是他的拿手好戏。不过，那天最精彩的是最后那场模拟宇宙大爆炸的特别节目。

一座巨大的有穹顶的圆形剧场，但是没有舞台。大家在座位上坐定，戴上墨镜，扣好皮带，黑暗之中能感觉到座椅无声地倾斜，使人仰面穹顶。忽然间，中心一颗亮点向四周迸射，轰鸣振荡之中，流星疾逝，无边的宇宙展现在眼前，像诗，像画，像音乐，像大海，像风暴。我感到自己渺小无助，有如狂飙中的一片树叶、一粒尘埃，被裹挟着进入永恒的神秘之中。

那次的经验使我对我在高研院的另一些同事的工作有了一种新的了解。无论如何，我所经验到的这个宇宙与我那些同事构想出来的宇宙理论有关。而这个借助了声光电气展现出来的宇宙，无论怎样令人震撼，都未必比在高研院餐厅里与我邻桌用餐的某个同事脑子里的图景更深邃、更真实。

夏

院内各部系的学术活动大多在 6 月里结束，之后便陆续有人离去。这也是一年里最忙乱的一段日子。午饭时间，那方用熟了的长条餐桌不再像往日那样坐满本部同仁。大家忙着结束手边的工作，一面也安排时间与同事们相约话别。这时天气已经很暖，庭院里，白桦树长满绿叶，树影婆娑，流水汩汩。二三人端着食物转出餐厅，在树下找一面餐桌，拂去桌椅上的绿色杨花，坐下来慢慢叙谈，享受离去前最后的悠闲和阳光。那一时刻值得细细回味。

高研院没有"结业典礼"一类活动，对客座学者们的离院时间也无苛刻要求。学者们愿意，可以一直耽到8月中旬，下一学年开始之前。不过，多数人不会等到那个时候。这一年里，大家优游自在，或著书，或研究，各有所得。现在应该各归故里，重拾旧业了。也有些人，在此期间有了新的工作，这时也要打点行李准备上路了。至于那些工作、生活已经皆有安排，不急于一时的人们，他们愿意在这里住到最后一天。

初夏的傍晚凉爽宜人。校园里一天比一天安静。我们依然每天散步，通常是围着福德楼前的大草场绕行。天色微暗时分，可以看到星星点点的萤火虫。起初，我们并未特别在意，然而有一天，我们被眼前的景象惊住了。福德楼前的大草坪上，无数只萤火虫闪闪烁烁，星光明灭。再看路边的蒿草和树丛，到处星光闪烁，有如圣诞夜景，却远胜过任何人工的装点。造物之美，最是平凡而神奇。自那以后，我们傍晚的散步便多了一个节目：观赏萤火虫的舞蹈。一日雨后，雾气渐起，萤火虫比平日更多。驻足路边定睛观看，草地里星光冉冉，好比雾气蒸腾，融入夜空。蒿草中的萤火虫，明灭迅疾，闪成一片。更有一些虫儿飞进路旁高大的灌木和树丛，乍明乍暗，如梦如幻。

离别的日子一天天近了。我们也开始收拾行李，联系运输。每天的日程都安排满满。最后几天，免不了几次饯行的聚会。忙乱之中，我们也没有忘记同高研院的砖瓦草木告别。

林池边上的小雁已经长大，身体肥硕，不让老雁。原来玩具般的小鹿也变得茁壮，不再天天依在鹿妈妈的身边，开始跟着已经成年的哥哥姐姐一道闯世界了。经过了这个冬春，鹿群不但规模扩大了，胆子也更大了。过去，它们通常是在边缘地带游走食草，只是夜深人静的时候才穿过马路，在校园中心觅食。现在，无分昼夜，到处都可以看到它们。就在临行当日，我和内子把最后一件行李放进车里，准备离去时，就见两只鹿儿正立在不远处的树下望着我们。它们是在尽地主之谊，为我们送行吧。

2001 年 12 月 8 日
写成于北京万寿寺寓所

追念格尔兹教授

得知克利福德·格尔兹教授辞世的消息,是去年11月的一个晚上。那天,一位年轻的荷兰学者来访,闲谈中提到格尔兹的名字,他说:"格尔兹教授去世了。""什么?"这突如其来的消息令我感到茫然。"格尔兹教授去世了。"他很肯定地重复了一遍刚才的话。"什么时候?"……

客人走后,我立即登录高等研究院网站,心下存了一丝侥幸:也许,那只是一则错误的传闻。不幸的是,我很快就在网站的显著位置看到了有关格尔兹教授追思会的官方文告。一时间,心中怅然,若有所失。

今天,汉语社会科学和人文学界对格尔兹的名字不会感觉陌生。作为20世纪最具思想力的人类学家之一,格尔兹的影响广泛而且深刻。他是那种既脚踏实地,又立意高远,既视野开阔,又运思深邃的学者。他发展了狄尔泰和韦伯的解释学传统,将之运用于对异文化精细微妙的阐释当中,以他所谓"深度描述"的方法,剥茧抽丝,洞烛幽微,为人们展现了不同意义世界的幽深与丰富。这些形态各异的意义世界，便是人们所谓文化。而正是通过其对文化研究的杰出贡献，格尔兹不仅发展和丰富了人类学的传统，而且令人类学广为人知。格尔兹因此被誉为"人类学的使者"（雷纳托·罗萨尔多［Renato Rosaldo］语）。其实，他不只是人类学的使者，也是文化间的使者：他的著作被译成多种文字，他对文化的解释被生活于不同文化背景下的人们所了解和接受，他的文化阐释方法在不同的文化语境中被学习和实践，他以示范方式教人们如何理解不同的文化。

大陆学术界对格尔兹的介绍，我所知最早的是1987年出版的《文化：中国与世界》（第1辑）中所收的一篇译文。文章选自格尔兹的论文集《文化的解释》，题目是《深描说：迈向解释的文化理论》。这是格尔兹最重要的文章之一。可惜的是，我当时并没有注意到这篇文章，事实上，我那时既不知道格尔兹其人，也没有意识到，我自己的研究取向与其理论有某种亲缘关系，当然更不会想到，有一天我会缘此同格尔兹本人有更多更直接的联系。

那个时候，我正着手写一本有关中国法律传统的书，书名是《寻求自然秩序中的和谐：中国传统法律文化研究》。在那本书里，我试图探寻中国传统法律的精神。在我看来，流行的中国法制史附庸于一套历史和法律教条，完全不具有批判意识。它宣称的所谓社会发展规律，也并非产生于中国人的历史经验，而不过是把一套外来的宏大理论，削足适履地应用于中国的结果。由此而产生的历史图景，扭曲、僵化、似是而非。我想要做的，就是破除这种假科学之名的现代式傲慢，以"同情的理解"，进入古代生活世界。确切地说，我希望为中国传统法律提供一种我所谓文化的解释。

我从语词的辨析开始，希望透过语言进入历史，了解特定时期特定人群的特殊经验。我关注构成文明要素的基本概念、范畴和分类，重视那些历久弥新的主题和论辩，尤其是其中那些不言而喻的思想前提。因为这些东西最能够表明一种文化的式样和精神，而法律制度注定要受文化精神的支配。因此，我不满足于对各种制度的浅层描述，而希望追问它们因以建立的"根据"，即制度建立者和实践者赋予制度的意义。这样一种研究天然地重在辨异，这不仅是因为文化本身富于差异性，而且因为长期以来，这种差异性在种种现代论说中被漠视和抹煞，已经变得面目全非，难以辨识。事实上，后一过程已经透过全部现代教育和日常语言习惯渗入现代人的心灵，如果没有高度的反思意识，人们会把这一切视为当然。正因为如此，我一开始就对语词、概念、范畴、分类特别重视，希望借助于对语言符号的历史文化分析进入古代世界，通过对古人生活经验的理解和阐释，寻绎古代的意义世界。自然，这样做不是为了发现什么规律，而不过是寻求一种对历史的解释，一种我相信是基于理解的更具真实性的解释。

我当日的这些想法和尝试，与其说是出于某种理论，不如说是源于自己的学术趣味，以及在阅读与思考中生发的感悟。只不过，我的这种趣味、感悟、方法和策略，大方向上不期然与某些社会科学传统暗合，而格尔兹正是这些传统中一位承上启下、独树一帜的代表性人物。因此，尽管那时我孤陋寡闻，对格尔兹和他的解释人类学一无所知，但是"结识"格尔兹的因缘已经种下了。

我听到格尔兹的大名，是在几年之后。其时，《寻求自然秩序中的和谐》一书已经出版，我正试着撰写一篇理论性文字，对自己以往的研究心得稍作总结。那篇文章的题目是《法律的文化解释》。某日，与北卡罗来纳州立大学的欧中坦（Jonathan Ocko）教授闲谈，他说："你应该读一读格尔兹的《地方性知识》。"据他讲，格尔兹的法律和文化研究最合我的路子。他还说回去后会把这部书寄给我。

我开始注意格尔兹。很快，我读了上面提到的那篇关于"深度描述"的译文，还读了林同奇写的《格尔茨的"深度描绘"与文化观》。这篇文章发表在1989年第2期《中国社会科学》上，应该是国内关于格尔兹文化解释理论最早的系统评述。格尔兹对文化的定义和论说，精辟、深刻，深得我心。不久，我又收到了欧中坦教授寄来的《地方性知识》。他在扉页为我题写了一句赠言："你思想库中的一件新武器。"落款时间是1992年9月11日。

应该说，格尔兹的文字不太好读。他文风含蓄，表达曲折，知识淹博，意蕴深长，加之异域风物呈现出的陌生感，在在都增加了阅读的困难。尽管如此,他的论说对我仍有无法抵御的吸引力。他的长文《地方性知识:事实与法律的比较透视》,就是一篇法律之文化解释的杰作。"地方性知识"(local knowledge)一词,尤为精辟地指明了法律的性质与特征。格尔兹说,他所谓的地方性不只是与地域、时代、阶级以及各种问题有关,它还关系到"特征"或曰"调子",即那种与对何为可能的本地想象相关的、对于发生了什么的本地认识。作为这样一种知识,法律便不只是有限的一组规范、规则、原则和价值,而是想象真实世界的一种特殊方式。从根本上说,法律所看到的并不是过去发生了什么,而是平日都发生什么。法律不仅因地而异,因时而异,因民族而异,法律之所见也各不相同。

真是精辟之论。法律不再是客观的普遍性知识,而是特定人群想象真实世界的一种方式。它承载人们的希望和恐惧,表达他们的欲望,传递他们的情感,标示他们的努力,成就他们的追求。它是符号、意义载体、人们意义世界中的媒介物。这就是法律的文化观。"地方性知识"的表述还给我一种启示:实际上,不但法律是一种地方性知识,各种法律的学说、理论,乃至那些以普遍性相标榜的宏大理论,哪一种不具有地方性?进一步说,人类的认识又如何能够摆脱各式各样的"地方性"而达于完全的中性、客观、普遍?这些正是哲学解释学关心和讨论的问题,也是我在《法律的文化解释》一文中涉及到的问题。

完成并发表《法律的文化解释》的同时，我开始考虑编辑一本同样主题的论文集。我选了若干符合这一题旨的文章，格尔兹教授的大作《地方性知识：事实与法律的比较透视》也在其中。我直接给格尔兹教授写信，请求得到该文中文翻译的许可，随信还附了哈佛大学法学院安守廉（William Alford）教授的推荐信。三个星期以后，正在欧洲学术休假的格尔兹教授从柏林来信，他同意了我的请求，并慷慨地豁免了版税。我立即找人翻译这篇文章。下一年，《法律的文化解释》由北京三联书店出版，格尔兹的文章也收录其中。

1998年的最后一天，普林斯顿大学的林培瑞（Perry Link）教授开车来纽约接我和内子去吃年夜饭。车到普林斯顿时天色将暗，林老师带我们穿过普大校园，在与普大相邻的高等研究院停了一下。与普大相比，高等研究院很小，没有教堂，也没有石块堆砌的巨大建筑。车停在一大片圆形草场边上，那里有一座带钟楼的乔治亚式建筑。暮色霭霭，四周寂静无人。这里真是学术研究的理想之所。我心中暗自称羡。那时我正在哥伦比亚大学法学院访学，而就在不到两个月之前，我才向高研院寄送了一份材料，申请社会科学部下一年的研究员位置。

半年后，我如愿以偿来到高等研究院。自然，也见到了我曾经阅读和想象的格尔兹教授。第一次见他，是在走廊另一端他宽大的办公室里。克利夫（同事们都这样称呼他）同我通过其文字想象的样子不大一样。他身材不高，微胖而结实,须发银白,面色红润,言语不多,甚至有点腼腆。不过他很和善,而且善解人意,跟他相处不会感觉紧张。我不知道他是否还记得几年前为翻译一事给他写信的中国人,但是不管怎样,我因为此前的种种因缘,对这位人类学大师不但满怀敬意,而且内心里有一种亲近感。

结束这次礼节性拜访的时候,克利夫送了我一本小册子。那是他刚在美国学术团体协会(ACLS)的查尔斯·霍默·哈斯金斯(Charles Homer Haskins)讲座所作的演讲,题目是《一生为学》(A life of learning)。他在那次演讲中对自己的学术生涯作了简短的回顾和总结。在谈到他早年从文学和哲学转向人类学时,他写道:

> 所有人都知道文化人类学是做什么的:它研究文化。麻烦的是,没有人确切地知道什么是文化。文化不只是根本上有争议的概念,就像民主、宗教、简单性或者社会正义一样,而且有多种定义,不同用途,无可救药地含混。文化概念短暂、不稳定、包罗万象且充满规范意味,而有那么一些人,尤其是那些认为只有真正是真实的才是真正的真实的人,那些认为文化概念全无意义,甚或危险的人,他们要把它从严肃的人们的严肃讨论中摈除出去。看上去,这是一个不大可能围绕着它建立起一门科学的观念。

的确，这正是他投身人类学时这个学科遭遇的困境。而在差不多半个世纪之后，当他站在这个讲坛上娓娓而谈的时候，这种局面已经完全改变。克利夫为这一改变作出了巨大贡献。在谈到他后来在印度尼西亚的爪哇、巴厘以及在摩洛哥的研究时，他跳过所有发现和结论，径直谈到教训。教训有三：

1. 人类学，至少我从事的那种人类学，涉及截然不同的生活。课堂上或者书斋里所需要的技艺，同田野研究所需要的技艺大不相同。在前一个场所获得成功不能保证在后一场所得到成功。反之亦然。

2. 研究其他民族的文化（研究自己的文化也是如此，但那产生其他问题）便是要发现，他们认为自己是什么人，他们认为自己在做什么，以及他们认为自己这样做的目的是什么，这可比《笔记和问询》中普通的民族志标准，或者就此而言，流行艺术"文化研究"比似是而非的印象主义所要求的复杂得多。

3. 要发现人们认为他们是谁，他们认为自己在做什么，以及他们认为自己这样做是为什么，就必须熟悉他们于其中建立其生活的意义架构。这并不要求感他人之所感，或者思他人之所思，这全无可能。它也不要求研究者变成本地人，这不可行，也无法成真。它要求研究者，作为一个生活在自己的与众不同的世界中的人，学会如何与他们共同生活。

在我看来，这正是克利夫本人异文化研究之信念与实践的写照。他把这种尝试看成是"解释性的"（hermeneutic enterprise），更将其理论和实践名之为"解释人类学"（interpretive anthropology）。

在接下来的一年里，我经常能见到克利夫：在餐桌上、研讨会上、野餐会上，有时是在傍晚散步时。社会科学部的活动，他大多会参加，只是很少发言。在一些更随便的场合，比如午饭或者野餐会时，他和同事们随意聊天，但也不会占据谈话的中心位置。我后来才慢慢了解到，其实，克利夫不仅是本部的奠基人，而且是高研院里这个小小部门的思想核心。

始建于1930年的高等研究院，起初只是一个物理学和数学的高级研究机构，现在的历史和社会科学两个部门都是后来逐步建立起来的。其中，社会科学部年岁最幼，也最为难产。1970年，克利夫离开芝加哥大学，受聘为高等研究院社会科学教授。他不仅是本院建院以来的第一位社会科学教授，而且负有在院内创建社会科学部的使命。那年他四十四岁。

在高研院，克利夫要做的，不是建立一个类似人类学中心的部门，而是创立一个全新机构，这个机构将跨越社会科学的不同部门，同时又超越各学科领域而强调其智识上的共同目标。这是真正的挑战。多年后在接受一次采访时，克利夫说，社会科学部的目标之一，便是"努力要成为主流事物的牛虻，一个批判之所，供人们磨砺其思想，抵御社会科学重度体制化的部分"。为此而确立的方法，依然是解释的。克利夫在他1995年出版的学术自传《追寻事实》中写道：社会科学部同仁虽然各有专攻，面对的问题也不尽相同，但"对依自然科学面貌塑造社会科学的做法，对一味追寻规律的普遍性方案，我们无不心存疑虑。我们所追求的，毋宁是发展一种研究的概念，其核心是分析社会行动对于行动者本身的意义，以及赋予这些行动以意义的信仰和制度"。这样一种方法"把研究者置于某种偏离主流并且向它提问的角度：警觉、不断发问、不守正统"。这就是高等研究院社会科学部的传统，一种反思的、批判的、边缘的传统。在我有幸造访高研院时，这一传统已经牢牢建立，并得到广泛的认可。而这一切，无不肇始于克利夫。

最后一次见到克利夫是在2000年夏天。当时，旧学年已经结束，共事了一年的同事们大多已离去。我们下一年安排已定，乐得在高研院多耽几日，享受那里的书香与宁静。那天傍晚散步，在爱因斯坦路上遇到克利夫夫妇。我们就在路边聊了一会儿。那日谈话的内容已经记不清了。只记得格尔兹夫人刚从外面什么地方回来，说外面暑热难耐，一回到普林斯顿，燥热尽去，心情也平复下来。

接下来的一年，我们在麻省剑桥的哈佛度过。这期间，我没有再回去高研院。不过，在我书架上新添的书籍里，有些让我想到高研院的教授们,忆起那些熟悉的面孔。6月底,我们结束了三年的游学,从波士顿飞回北京。两个多月后的一个晚上,我和内子在北京的寓所里,透过电视看到了纽约世贸大楼遭受袭击的令人震惊的画面。一从最初的震撼中恢复过来,我便开始通过电话和电邮询问那些居住在纽约和纽约附近的友人的安危。高研院所在的普林斯顿距纽约仅一个多小时车程,那里的友人也是我关心的对象。不久,我收到克利夫的回信,他在信中说,世贸双塔距离他寓所的窗子不过一英里,不过他们的居所未被祸及。谈到现时的情形,他显得有些担心:"到现在为止,这个国家尚能保持忍耐与理智;我希望这种情形能够延续下去。"最后,他表示很高兴知道我回到了北京,并希望在美国,或者,如果他来中国的话,在中国再见到我。

后来我没有去美国,他也没有来中国。

高研院社会科学部2003—2004学年周三研讨会的主题是"生物伦理"。这是一个敏感且容易引发争议的主题。研讨会的参加者常常因为道德立场的不同而争论不休。克利夫没有加入这样的论争。据一位当时的访问者事后回忆说,在某次研讨会上,克利夫引述了一段老卡通片里的对话,以略带自嘲的方式概括了那种生物伦理学方法和他自己的方法的不同:

露茜站在其精神病学的立场上同查理·布朗谈话。
露茜说:"查理·布朗,你的根本问题就是你是你。"查理·布朗答道:"那我又该怎么办?"露茜回答说:"我不提供建议。我只指出问题的根源。"

在我们这样一个全球化与多样性并存的时代,一个具有不同信仰和生活方式的人必须面对共同生活的挑战的时代,一种审慎的、诊断的、理解的、对话的和宽容的姿态,应该比任何道德独断更有助于实现不同人、不同社会、不同文明之间的和谐。

我们都生活在自己的世界里,但为了保有我们所熟悉和珍视的一切,我们就应该学会如何同他人一道生活。这正是克利夫以其毕生努力试图传递给我们的消息。

2007年5月2日
写于北京奥园寓所

从卢瓦尔河到台伯河

——欧游日记摘抄之一

1998年3—4月间，携内子往访法国社会科学高等研究院（EHESS），因与昔年去国诸旧友聚首巴黎，重叙友情。其间，诸友陪伴游历法国及荷兰、意大利等地，为此行增添许多温馨回忆。以下所记，视为游记固无足道，作为友情的记录，却是不可替代的。

1998年3月30日，周一

与越兄一家游卢瓦尔河。

接近中午时分出发。第一站为巴黎西南约九十公里的沙特尔圣母大教堂。

沙特尔大教堂为法国乃至欧洲最古老的教堂之一，其地位据说在巴黎圣母院之上。当年，法王亨利四世即在此行加冕礼。教堂所在地沙特尔，为一中等规模市镇，系法国第二十八省首府。

大教堂为典型的哥特式教堂，备极宏伟。教堂正门两侧钟楼高耸，但高低不同，风格相异。盖因教堂屡毁屡建，前后相继，南侧的罗马式钟楼在前，北侧的哥特式钟楼在后，虽不尽对称，却别具风格，自有一种美感。教堂内穹顶高拱，庄严肃穆，彩绘玻璃灿然，以教堂正门上方之大玫瑰窗为最精致。中殿建有祭廊，上有耶稣及圣母故事雕像，甚为精美。整座建筑，无分内外，到处可见圣经故事题材的雕塑，彩色玻璃画像亦出自《圣经》故事。正在教堂中流连，忽闻管风琴轰鸣，顿觉为乐音所淹没。越兄认为，现代音响技术可以再造任何效果，唯此须身临其境，无法"制造"。信然。

出教堂，门外细雨霏霏。驱车往奥尔良市。奥尔良为中古名城，现为卢瓦尔省省会。卢瓦尔河流经此地，促成其近代的繁荣。在市内少停。访奥尔良圣十字大教堂。教堂正面有白塔分立两侧，塔顶状似王冠。教堂大殿尖拱峻拔，光线由高高的立窗射入。彩色玻璃画中有圣女贞德受火刑场面。1429年，圣女贞德率军解奥尔良之围。从此，这个城市就与女英雄的名字联系在一起。如今，贞德雕像遍及全市各处，与贞德有关的大小纪念活动每年都有举行。

离开奥尔良，沿卢瓦尔河西行。未及一小时即抵达一座城堡。高大的城堡似乎久已废弃，外观仍旧完好。城堡附设的教堂不大，但很古老。与之前参观的两座大教堂不同，这座始建于12世纪的教堂有粗壮的石柱，风格古拙朴实。

布卢瓦的城堡

傍晚时到布卢瓦（Blois）市。城跨河而建，有18世纪石桥相连。先在河对岸找好旅馆，然后入布卢瓦市中心区。城在水边高坡之上，风景绝佳。城中有城堡并教堂若干，均甚雄伟。又有数百年生塔松，矗立挺拔。几乎每过一处，都有令人赞叹之胜景。惜天色已晚，所有供公众参观的建筑物均已关闭。

初游"外省"，行经乡野，对此地之文明富庶深有所感。时近4月，绿色笼罩，四野花开。大片的油菜田畴，绿波荡漾，黄花点点。高速公路两旁，大型连锁超市和加油站随处可见，并无城乡之别。下榻之"Formule 1"亦为连锁旅店，其设施简单实用，卫生整洁，价亦甚廉。

1998年3月31日，周二

晨起有雾。在旅馆早餐。

10时出发，仍沿卢瓦尔河西行。不多久，拐过一处路口，眼前忽然现出一片高低错落的塔尖，宛若童话世界。这即是著名的香波城堡（Chateau de Chambord）。城堡建于一片森林之中，规模宏大，气象壮观。城堡为16世纪初法王弗朗索瓦一世所建，路易十四时建成。城堡中有达·芬奇设计的双螺旋楼梯，构思巧妙，美观雅致，不过，其用途据说是为了让王后与国王情妇上下楼时不会错身而过而致尴尬。

出城堡，天已放晴。在林中野餐。重新上路，直抵舍农索城堡（Chateau de Chenonceau）。与香波城堡相比，舍农索可称秀美。城跨河而建，大门建在右岸，有大片森林。堡前两片法式花园，齐整而秀丽。左岸树木成荫，仍为城堡主人居住，游人不得入内。城堡内房间看上去舒适雅致，更宜居住，这可能是因为，城堡历代主人主要为女性，不若香波城堡完全为王室男性显赫所据。据说明，城堡初为法王查理八世之财政大臣所建，其妻曾在此宴乐王公贵胄。城堡后因债务原因为弗朗索瓦一世查封，归于王室。不久，亨利二世将之送与其情妇居住，国王死后，城堡为其妻凯瑟琳·德·梅第奇（Catherine de Medicis）夺回。再往后，城堡又在国王情妇和妻子之间流转。18世纪，城堡女主人路易丝·迪潘夫人（Madame Louise Dupin），乔治·桑的祖母，曾在此招待启蒙思想领袖，其中包括赫赫有名的伏尔泰、孟德斯鸠和卢梭诸人。

出得舍农索城堡，天色微暗，小雨淅沥。约4点，到昂布瓦斯城堡（Chateau d'Ambois）。走出停车场，仰望城堡，高墙拔地而起，气势宏伟，风格粗砺。越兄谓此乃打仗之城。攀上城堡，眼前豁然开朗。城建于山顶平坦之地，极目四望，远山近水皆入眼中。城堡内有一座圣·于贝尔小教堂，内中雕刻精美绝伦。最令人惊奇者，教堂石阶之下，竟然埋葬着文艺复兴的巨人列奥纳多·达·芬奇。遥对教堂门厅，有建于19世纪的达·芬奇半身塑像。塑像风格朴素，绝无夸饰。近前仔细端详，达·芬奇面容平静，眉宇间蕴含深厚。一代巨匠身后如此寂寞，令人不胜唏嘘。

绕城一周，再回到芬奇塑像侧旁，只见一株老树，枝叶尽去，只剩主干，扭曲伸张，似在痛苦挣扎。越兄谓此树如此痛苦，定已成精。不知在这株老树与芬奇塑像之间会有怎样一种联系。

回家路上，在名"短麦秸"店吃饭。晚10点到家。

1998年4月5日，周日

11点到巴黎圣母院，正好赶上望弥撒。教堂中人头攒动，不下千人之众，多为信众，少数游客。与内子立于人群中观望，圣坛上有神父吟诵诗篇，又有唱诗班合唱，管风琴伴奏，庄严而肃穆。至弥撒结束，约两小时。

出教堂，沿塞纳河上行。过卢浮宫，沿巴黎中轴线，由西而东，经王宫花园，在协和广场稍作停留。今日天气晴朗，微风和煦，正宜作户外之行。不料顷刻之间，风雨骤来，好在当时正在街边餐馆午饭，不至如雨中行人，狼奔豕突，寻处避雨。饭毕，风雨亦去，空气愈清新凉爽。信步走近一座教堂。教堂外观宏伟，台阶高大而宽广，台阶之上，圆柱高耸，庄严似希腊神庙，其风格大异于巴黎多见的哥特式教堂。时已午后，教堂中喧闹不再，余者多已落座，或沉思，或小憩。我们也加入其中。不一时，管风琴鸣响。我们闭目静坐，聆听圣乐，一时不愿起身。一曲奏毕，掌声即起。想必此为礼拜日节目。

走出教堂，顺香榭丽舍田园大道漫步。雨后初晴，空气纯净透明。大道两旁，花香鸟语，触目成景，极感愉快。不多时，到凯旋门。中土多牌楼，西人则以凯旋门遗世。此门为拿破仑一世为纪念其功勋而建，动工于1806年，历三十年而建成。门高数十米，巍峨厚重，气势堂皇，前后墙面刻有浮雕。绕门一周后，沿梯攀登而上。置身塔端，观临四方，十二条大道由中向外放射，巴黎全景尽在眼底。时近黄昏，夕阳西下，阳光穿透云层，正照在远处的蒙马特高地。斜阳之下，圣心教堂的圆顶倍加耀眼。少顷，阳光移于云层之后，光线散射，留下一片胭脂色的光柱。

晚9点，回到越兄处。10点，越兄送女儿回城，提议往观巴黎夜景。于是全家齐出。先游人权广场，隔岸观赏灯火灿烂的埃菲尔铁塔。继而沿塞纳河驱车向东，经停亚历山大桥。越兄兴致甚高，引众人冒雨上桥，一路解说。后面的参观项目有米拉波桥、歌剧院、卢浮宫。

归家已过午夜。

1998年4月6日，周一

随越兄全家游枫丹白露。

先到巴比松。昔日艺术家聚集之小村，今日之旅游胜地。淫雨绵绵，游人稀少，旅游商店亦多关闭。入得一家小画店兼古董店，购画一幅。参观当年画家们聚会的小酒店及米勒故居。

午饭时雨仍不停。开车进入枫丹白露森林。林中多大石，形态奇伟。行至一小片开阔地，大石遍布，林木稀疏。地尽处为悬崖，凭高望远，可以一览枫丹白露美景。可惜落雨不止，不能从容游览。

归途在枫丹白露小停。参观拿破仑一世行宫。天气不佳，众人亦无心久耽，走了一半即上归程。

将近巴黎，天又复转晴。远望天际，彩霞流转，白云飘动。上年秋过巴黎，即已领略此地阴晴无定之气候，尤其云气聚散，光线明暗，最多变化，每每令人心生作画的冲动。也因此觉出，油画之表现形式出于西洋殆非偶然。

1998年4月12日，周日

早8点，宣兄来接。三人冒雨上路。向北，出巴黎。天渐转晴。公路两边田畴连绵起伏，与天相接，远处不时有教堂尖顶露出，让人不禁心生联想。

穿越比利时。路边午餐。约中午1点，进入荷兰。地势愈显平坦。道旁多牧场，水草丰美，远处有牛羊散布其中。一小时后抵阿姆斯特丹市。先往梵·高美术馆参观。该馆收梵·高油画二百幅，素描速写等五百幅，书信七百余道，收藏为世界最富。其中有梵·高最后三年绘画作品多幅，尤其1890年其离世当年画作，最为珍贵，为此前他处所未见。接下来去市中心的蜡像馆。此馆设计巧妙，运用声、光、音、像，制造效果甚佳。其蜡像作品，宛若真人，游客身在其中，有时竟真假难辨。

由市中心步行至唐人街，寻一中餐馆用餐。饭毕，回停车处。阿姆斯特丹市不大。民居多红色，小巧细致。市内水道纵横，颇有格调。

1998年4月13日，周一

雨雪交加。在旅馆早餐。

9点出发，往库肯霍夫公园（Keukenhof）看花。走错路。一个多小时后到列。库肯霍夫公园原为皇家猎场，后改为大花园。园内以养殖培育郁金香为主，兼育水仙、风信子等。郁金香为荷兰国花，经多年培育，品质极优，美誉遍及世界。此园集国花精华于一，每年花展吸引游客甚众。今日来此，可谓大开眼界。看到如此多且美丽的郁金香，内子尤为兴奋，并选购盆花及花种若干。

游园期间，时晴时雨，方出园，竟有冰雹来袭，其势甚猛。

简单午餐。返巴黎，经海牙，约4点到布鲁塞尔，径往市中心，游览"大广场"。布鲁塞尔市容平庸，不似阿姆斯特丹颇具特色。唯"大广场"可看。

两日比、荷之游，数度迷路，兼遇雨雪，故不暇游海牙、滑铁卢。诚小遗憾也。

1998年4月14日，周二

晨起，见六只雏鸭紧随母鸭，游过越君门前小溪，极幼稚可喜。

9点，润兄全家来接。上高速公路，沿贯通法国南北的"阳光大道"向南，过勃艮第，直奔南部小城安纳西（Annecy）。

天极佳。沿途景色如画，赏心悦目。来法十数日，已开始熟悉法国田园风光。坡地平缓，绿色如茵，宽广的地平线与天相接，风云涌动，变幻无穷。进入勃艮第，接近阿尔卑斯山，丘陵地貌显现。远处坡顶，不时现出中古城堡或山村教堂钟楼，颇具诗意。一时许，经停一处加油站，顺便在休息处野餐。地近山区，地面积雪厚数寸。然天气晴朗，阳光灿然，并不感觉寒冷。

4点多到安纳西，一座古意斑斓的美丽小城。城依山傍湖，山上白雪皑皑，山下绿水环绕。租小船一只，五人齐上船，划向湖中。湖水因山中积雪融化而来，冰冷刺骨，清澈见底。荡舟约一小时，兴尽而返，众人弃舟上岸，入小城漫步。城虽小，古韵依旧。城中有小河流经，河中有石砌古堡，呈船形，河水遇"船首"即分为二支，绕城流过。沿河有带回廊的商业街，敦实朴素。当年，少年卢梭自日内瓦入法，曾在此地羁留，并遇到令他倾心并对他一生有深刻影响的华伦夫人。事见卢梭《忏悔录》第二章。

1998年4月15日，周三

上午9点出发。天微雨，有凉意。

沿阿尔卑斯山麓往意大利方向，行约一小时，到达一处观景点，可以望见勃朗峰。惜乎天气不佳，雾气蒸腾，诸雪峰若隐若现。上车，继续前行。不久进入隧道。隧道连接法、意两国，长十数公里，号称欧洲最长的山洞隧道。出隧道，洞外大雪飞扬，遍山皆白，甚为壮观。山中气候变化如此，惊叹之余，兴奋不已。

过意大利边防，一路慢行。山下无雪，天气仍不佳。过波河平原。道旁景色似与中国相仿，亦不若法、荷等国富饶。傍晚时到达佛罗伦萨。佛市座落于群山之中，地势平坦，城中有大河流过。一路寻找旅馆，费时近两小时方才安顿下来。旅馆附近有中餐馆。饭毕，在城中漫步，路经新圣母玛利亚教堂，建筑外有射灯装点，别具风格。沿河漫游，欣赏佛市夜景。午夜时回旅馆休息。

1998年4月16日，周三

游佛罗伦萨，步行最佳，盖因其主要景点集中，一日之内看过美第奇教堂、圣乔瓦尼礼拜堂（圣洗堂）、杜奥莫大教堂（主教座堂）、乔托钟塔、西纽利亚广场、维琪奥王宫、乌菲齐美术馆、维琪奥古桥、皮蒂宫、波波里花园、圣罗伦斯广场。惟精彩处太多，不能细加品味。

佛罗伦萨，徐志摩笔下的翡冷翠，为欧洲文艺复兴发祥地，有意大利的雅典之称，人杰地灵，大师辈出。即以遗存文物论，无论数量、品质，均不在巴黎之下。然此城昔日为城邦共和国，不若巴黎为王都，故其建筑虽精美绝伦，却无王者气派。几乎所有著名建筑均在民宅、市场包围之中，许多建筑外表亦甚朴素，一旦入内，即置身于精美艺术品之中，印象随之大变。

佛市旧城建筑多用红色砖瓦，尤其屋顶，尽为土红色调。然教堂等建筑外墙多以大理石敷衍。高八十五米的乔托钟塔即以白、绿两色大理石为外壁，塔侧的多奥莫大教堂正面亦是如此，惟其雕饰更加繁复精美。此等石材虽历经千年风雨，色调仍极单纯秀美，观之令人赞叹不已。

乌菲齐美术馆为今日参观重点。美术馆原为政府办公之所，为一排两栋的长方形建筑，古雅方正。以规模论，此馆无法与纽约大都会博物馆或巴黎卢浮宫相比，然而其馆藏内容极丰，收藏极精，当年大师如波提切利、拉斐尔、提香等皆有专门展厅，那里能看到许多以往只在画册里看到的作品。在馆中耽约两小时，粗粗浏览一遍。

阿尔诺河流经乌菲齐美术馆之侧，维琪奥桥连接两岸。古桥有高大的廊柱，两边的金银首饰店人流熙攘。佛市旧街市亦极具魅力。整个城市即是一座博物馆。惟时间太紧，多少胜景只能留待将来有机会观赏了。

1998 年 4 月 17 日，周五

晨，有雨。驱车往比萨。约 11 时到。

参观洗礼堂、大教堂及著名的比萨斜塔。三处建筑，加一处墓园，自成一体。所有建筑外墙均砌以白色大理石，色调协调。大教堂为全意大利最古老的教堂之一，罗马式建筑，极宏伟壮观。教堂内有许多廊柱和拱顶，布道坛边的一盏青铜吊灯，据说就是伽利略发现钟摆原理的那盏。

午饭后离开比萨，复经佛罗伦萨往罗马。天晴好。道路两旁，风景如画。不时见有小城耸立山丘，多为古代遗迹，令人心生遐想。黄昏时到达罗马城外，为找预订的旅馆几乎绕城一周。古谚，"条条大路通罗马"，我等却不得其门而入。玩笑之间，入得罗马城。途经一处古罗马大浴场遗迹，残阳如血，把一大片残垣断壁映得通红。大家跳下车去，观赏一番，慨叹不已。

连日食中式简易餐，润兄决意找中餐馆聊作补偿。然所去罗马中餐馆，饮食难以下咽。饭毕，往台伯河边散步，观赏罗马夜景。晚间大多游览场所关闭，然游人稀少，华灯齐照，城市另有一番情致。看过圣天使城堡，在圣天使桥上观水，发思古之幽情，再漫步至纳沃纳广场（Piazza Navona）。台伯河水面宽阔，河岸高峻，两岸绿树如盖，华厦林立，其磅礴气势，似更胜于塞纳河。回旅馆路上经过一处华厦，高石阶前列有古人塑像，近前细观，俱为古罗马大法学家：盖尤士，保罗，伯比尼安……不期然读到这些念大学时就已熟悉的名字，一时竟有些激动。原来此地为意国最高法院。不过，虽有古人守护，今日意国之法家，早已没有当日的辉煌。物换星移，今不如昔，此非人力所能改变。

初识罗马，印象颇佳。

1998年4月18日，周六

昨夜雨，今晨有冰雹。

参观梵蒂冈。至圣彼得广场，天始晴。广场为椭圆形，气势非凡，两边为柱廊环绕，柱廊由分为四行共二百四十根的高大石柱构成，其上站立着一百四十尊基督教圣人及殉道者大理石雕像。广场中央，立有高大的埃及石柱，据说柱顶仍保存耶稣基督十字架真木。圣彼得广场也是教廷举行宗教活动的重要场所，遇有盛典，参加者可达数十万之众。今日并无活动。教堂正面在维修中，广场布满木栅，维修机械亦暴露于周围高地，令广场失色不少。

由广场登石阶而上，经刻有精美浮雕的青铜大门，入圣彼得大教堂。教堂内部空间至为宏大，中有大量浮雕、雕塑及宗教圣物，富丽堂皇，辉煌至极。又有教宗祭台，上有巨大的青铜华盖，由四根美丽的螺旋形铜柱支起。祭台前，一众女子在演练舞蹈，姿态单纯而虔诚，其面貌、装束及所播放的音乐，皆有东方情调。西人教堂，既是音乐堂，亦为美术馆。圣彼得大教堂则于此之外，还是宫殿，惟其伟岸尊贵圣洁为俗世王宫所不及。

排队参观梵蒂冈博物馆，印象至深。此馆由数个博物馆及画廊组成，据说共有一千四百个房间和二十个庭院。馆中收藏甚丰，艺术佳构触目皆是，尤以古希腊、罗马雕塑和文艺复兴时期的壁画及绘画作品最为珍贵。博物馆之旅的高潮自然是米开朗琪罗的不朽杰作，西斯廷小教堂的天顶画，不过，拉斐尔展室也极精彩，即使是通往西斯廷小教堂那条金碧辉煌的长廊，也令人赞叹不已。

下午，游古罗马遗址，其景象与上午所见恰成对照。昔日繁盛之都，如今仅余废墟，残石断柱，荒草离离。印象最深的是斗兽场，这座巨大的圆形建筑最能代表罗马雄风，即使残破如今，气势犹存。君士坦丁凯旋门同样令人难忘，这座建筑保存最好，颇能表征古罗马精神。保存完好的还有万神庙，那里葬有诸多名人，据说拉斐尔墓亦在此。观其风格，法国先贤祠大概仿此而建。

罗马一日游延续至夜。晚间往西班牙广场和幸福喷泉等处观览。

走马观花，浮光掠影，对罗马的印象，可以沧桑与辉煌，华美与宏大来形容。在巴黎，以为在欧洲之都，到罗马，方觉是在世界之都。

1998年4月19日，周日

9点半出发，穿过东部山区，沿海岸线向北，直上威尼斯。5时许到旅馆，稍事安顿即乘船上岛。乌云重叠，夕阳穿透云层，光线散射，映照波涛，其景颇具油画效果。船上看威尼斯，整座小城似乎漂浮于海上，极美。

约6点在圣马可广场上岸。长方形广场在两排古建筑之间，工整对称，清奇秀美。喂食鸽子为广场一大景致，鸽数量极多，且不惧人，每每于游客手中索食，更甚者，站立于游人肩膀、头顶。我们加入其中，摄影若干。

圣马可教堂在广场一端，前有钟塔，卓然而立。教堂不大，但颇具特色。正面有门五座，高低二层穹拱，壁柱层叠。哥特式尖顶和伊斯兰式圆顶，与罗马式穹拱并立。教堂大殿以金粉敷饰，华丽耀目，有拜占庭风。大理石墙壁上方拱顶饰以大片马赛克图案。教堂玻璃不用彩色玻璃画装饰，直接饰以几何图案，简单质朴。不过，教堂整体风格可称繁复。

傍晚时，游人多已离去，小城静极。沿小巷漫步。威尼斯水城，处处小桥流水，石阶深巷，极有人情味。此地风韵与罗马大不同。罗马宏伟，威尼斯小巧；罗马雄健，威尼斯柔美；罗马沧桑，威尼斯丰润。游威尼斯不似在罗马，绝无庄严沉重之感，只觉轻松愉快。

1998年4月20日，周一

万里无云。来欧洲后第一次遇到这样的大晴天。

再入威尼斯水城。游人甚众，所到处皆喧闹，然岛上各处均禁车，故无车马之扰。乘船游览运河，两岸多宫阙，方正雄伟，惟其地面与水齐，观感特异。上岸，沿街市游逛、购物，兴尽而去。

午后3点启程，经米兰回法国。接近阿尔卑斯山时已近黄昏。路边山冈起伏，雪峰连绵，十分壮观。天黑时到阿尔卑斯山中法国度假小城沙莫尼蒙勃朗（Chamonix-Mont-Blanc），找旅馆住下。沙莫尼蒙勃朗系滑雪度假地，旅游旺季时一房难求。如今，复活节假日已近尾声，且在滑雪和登山两季节之间，旅馆可算空闲，价格亦廉，与意大利相比尤其如此。下榻的房间在三层，从房间窗子望出去，可以看到雪山。

在小城中餐馆用饭。饭毕，11点。一行人在安静的街道上漫步，街道两边的店铺已经打烊，透过橱窗能看到各式奶酪和熏干的肉类，数量及品类多且丰富。回旅馆歇息已经午夜。

1998年4月21日，周二

晨起，登小火车，直上千余米，到达阿尔卑斯山冰河。冰河乃第四纪冰川遗存，距今约二百万年。车站有缆车可下河谷。谷中有人工开凿的冰洞，众人戏称为万年老冰。入洞察视，洞内有工作人员，有犬只相伴。犬色青，毛长而浓密，体型巨大，性情温和，卧于冰雪地面，神色安然。

下山。稍事休息。驱车往边城埃维昂莱班（Évian-les-bains）。埃维昂莱班以优质矿泉水闻名于世。小城坐落于莱芒（Leman）湖边，与瑞士隔湖相望。站立湖边，彼岸洛桑清晰可见。莱芒湖面积约五百八十平方公里，呈月牙形。埃维昂莱班正在月亮湾内侧，极美丽可爱。沿湖漫步观景，心境舒缓平和。

晚11时，回到巴黎润兄家中。

上周二启行至今日，前后8日，行程约四千公里，游历大小城市六座，观雪山、湖泊、田园风光，更有万古冰川、千年废墟、百年宫阙，览艺术珍品无数，虽然只是浮光掠影，但是印象深刻，在在难忘。

圣心大教堂

1998年4月23日，周四

访圣心大教堂。教堂内有修女午祷，十分动听。访画家村未得。转访拉雪兹神父公墓。按图索骥，找到卡拉斯、邓肯、安格尔、比才、肖邦、罗西尼诸人墓。肖邦墓最精致，墓前鲜花摆放亦最多。卡拉斯墓最简陋，且在地下一层大壁龛中，观之令人黯然。

拉雪兹神父公墓占地逾一百英亩，为巴黎市内最大公墓，亦为欧洲乃至世界著名墓园之一。墓园有高墙围绕，园内绿荫如盖，鲜花常开，其美丽清幽胜似公园。漫步墓园之中，倘佯于生人与逝者之间，感慨莫名。

午后凉风阵阵，天气转阴，不觉间，小雨淅沥，已湿衣襟。

1998年4月26日，周日

10点半，宣兄携妻女来接，径往莫奈花园。

莫奈花园在巴黎西北，大巴黎地区与诺曼底交界处，小镇吉维尼。莫奈生前在此居住，现辟为博物馆。二层楼房，前后有花园围绕。前花园近于法式，设计齐整。后花园为英式，小桥流水，曲径通幽，自然天成。园内百草竞胜，清香袭人。莫奈的著名画作《睡莲》和《日本桥》系列，皆取材于此。行至某处，眼中景致与画相仿，遥想当年，画家大概就在此处取景作画。画作犹在，景色依然，斯人已逝，此情此景，能不慨然？

莫奈居所宽敞明亮，整洁舒适。艺术家生前能享有这一切，实为幸事。

午后回越兄处。收拾行装，准备返国。

附记：

当年与内子游荷兰，曾往库肯霍夫公园观花，并于园中购花种数枚，其中一种名"picotee"者，漂洋过海，历经曲折，却繁衍至今，每年盛放。前数年曾作《育花记》一则，记述其事。特附于此。

育花记

家有花，挺高尺余，花开四面，绽放时，花分六瓣，色白，透淡绿，边缘条红，蕊修长，清丽脱俗。居群芳之首，命为家花。

吾家花，洋名"picotee"，一译花边香石竹，育自西洋荷兰国。曩日游荷国名园库肯霍夫公园，得花种球茎一枚，事在西历一九九八年春。岁末，负笈北美，遗花种于京中寓所，覆以水土，藏之柜中。越二年，回京理事，发土视之，球茎萎顿，惟一息尚存。妻大不忍，携回美东波市，置土培育，令休养生息，从此不离不弃。

初，花有叶无果，后生一挺，开二花，继而四花，亭亭玉立，卓尔不群。花当春乃发，旬满方谢。妻又移花种园中，使沐春风，浴阳光，霑雨露，季秋出之，球茎大如拳。翌年春，一茎二挺，乃至于三，花开花灭，旬月不绝。如今，球复生球，小大成行，花开日，满室生辉。

  吾家花坚韧如此，灿烂如此，是何故也？情使然也。情之所至，金石为开，况草木乎。吾家女主人素喜花木，前生有缘，今世情笃，心之所在，情所系焉，故于培育浇灌之法，栽移修剪之术，无师而自通。花木有情，岂能无知。如是，心与情通，花与人接，人与物齐。天地造化，生生而不息。

2013年冬春之交
记于西山忘言庐

从拉韦洛到庞贝

——欧游日记摘抄之二

意大利法哲学与政治哲学学会第二十一届大会,以"法的概念与人权:东西方之比较"为主题,于1998年10月7—10日在意国之萨莱诺(Salerno)和拉韦洛(Ravello)举行。我受邀与会,因此便有下面这组日记。

1998年10月7日,周三

昨日由纽约 J. F. K 机场出发,飞机延误约一小时。今日出罗马机场已是上午10点多钟。无人接机,想必是之前沟通出了问题。用机场的公用电话联络会议组织方,颇费周章,车来已经是下午2点半了。

3点离开罗马机场,一路向南,直奔西南滨海城市萨莱诺。天气晴朗,路面平坦。蓝天白云之下,远处的维苏威火山清晰可见。车行约三小时，傍晚时抵达萨莱诺。车直接驶进海边一片漂亮的建筑，大会开幕式就在其中一个礼堂举行，已经接近尾声。

见到瓦洛里（Vallauri）教授和卡帕乔教授。瓦洛里教授（意国法律与政治哲学学会主席，亦为我此行邀请人）身材瘦削，看上去安静、温和，与我想象中的样子不太一样。

大会旋即结束。随众人乘车转赴拉韦洛——瓦洛里教授称之为意大利的"天国"。大客车沿海边山道左右盘旋，逶迤而行。暮色沉沉，将意国最美丽的海岸淹没其中。车行约二十公里，抵达"天国"拉韦洛。众人下车，入住鲁福洛酒店（Hotel Rufolo）。旅馆建筑外貌古旧，内里设施现代，布置亦甚讲究。

欢迎宴会在著名的鲁福洛镇（Villa Rufolo）举行。这座层层相叠的花园宅第，由鲁福洛家族建于公元12世纪。花园坐落于临海悬崖之上，崖高数百米，凭栏远望，可将阿马尔菲（Amalfi）海岸美景尽收眼底。园中有中古遗留的城堡，有高大、长有美丽华盖的古松。音乐家R.瓦格纳生前曾在此地优游创作。拉韦洛每年7月的音乐节因此而来，那些音乐会就在园内临海的露台举行。

晚宴之前有露天酒会，众人杯酒在手，随意行走、观览、聊天。良辰美景，可惜食物多不合口味，且多冷食。一整天没有正经吃顿饭，现在依然，连口热水也没有。虽无食欲，也只好胡乱吃些，聊作晚饭。

拉韦洛·庄园古堡

1998年10月8日，周四

赴美未及一月，又飞来此地。尚未从劳顿和不适中完全恢复过来，所幸昨晚睡得甚好，只在凌晨4点醒过一次。

根据日程安排，上午开会时间定在9点半，但因众人姗姗来迟，拖到10点才开始。下午的会议，参加人数亦略少。看来，意人之散漫不输于中国人。

上午的会议用意大利语，无同声翻译。正好可以坐在下面准备明天的大会发言。其间，瓦洛里教授的两个女弟子来，坐在一起谈了不少和中国有关的事。

中午和一群来自巴里（Bari）的学者吃饭，在阳光灿烂的小广场消磨了一个多小时。之后，随数人沿街而上，在山腰一家小咖啡馆落座。五人坐在露天葡萄架下，面向大海，遥望天际。一边品尝同行的安东尼奥（Antonio）称之为拉韦洛最好的咖啡，一边聊些不相干的闲话，真一大乐事。中午三个小时就这样度过，以至下午在会上一度困极，昏昏欲睡。

4点的会议持续到晚上8点多。会散，众人重新上车，沿海岸下行，去往五公里之外的阿马尔菲。阿马尔菲曾是历史名城，中古时为城市共和国，拉韦洛亦属其地。而今，阿马尔菲为旅游度假胜地，屋舍如云，游人如织。此刻华灯大放，正是又一轮欢娱的开始。

阿马尔菲有大教堂，颇辉煌可观。众人参观教堂，然后在教堂的一座附属建筑内晚宴。宴会厅远比昨日的宽大高敞，席间有三人组演奏意大利民间音乐，令我想到几年前在澳门的一次晚宴。

宴席撤去，安东尼奥邀我换地方再玩。对意大利人来说，夜里11点可谓时间正好。瓦洛里教授的两个女弟子也要拉我去疯一下，可我已倦极，必须回旅馆。11点半到旅馆，原想准备一下明天的发言，奈何精力不济，只好洗了澡睡下。

1998年10月9日，周五

7点醒，无心再睡。教堂钟声每十五分钟敲响一次。数着点起身，稍作准备，吃毕早饭即赴会场。时过9点半，来人尚少，我对此已有心理准备。10点，大会开始，我先登台报告，之后报告的是一位印度女士，大会配有英－意同声翻译。报告尚称顺利，只是有两度困极，强撑下来，直到最后一位女士谈西藏问题时才有了一点精神，居然还作了一个简短的评论。

此次大会，参加者约百五十人。因是意国国内专门领域年会，外国人寥寥。一眼看得出的，除了我，就只有那位印度女士。昨晚还碰到一位来自德国的教授，此外就不知道还有什么人来自意国之外。不过，就为了这几个外国人，大会专门请了三名同声翻译，从昨天下午到今日上午，工作整整一天。意人之周到由此可见。此外，这两日与多名学者、学生及工作人员接触，亦深感其亲切热情。

上午会议结束后，大有轻松感。下午参加会议的人更少。而且，尽管上午会议结束时瓦洛里教授再三强调下午3点半准时开会，众人依然故我，不能准时。同声翻译已去，我更无负担，闲坐观望。会场是一座改造了的教堂，其室内风格质朴，线条简约，实用且富现代感。教堂外貌不改当年，两个古堡式的圆顶与山上的城堡风格协调。

晚宴9点开始，午夜方散。宴会很正式，就在鲁福洛镇的宴会厅举行。窗外是大海，透过窗玻璃可以望见海边的灯火。席间有乐队伴奏的歌唱表演，气氛热烈。晚宴食物亦甚丰富，先后上了四道菜，外加一道甜品，一道咖啡。只是我无福消受，只吃完了头盘，品尝了第二和第三道菜，这时才发现还有第四道菜，也是当晚的主菜：一条整鱼。我没有碰那条鱼，我已经吃得太饱，而且，喝了不少矿泉水。

1998年10月10日，周六

昨日有雨，时缓时急。今天雨停，依然没有阳光。大会最后一天，人已去了不少。坐在会场读了一会儿书，略觉无趣，干脆出来走走，也是第一次有此闲情。

拉韦洛很小。城依山而建，街道狭长，青石路面，街两面的高墙因风雨侵蚀已经斑驳陆离，凸凹不平，上面青苔片片，野草萋萋。沿街多为旅店，标为五星者不在少数。旅店建筑皆如鲁福洛酒店，内里固极现代，外表则多仍旧貌，残垣断壁，无不小心保留。行走于此，的确可以感受到意国南部小城历史文化风韵。令人遗憾的是，街道向海的一面几乎被旅馆、饭庄、私家宅第和公园占尽，以致游人想要登高望远、凭栏观海成了一件难事。

会场小景

大会于中午时分结束。别过特罗耶（Troje）教授和瓦洛里教授，同部分与会者乘车离开，再返萨莱诺（Salerno）。两天前由萨莱诺来时，天色已晚，坡陡弯急，一面是暮色中的山体，一面是苍茫中的海面，海山景色尽付朦胧。今天重回萨莱诺，正可一观沿途美景。

这是一片广阔的海湾，向外望去，渺无际涯。海岸由峭壁和山岬组成，弯弯曲曲，划出海湾的界线。山上有大片裸露的岩石，上面长满小树和灌木。云雾在山间浮动，浓密处，黑色的山脊时隐时现。山脚下海滩成片，旅馆众多。白色的民居则散落于山腰之间。山上还有一片片的梯田，上面种满果树和结有果实的爬藤类植物。在这样的地方栽种果树想来并非易事，可见意国农人并不懒惰。

车到萨莱诺已经3点。住进预订的旅馆，先给两天前认识的保拉·卡帕乔（Paola Capaccio）打电话，再找点东西吃下。4点，保拉来，一起步行去看城里的大教堂。教堂建于1100年，南欧风格。教堂内正在举行婚礼，这是此次意国之行看到的第三场婚礼。上午在拉韦洛的教堂也看到一对新人，正在教堂门口等待亲友聚齐。当时不耐烦等，错过了婚仪。现在无事，于是驻足观看。婚礼很长，远不像电影里看到的那样只有几句问答。

从教堂出来，接着参观老城。萨莱诺系历史文化名城，曾为欧洲文化、艺术及学术中心，并拥有据说为世界上最早的医学院：萨莱诺医学院（Schola Medica Salernitana）。16世纪时，萨莱诺在若干封建领主尤其是圣塞韦里诺（Sanseverino）家族治下达于鼎盛，一时人才荟萃，引领风尚。不过在那之后，因为经历地震、瘟疫、战乱等等，其辉煌不再。尽管如此，萨莱诺今日仍是意国西南地区的一个文化中心，并为省会之所在。

老城破旧而冷清，不像之前去过的巴塞罗那旧城，喧闹而有生气，让人略感失望。穿过老城，沿海边慢慢走回，即与保拉分手，随便吃些东西后回旅馆歇息，准备明日旅行。

1998年10月11日，周日

昨夜有雨，今晨不止。

乘8点48分的火车前往庞贝。火车沿海岸驶向西北。右手是连绵的山脉，左面是第勒尼安海，车行于山海之间，如在画中。约10点，车停庞贝。出得站来，有揽客的出租车，议定价格后上车，很快就到了古城遗址。

古罗马时代的庞贝，繁荣富庶。公元1世纪，地震、火山爆发接踵而至，其中，公元79年8月24日维苏威火山突然喷发，竟彻底毁灭了这座城市，并抹去那里的一切生命迹象。整座城市被掩没于四五米厚的火山灰砾之下，从此消失无踪，仿佛从来不曾存在一般，直到一千七百多年后才重见天日，将她遭毁灭刹那的景象原样呈现于后人面前。如今，这场骇人悲剧已经沉淀成一桩令人伤感和慨叹的历史故事，引来无数游人观览。这一切，想来让人觉得不可思议。

细雨迷蒙,为古城添加了几许凄清。漫步城中,两个小时,将全城走了一遍。古城完整而紧凑,城内道路纵横,屋舍密集。市场、神庙、会堂、大小剧场、操场、庭院、豪宅、民居、店铺、妓院、公共浴场,一应俱全。遥想当年,这里必定人流如注,熙熙攘攘,繁华喧闹,充满生机。如今,这一切都已灰飞烟灭,只剩那些沉默无语的砖石和断壁,漠然面对来来去去的各色游客。

雨中离开庞贝古城,重新乘火车往那波利(Napoli)。4点到,找到预定的旅馆住下,随即入城。那波利为意国南部第一大城,历史悠久,文化发达,人口稠密。城市亦建于山海之间,圣马蒂诺修道院就高耸于可以俯瞰那波利湾的山顶,从城市广场向上望去,对其雄浑峻拔印象尤为深刻。按地图指引,找到"Plazzo Reale",即王宫。赶在关门之前进去,浮光掠影地观览一回。王宫建于17世纪,典型的欧洲王宫风格,内里装饰、陈设、家具及绘画均极精美,其堂皇气派似不在凡尔赛宫之下。

走出王宫,天色微暗。信步至海边,维苏威火山就在眼前,想不到她竟这么近。当年,那波利的居民定能清晰异常地看到火山喷发时的情景。驻足默观,脑海中现出亲历者小普林尼(Pliny the Younger)描述的场面。

小普林尼讲述的,是火山开始喷发第二天早晨发生的事情。当时,他正在距维苏威火山不远处的米散那。前一天,也就是火山爆发当日,他博学而富有探索精神的舅舅老普林尼,率领船舰亲赴庞贝,就近观察火山喷发情形。当晚,地震频频，居住在米散那的人们惊惶不安。清晨，天色微晓时分（我猜，那时天色明暗程度应如当下），他和亲友开始逃离城镇，身后跟了不少因为惊慌和恐惧而不知所措的平民百姓。这时，他们看到了"一个极端奇异和可怕的景象"：停在平地的车辆前后左右地滑动，"海好像是被大地的抽动所牵引一样被吸回去了，……许多海生物被困在干旱的沙滩上。在另一面，从一团可怖的黑色云雾中一阵阵冒出一股股岩浆蒸汽，它们一下子又突然闪现成一长串奇幻的火焰，看上去像闪电一样，但长大得多"。

最让人难忘的是下面这段描述：

> 我回头看一下，只见极浓厚的一片暗黑的烟雾紧跟在我们后面，像一股洪流顺着我们身后的地面滚滚而来。我当时提出在我们还能看得清的时候，先转到路边去，以免被后面拥挤而来的人群挤倒在路上，在黑暗中被人践踏而死。还没等我们在路边坐稳，无边的黑暗已经笼罩了我们。那种黑暗不像一个无月光或多云的夜晚，而更像是在一个关紧了门而灭了灯火的暗室里那样一片漆黑，你可以听见妇女的尖叫、儿童的哭声和男人的喊声。一些人找孩子，另一些人找父母，还有些人找妻子或丈夫，只能听声音来辨认人。有些人叹息，抱怨自己命苦，另一些则惋惜自己的家庭，还有些人乞求一死了事，显然是由于极端怕死。许多人伸手向天哀求神灵怜悯，但是大多数人已经觉得没有什么神灵了，天地末日已来临了！

那波利，与维苏火山隔海相望

此刻，我隔海望着维苏威火山。天光之下，水雾横生，将山海交接处隐去。黛色青山，如坐云中。碗状的火山口，还有山体和缓的线条，历历清晰可见。谁能想象，如此安静美丽的山峰会突然间变得狂暴不羁，将栖息在她身边的无数生灵无情吞噬？

1998年10月12日，周一

乘早晨8点06分的火车前往罗马，比原计划早了半小时，只因为这班火车没有按时出发，正好让我赶上。

最后望了一次维苏威火山。她静静矗立海中，山脊的曲线清晰而优美，看上去跟昨天一样平静、祥和而美丽。

约11点到罗马，转乘机场专线，到机场正好12点。距登机时间尚早，可以从容地在免税店选点礼物送朋友。

一周的意国之行将要结束，这也是一年之内的第二次意国游。5月复活节假期，曾携内子与友人驾车，经法国南部，穿越阿尔卑斯山入意国，游历佛罗伦萨、比萨、罗马、梵蒂冈及威尼斯诸城。这一次，却好像上次旅行的延伸，由罗马出发，进入意国西南，所见则是另一番景象。之前在法国，以为巴黎堪为欧洲之都，到了罗马和梵蒂冈，一睹其恢宏阔大，叹为世界之都。此番所见又不同。萨莱诺、拉韦洛及阿马尔菲，均为景色秀丽、人文荟萃的小城，阿马尔菲海岸更是风景绝美。庞贝古城，苍凉幽深；那波利立于山海之间，文明风流。自然，独自一人的火车旅行也别有情致。尤其是，每日与意大利人相处，与之接触、交谈，从教授、学生，到旅行社代理和餐馆侍者，对他们的质朴、热情、率真、随和及散漫，留有深刻的印象和愉快的回忆。

普拉亚斯，一个夏日的记忆

普拉亚斯（Playas），美国西南边陲小镇，与墨西哥相邻。1970年代初期，美国最大的铜业公司，费尔普斯·道奇公司（Phelps Dodge Corp），在此地兴建冶炼厂，于是，厂区约一英里外，便有了这座孤零零的小镇。小镇鼎盛时期，人口据说上千，但这个因工厂而形成的居民聚落，仍然很小，小到不易在地图上查到。自然，铜业之外，普拉亚斯的名字也鲜为人知。然而，机缘巧合，上世纪最末一年，我和内子居然就在那个偏远的荒漠小镇，度过整整一个夏天，而且，不知有幸还是不幸，亲眼目睹了小镇历史的终结。

那年，暮春时节，结束了在哥伦比亚大学法学院的访问，我携内子离开纽约，赴加州大学洛杉矶校区访问，顺便沿美国西海岸旅行观光。不过，我们最终的目的地，却是小小的普拉亚斯。因为伟时弟任职于费尔普斯·道奇，在那里居住有年。

普拉亚斯小景

从加州去普拉亚斯，先飞西南重镇，亚利桑那州的图森（Tucson），再从那里转乘汽车。与东、西部都市城市不同，这座沙漠中的城市，建筑低矮结实，有异国风。飞机降落时，报室外温度86华氏度（30摄氏度），待走出机场，阳光照射之下，尤觉暑热难耐。由图森往普拉亚斯，有四个多小时车程。一路东行，沿途风景与东部迥异，与加州亦大不同。大片的仙人掌，还有低矮的灌木，分布于高速公路两边，途中有大石叠嶂，矗立如山，残阳照射之下，颇觉诡异壮观。入夜，转入地方公路，荒野无边，车灯摇曳，野兔出没道旁。伟时弟说，这里夜间行车撞上野兔是常事，若不幸撞上鹿，还可能车毁人亡，故须格外小心。

晚9点，到普拉亚斯。车外，空气清新，凉爽宜人。繁星密布的苍穹，最让人怦然心动。如此深邃的夜空，如此明亮的星辰，好多年没有看到了。

除去几次州内和跨州旅行，我们整个夏季都消磨在了普拉亚斯。这座荒漠中的小镇，有邮局、银行、教堂、医院、超市、运动场、礼堂和停车场。所有公共设施都集中在小镇朝向厂区的一端，独栋式民居则散布于迷宫般相连的环形道路两旁，这些单层平顶的墨西哥风建筑，敦实、厚重、质朴，适合这里温暖干燥的沙漠气候。

原来以为，沙漠地区都是沙丘相连，寸草不生。到了这里才知道，沙漠地也可以有丰富的动植物资源。实际上，新墨西哥州位于北纬30—40度之间，属典型的温带沙漠气候，

小镇民居

虽然干旱少雨，湿度低，仍有不少动植物生长其中。除了种类不同的仙人掌，还有许多叫不出名的花木和灌木，那里有条纹壁虎、大毒蜥蜴、树皮蝎子、鸟蛛、鼠、蛇、菱纹背乌龟、棉尾兔、美洲豪猪甚至长耳鹿出没。与之相伴的有多种鸟类：鹩鹩、鸽子、鹌鹑、黄头小山雀、猫头鹰、大毒蜥啄木鸟。不过，在普拉亚斯，见到最多的是野兔，印象最深的则是长尾鸟。

长尾鸟是新墨哥州州鸟。它们为何被选为州鸟，我未得其详。但必须承认，这确是富有喜剧性的一种鸟类。它们虽然被叫作鸟，或者干脆就是鸟，但行为更像是鸡。因为它们几乎从不展翅飞翔，而总是成群地满地跑动。通常，妈妈，也许是爸爸，领着一群孩子，飞快地横穿马路，隐入路边的矮树丛。它们在那里觅食，同样急急忙忙，脚不停歇。从伟时弟那里知道，它们在英文里叫"roadrunner"，中文的意思是"路行者"，有人译为"走鹃"。原来，它们就是在地上跑的。此外，普拉亚斯还有一种动物值得一提，那就是郊狼，尽管我们从未谋面。早晨起来经常发现，夜里放在门前的垃圾袋被拖到马路边，垃圾散落一地，据说那就是郊狼所为。

普拉亚斯的夏天日照强烈，干燥炎热，这样的气候，待在室内或是树荫下面，并不觉得难受。当然，冷气机（cooler）还是必备品，其工作原理，是冷水循环加风扇，这比城里常见的空调（air condition）显然更加环保。据气象资料，新墨西哥州年平均降水量为380毫米，惟山地、平原差异

走鹃 roadrunner

走鹃

颇大，山区雨量最高可达 1000 毫米，最干旱地区却只有 200—250 毫米。普拉亚斯不属高地，据说这个词的意思就是沙漠中的盆地，但在雨季，这里的降水却也称得上气势磅礴。先是大片乌云逼近，继而电闪雷鸣，狂风大作，豪雨如注。有时，晚饭后散步，眼见黑云压城，风雷骤至，想赶回家已然迟了，只好就近找地方暂避。普拉亚斯的雨，和北京夏日的雷阵雨有几分相似，只是荒漠中的雨，气象全然不同。雷雨在天地之间滚滚而来，漫过沙原，越过月球般荒凉的山峦，形状怪异的闪电，挟雷声划破天幕，瞬间照亮原野，令人惊悚不已。时而，雷雨过后，晚霞映照，荒原如洗，那一刻，极目远山，倾听天籁，竟有如获新生的感觉。

新墨西哥州地处美国西南边疆，地广人稀，而且迟至 19 世纪中叶美墨战争后才并入美国，自然资源虽然丰富，但人文教育发达程度却不能与东部诸省相比。在普拉亚斯期间，因伟时弟家人在新墨西哥州立大学就读，并在大学所在地拉斯克鲁塞斯（Las Cruces）市租有房舍，我们有时也随同前往小住。拉市为新墨西哥州第二大城市，人口约七八万，家庭平均收入据说不到四万，但是城中商业设施齐备，并有漂亮的住宅区。伟时弟曾专门驾车带我们看过几处住宅区，那里规划合理，建筑美丽，令人印象深刻。这座建在半沙漠地区的小城那几年发展极快，已被列为美国最适宜于居住的城市。

普拉亚斯原野

在拉市时，我们住大学校区宿舍，那里离校图书馆甚近，闲时往图书馆查询资料、上网浏览，均极便利。大学校园颇具规模，据说其占地面积在美国大学中名列前茅。该校虽无东西部名校那般典雅肃穆，但也绿草茵茵，设施齐备，一切井然有序。新墨西哥州或许是美国最贫穷的省份之一，且此校系州立，在美国大学综合排名中，位置在一百五十名之后，尽管如此，其一般教学条件也已达到相当高的水准。由此可知，美国之国力雄厚，绝非一日之功。

在普拉亚斯的日子，除了读书，还有一件乐事，那就是学习驾驶。汽车是美国生活方式不可缺少的一部分，年过十六岁，无分男女，均可学习驾驶，八十老妪，一样驾车上路。不过，在普拉亚斯学车，却是一种不可多得的经验。因为那里地处偏远，公共服务未尽完善。学驾驶，颇为随意，取得驾照，却略有不便。美国系联邦制，五十个州，各行其法，具体到考驾照一事，各州要求不尽相同。大约一般的做法，是先考交通规则，通过后即取得学习驾驶资格，之后，路考通过即可获得驾驶执照。但在普拉亚斯，却是先学驾驶和路考，之后才考交规。我甚至有点怀疑，这只是普拉亚斯的规矩。而这里最特别的，也许是单为一个人举行的考试。

我学驾驶，老师自然是伟时弟。通常是下班之后，他陪我练习数十分钟，而所谓练习，很少技巧训练，不过是道路行驶，他在旁指导。几次之后，看我驾驶平稳，他也不再多说，兀自打盹去了。出普拉亚斯，只有两条道路，一条通向厂区，另一条通向外面的世界。这条路，弯曲起伏，但路况甚好，最妙的是，路上车辆稀少，真是绝佳的练习场。不久，我即能熟练驾驶往返其间。只是，对那些常见的考试科目，如平行泊车、路面掉头等，我一概不懂。

路考那天，伟时弟把考官带来家里。考官也是工厂员工，受委托代行若干社区警察职能。我开车上路，沿门前的环形道路慢行。考官坐在副驾驶位置上，和坐在后排的伟时弟聊着天，抽空问我几个交通规则方面的问题。我很紧张，对回答的问题也没有把握。后来，车到镇前停车场，考官让我沿路边倒车。我没经验，一倒就上了马路牙子。考官说，好吧，回去再练练倒车。路考就这样通过了。交规笔试在距普拉亚斯十几英里外的一个市镇举行，那里有正规一点的警局。按约定时间到那里，还是我一人。办公室就是考场。最后一个环节是申领驾照，而且，按照新墨西哥州的规定，拿驾照之前还必须接受一个三小时的培训课程，内容主要针对毒品问题，这些，都在拉斯克鲁塞斯完成。遗憾的是，因为少了一份重要文件，我最终功亏一篑，没有拿到新墨西哥州驾照。不过，这段有趣而难得的经历，一直是我关于普拉亚斯难忘回忆的一部分。

5月到普拉亚斯，8月离去，其间若不是发生关厂事件，这个夏天应该说过得闲适、平静而圆满。关厂的事来得突然，而且影响到镇上所有的人，也包括伟时弟。

1935.7.5
Playas, NM

伟时弟寓所

那几年，国际市场上铜价低迷，而且一跌再跌，以至于像费尔普斯·道奇这样的大公司也不堪压力，叫苦不迭。一时间，各种令人不安的小道消息四处流传。普拉亚斯的冶炼厂会不会关闭，一直是普拉亚斯居民们议论和担心的事情。虽说此前已有这类传言，宣布关厂的消息还是让小镇居民感到意外。工厂关闭意味着失业，这对那些长年在此工作的人来说，尤难接受。一个在超市工作的妇女告诉我们，她听到这消息在家哭了一天，因她婚后即随丈夫在此地生活，从未想到有一天工厂会关闭，也不知道关厂之后自己还能做什么。说到未来，她神色茫然而无奈，令人黯然。

屈指算来，离开普拉亚斯已经十二年。这中间，没有机会再去那里。工厂早已关闭，小镇居民也已星散，除去几十名留守人员，众人各奔前程。当年主持我路考的那位考官，留在当地，成了一名真的警察。伟时弟一次夜半抛锚在荒野路上，多亏遇到他才得救援。2004 年，看到一则报道，说美国国土安全部计划斥资 500 万美元买下普拉亚斯，用作反恐训练试验场。此前默默无闻的偏远小镇，因此声名远播。又数年，有报道说美国联邦紧急措施署在那里开设"应急培训班"，教人如何应对自杀式恐怖袭击、如何解救生命垂危的人质，以及如何安全度过飓风等。普拉亚斯被联邦政府看上，一个重要原因，是那里有相当齐备的现代设施，包括完善的地下电缆网络，直升机起降平台，甚至小型喷气飞机的使用条件。然而，回到 1999 年的那个夏天，没有人会想到，将来有一天，这些设施会派上这样的用途。

也是在那个夏天，宣布关厂之后的一天，内子在社区超市买回一个她心仪已久的小马八音盒。这是那种传统式样的玩具马，蓝灰色剪绒。站立在雪橇上的小马，造型简单，线条浑圆，憨态可掬。马身装有一支小小塑料柄，上紧发条，叮叮咚咚的乐声便如泉水般流淌出来。在今天的玩具市场里，这样的玩具差不多绝迹了。如今，这匹小马仍静静站立在我们北京家里书橱一角，不改其纯朴可爱，而每当她奏出轻灵美妙的乐音，我们总会想到那个炎热的夏天，那个遥远的叫普拉亚斯的小镇。

法庭观摩记

美利坚合众国，法治国家，凡事皆有法式。法律多，则警察多，律师多，法院亦多。不独如此，美国法律制度，出于英国普通法传统，其中，法官地位之尊贵，名声之显赫，为世界其他法律传统所不及。这一特点，在美国法律中尤为显著。不妨说，美国法律的历史，就是以法庭和法官为中心发展起来的。这就难怪，法庭辩论总是好莱坞法律故事的胜景。

我对美国司法制度并无专门研究，只是机缘巧合，有过几次参访法庭的机会，闻见所及，对美国的法庭有一点浮光掠影的印象。

Guilty or not guilty?

在美国生活，同法律打交道的机会很多。每年3月报税，是所有纳税人须要直接面对法律的时刻，那也是一个让大多数人头痛的时刻。因为美国税法内容庞杂，计算方法繁复，若非专家里手，要正确填写报税表，诚为难事。饶是如此，税必须按时且如实申报，否则就是违法。而在美国，违法的后果通常很严重。

除了税法，美国还有一种法律，其与民众关系之密切，更甚于税法，那就是交通法。美国是名副其实的汽车大国。其人口三亿，机动车两亿五千万辆，人均汽车保有量居世界第二。美国人，不拘男女老少，差不多人人有机动车驾驶证，以至于驾驶证成了个人身份证件，在日常生活中最是有用。而驾驶机动车上路，干脆就是美国生活方式的一部分。于是，交通法规就成了美国人生活中最常接触的法律了。

美国的交通法规并不繁难，而且，各州法律虽然不同，但是大同小异，均便于了解和掌握。只是，了解和通过考试是一回事，实际做到不违规是另一回事。常言道：常在河边走，哪能不湿鞋。对于一般有驾驶经验的人来说，从未违规受罚，大概不能算是正常。而一旦遇上这类事情，他们就有了同法院打交道的经验。

与中国的情形不同，在美国，虽然警察负责执法，但对违反交通法规行为的处罚，哪怕只是罚款，也归法院而不是警察管。所以，警察可以开罚单，但这罚单要不要兑现，由法院说了算。还有一点，超速行驶、闯红灯、无证驾驶一类违反交通规则的行为，在美国算是犯罪，要在法庭上处。

因为这些原因，只要开车，难免要和法院打交道。不过，若只是为交罚款去法院，对所谓法院也难有深刻认识。一则是因为，处理交通案件的法院通常设在基层，建筑也很普通，与一般市政机构无异；二来，只是缴纳罚款，无须上法庭、见法官，感受不到法律程序，跟到普通行政机构办事无大差异。要进入法院程序，或是因为当事人对警察的处置有异议，或者，交通肇事行为本身需要上法庭处理。

在新泽西时，因为陪一位朋友出庭，我去了当地一间法院，目睹了法官处理交通案件的过程。

这位朋友的遭遇说来好笑。他刚来新州，在当地买了辆二手车。开去保险公司买保险，再去车辆管理所上牌照，接着就在管理所边上的车检机构车检。没承想，排队车检的时候，出了一件小小意外。事情虽小，却引来警察查验，这下麻烦大了。原来，他当天买的车险要到次日零点方才生效，这意味着，警察看到的车辆没有保险。此外，他刚刚拿到的车牌尚未更换，车上挂的还是原来的牌照，这等于悬挂无效车牌。两项均属违法。警察当场开出罚单，罚单上没有列明罚款金额之类，只是要求他几天后出庭应讯。

其实，这位朋友向来守法。他知道机动车要有保险才能上路，所以车买来后在门前停了数日，一直没有开动。而他之所以开车去买保险，又是因为他从当地朋友处得知，保险公司要查验车辆之后才能出售车险。他不知道，正确的做法是让保险公司上门验车，而不是自己把尚未投保的车送去。

实际上，他如此行事，也是依有当地生活经验朋友的指示，全不知这样做即是违法。问题是，警察不会听他解释，他们的职责，就是据其所见，提出指控，开具罚单。至于事情的原委和曲折，只能到法院上陈说，由法官裁夺。

美国法院对交通肇事的管辖，也分联邦和州两个系统。这件事发生在新州本地，归当地法院管辖，具体说，由设在市镇的一间地方法院处置。有统计（2003年前后）说，新州共有地方法院五百三十九个，处理全州每年约七百万件诉讼中的六百万件。我们去的这间法院，受理由执法官员和公民个人提出的发生在本市的案件、主要包括违反交通法规的案件、轻微的治安案件，还有就是违反市镇法规的案件。这类案件均公开审理，而且，基于案件性质，法庭不设陪审团，判决由一位独任法官据实作出。

法院设在市内一幢一层建筑内，外观普通，法庭内里也平淡无奇，像一座小礼堂。开庭那天，上午8点半到，法庭里满是人，进进出出，甚是热闹。陪朋友进去，走到庭前，有法庭书记员问："Guilty or not guilty?"（"有罪无罪？"）朋友回答说："Not guilty."（"无罪。"）书记员定了下次出庭的日子，这次的程序就算结束了。

差不多一个月后，再次开庭，时间是下午5点半。这次与上次不同，法庭很安静，气氛平和。法官现身的时候，法庭人员喊：起立。大家站起来。法官就坐，让大家也坐下。然后法官说一段话，先对大家出席他的法庭表示欢迎，然后对法庭程序作了一番说明，主要是陈明公民在法庭上的权利等。接着开始问案。这次审理的都是交通类案件，而且都是不具严重后果的轻微案件，审理过程很快。法官，一个中年男子，看上去经验丰富，自信而幽默，有一种从容镇定的气度。法庭场面与影视作品里看到的很不一样。没有陪审团，也没有律师。法官席不是高高在上，当事人坐满庭前，一个接一个，有时是一拨接一拨，上前接受问话。有一次，竟有七八个人一起，面对法官站成一排，接受法官训示。他们应当不是同一案件的当事人，只是因为案情相似而被合并处理吧。

很快我发现，法庭上有一个人最活跃，他手里拿了文件，四处走动，一会儿跟当事人交谈，一会儿和当事人一起在法官席前说些什么。我想，他应当就是控方律师。后来，他忽然走过来，跟我朋友讨论案件，说只要认罚每项指控40美元，即可结案，不然就只能进入法庭辩论程序，由法官裁夺定案。控方律师的建议，让我想到美国司法上的辩诉制度。据说，美国刑事诉讼百分之九十以上的案件都是以这种方式结案的。不过，辩诉制度的运用应当更加正式，而且，这里也不是刑事法院，我看到的，更像是一种调解协议。但是不管怎样，当日法庭处理的案件，无一例外都是以这样的方式结案。法庭上的案件能够迅速了结，其奥妙在此。为这次出庭，朋友准备了数纸辩词，最终都没有用上。轮到他的时候，法官问了几句话，让他到外面缴纳罚款，案子就这样了结了。

那晚，法庭处理了大约五十个案子，前后约三小时，效率很高。

Itamar Lubetzky v. United States of America

哈佛法学院的 J 在麻省联邦地区法院作法官助理,他很早就说可以帮我安排,在他工作的法庭观摩一场审判,只是,一直没有合适的案件,直到我快要离开波士顿回国。

这是一桩民事诉讼。原告伊塔马尔·卢贝茨基(Itamar Lubetzky)先生,一个生意人,他告的是美利坚合众国。这位卢贝茨基先生究竟为了何事,要把自己的祖国告上法庭?读了 J 事先给我的几份材料,案子的轮廓立即变得清晰可见。

原来,根据美国联邦法律,雇主须要从其雇员工资中按季扣除其社会及医疗保险和联邦个人所得税,并交与国内税务局(IRS)。卢贝茨基先生曾受雇于一家公司,并担任公司要职,其职责就包括代联邦政府扣缴这笔通常称之为信托基金税(trust fund taxes)的款项。涉及的时间段,原告诉状提到的,是 1996 年 7 月 1 日至 1997 年 3 月 31 日的三个季度,还有 1997 年的最后一个季度。不过,这些正是争议所在。1999 年 10 月 25 日,卢贝茨基先生就上述 1997 年最后一个季度的税额,向国内税务局支付了一笔 2897.42 美元的款项,但同时填报和提交"表 843",要求国内税务局返还他刚支付的这笔款项。国内税务局拒绝了这一要求。卢贝茨基先生认为,基于代扣缴税责任而对他课以"信托基金财产收回罚金"

(Trust Fund Recovery Penalty）实属不当，因为他既无此项职责，亦非相关法律所指的"有意为之"（willful）。为此，他要求法院判决：一、取消国内税务局对他的课罚，返还上述款项并法定利息；二、由被告方支付其律师费及因此项诉讼产生的各项开支；三、法院认为适当的任何及所有其他救济。最后，原告要求有陪审团的审判。

针对卢贝茨基先生的主张，联邦政府方面的律师逐条予以答辩，并提出反诉。对于原告诉状中非关要害的种种陈述，被告方大抵都以"无充分了解以信其为真"作答，对其中之争点则明确予以否认。这其中，除去若干系争事实，最重要的便是：一、坚执原告系对扣缴税款负有责任者之见；二、不认为国内税务局之课罚决定有错；因此，三、否认原告有权要求返还其所支付之款项（据被告方所述，那笔款项的数额是729.76美元，而非原告诉状中说的2897.42美元）。不过，最要命的还不是这些，而是答辩状最后提出的对原告卢贝茨基先生的反诉。这项反诉的主要内容如下：

1999年9月27日，受财政部长委派之官员，根据《美国法典》标题26第6672条，对卢贝茨基先生课以信托基金财产收回罚金，计78239.45美元（相当于应扣缴而未缴之款项）。这项处罚是基于确信，卢贝茨基先生于1996年第二、三、四季度以及1997年全年四个季度，系上引法条所规定的有意不履行对其所任职公司内信托基金税款收缴之责的责任人。为此，财政部官员发出课罚通知书，要求卢贝茨基先生支付该款项，但遭其拒绝。此刻，政府律师要求法院驳回原告的诉讼请求，判决卢贝茨基先生支付这 78239.45 美元，以及自当日至今的法定利息等。

除原被告双方诉状之外，J 给我的材料里还有一份"审前决议"，一份需要陪审团裁定的"特别问题"，还有一份陪审团候选名单。

"审前决议"由本案主审法官召集诉讼双方当事人律师召开所谓审前预备会议商定，由法官亲自签发。决议内容包括审判日期及时段、陪审团人数、规定双方律师提出供陪审团裁决之问题的日期、需要在法庭上审理的问题以及举证责任的分配、对呈堂证物和证据的规定、证人名单，以及需要双方律师审前及开庭首日提交的摘要等文件。

阅读这些法庭材料，对文书格式印象最深。比如原告诉状，A4 纸六页，双倍行距，逐条开列事实和主张，计二十四条。被告之答辩状则于此二十四条之下，逐条作答。如此，则案件涉及事实及主张，以及所有系争之点，一目了然。又比如"审前决议"，短短三页，就把法庭上要处理的问题及原被告双方责任界定得清楚明白。还有那份由双方律师共同商议拟定的交由陪审团裁定的"问题"，那些问题环环相扣，只需以"是"或"否"的回答来确定案件事实。有了这些准备，后面的审判就可以顺利进行。显然，这里还有更重要的东西，那就是诉讼程序，这是一套精心设计的程序，确保审判过程公开、透明，同时不失其效率。

坐落在波士顿港湾的联邦法院大楼

麻省联邦地区法院设在波士顿城内，与联邦第一上诉法院同在一座宏伟建筑内。建筑呈扇形，扇形的一面是高大的玻璃幕墙，正对着波士顿港湾。建筑的另外两面由花岗岩石和红砖砌成，线条笔直，棱角分明，外墙上镌刻有美国历史上著名法官的语录，观之令人心生肃穆。法院入口就在这面。建筑内里的设计大气而不乏细节，颇具匠心。给人印象最深的还是那面玻璃幕墙。它一面挑空，拔地而起，与各楼层回廊相对，因此，人们无论在大楼的哪一层，都不至错过波士顿港湾的美丽景致。实际上，这栋既富现代气息又具古典韵味的建筑，是波士顿地方的一处景点，参观者络绎不绝。楼内有很好的餐厅，对法官、当事人和参访者一视同仁，供应美食。

联邦地区法院在联邦法院系统内的位置，可比之于州地方法院在州法院系统内的位置，然而，无论法院的重要性，还是法官地位，前者都远非后者可比。这里的法庭，无论大小，都庄严肃穆，不像议事厅，也没有乱糟糟的场面。所有人都正装出席，法庭秩序井然。案件公开审理，对公众开放。参访者可随意选取有兴趣的案件旁听。不过实际上，对普通人来说，法庭程序枯燥无味，除非涉及特殊人物或事件，一般案件审理，进出法庭的，不是当事人及其律师、亲友，就是相关证人。像卢贝茨基先生的案子，就没什么人感兴趣。开庭凡三日，坐在听众席上的，除了卢贝茨基先生本人，就只有我一人了。

像州地方法院一样，联邦地区法院开庭也是由一名独任法官主持，不同的是，联邦地区法院法官配有两名助理，一名速记员。法官助理照例来自法学院应届毕业生，而能出任法官助理的人，通常为其同辈中的姣姣者。J的搭档是一位女性，法官佐贝尔（Rya W. Zobel）本人也是女性。速记员为男性，秃顶，戴深度近视镜。两个助理坐在法官一侧，他的位置却是在高台之下。将近三天的时间，他就在那个位置上，埋首记录，一言不发，纹丝不动，有如泥塑。不知为什么，他让我想到狄更斯笔下的法庭书吏。我猜想，他在这里服务的年头一定长过端坐上面的法官。

开庭第一日最重要之事，是要从三十人的陪审团名单里，选出本案的八名陪审员。这三十名候选者是由本地居民中随机选取，其职业五花八门，有商人、会计、地产评估人、广告业者、教师、经理人、飞机技师、船员、软件工程师、卡车司机、网页设计师、厨师、警官、护士，还有退休者和失业者。甄选陪审员颇费时间，法官先介绍案情，说明甄选程序。接下来的提问涉及每一个人，为的是确保被选者不会因为个人经历、社会关系或对事物的特定看法而不能在履行其职责时保持公正。律师为各自当事人利益计，都希望把可能作出对己方不利裁定的陪审员排除出去，他们甚至有机会无须提出理由而拒绝某个不合其意的陪审员。

选出陪审团之后，庭审便进入正题。先是双方陈述，然后是询问证人。第一个证人就是卢贝茨基先生本人，对他的询问进行了两轮，延续到第二天。其他几名证人也都是原告方面的，包括那间公司的会计师，还有曾为公司提供法律服务的律师。律师作证时提及"顾客特权"，承认"顾客特权"与否，影响到他是否回答涉及他与原告之间一次谈话内容的某个问题。有好一阵，审理程序就停在这个节点上。法官向陪审团解释什么是"顾客特权"，其与本案的关联何在。之后，法官要求两造律师提出意见。讨论的结果，是同意该证人回答问题。于是，法官又向陪审团解释，指出律师作证时不受"顾客特权"约束的两种情况，比如，当事人和律师的谈话发生在律师辞去代理人职务之后，或者，当事人谈话时是以个人身份，而非代表公司。庭审第二天终了，证据出示和证人询问的工作全部完成了。

  第三天早晨，法官先用半小时时间和两造律师讨论将要向陪审团指示的内容。主要问题有二：一是关于法律所谓"责任人"（responsible person）的概念；二是对"有意不履行"（willfully fails to）的解释。接下来，法官向陪审团重述案情要点。之后，两造律师分别陈词，作最后陈述。在陪审团退庭商讨裁决意见之前，法官有一段详尽而重要的指示，其内容包括：案情简述；对陪审团"权力"的说明；详述"证据"问题，集中于本案中需要考虑的各点，如本案的证据（什么是证据，什么不是），考量之一般原则（自由取舍，由已知事实出发，不得臆测等）；解释"举证"的意义（比如在本案中，举证为原告方的义务，其中涉及的复杂情形。又比如证据权衡规则，持平即为举证失败等）；最后是对需要陪审团决定之问题的详细说明（问题并不复杂，归结起来其实只有一个：那就是本案原告，卢贝茨基先生，在某一特定时间段，是否对国家负有扣缴员工税款之责。不过，要根据法律的标准，并且在权衡全部证据的基础上回答"是"或"否"，也不是一件轻而易举的事情）。事实上，尽管之前已有法官的详细解释和指示，陪审团在商议过程中还是遇到问题，要向法官提出，法官则与律师商议后答复。

中午时分，陪审团作出了对本案的裁决。他们认定的事实对原告不利，卢贝茨基先生败诉了。这意味着，他要向国内税务局支付超过9万美元的款项。

闭庭之后，我随J去到"后台"，法官的办公室，那里的气氛轻松随和。让我没想到的是，被告方律师及其助手，两个初出茅庐的年轻人，也去了那里。他们赢了案子，兴奋异常，因此来向法官和法官助理们表示感谢。我不知道这种情形是否为例外，但我知道，律师、法官，还有像J那样刚走出法学院的法官助理，同属于一个职业群体，他们不只是有共同的语言，他们的角色也可以互换。今天这位年轻律师，还有像J这样即将入法学院执教的法官助理，明天也可能坐在法官席上问案。职业内的这种流动性，表现在法庭上，则是职业法律人不同角色之间密切无间的合作。

美国的诉讼制度，无论民事刑事，均采所谓对抗制：两造相争，各显其能，地位要平等。法官高高在上，却只是一个中立的裁判者：一是要保证对抗双方谨遵游戏规则，再就是保证法律的公平适用。据此设计，法官角色为被动的。不过，法官之重要性并不因此而稍减。据我在法庭所见，法官之无为并非放任，其对有争议问题的裁示、对法律问题的解释、对案情的重述，还有对陪审团所作的法律指示，不但对审理过程，而且对诉讼结果，均有深切影响。易言之，法官实为法庭之掌控者，也因为如此，法官个人的法律知识、职业素养，还有法庭经验和技巧等，都是影响审判质量的重要因素。

法官之外，当日法庭上的重要角色，还有律师和陪审团。与守持中立的法官不同，律师代表当事人，各为其委托人利益而动。在对抗式诉讼制度中，其角色最活跃。尽管最终，案件事实由陪审团裁断，法律适用权在法官，但事实的证明之责却是在律师身上，而法律问题，无论程序的、实体的，也要在律师参与下确定和解决。这些角色间的互动与配合，在当日的法庭活动中都有很好展现，而陪审团的"在场"，给我印象尤深。

陪审团的责任是确定案件事实，但我们知道，法律所谓事实全靠证据建立，因此，其确定也取决于证据规则。而现代法律又高度专门化，其中各种人为区分及其细微含义，远超没有受过训练的普通人所能了解。因此，在有陪审团的审判里，如何连接专业知识与常识，并在二者之间建立平衡，就是一件至为紧要之事。实际上，诉讼程序的各个环节，包括证据的呈示、律师的论辩、问题的形成、法官和律师各自的角色等，都是围绕这一目标来设计的。

把民众引入诉讼程序，让和当事人一样的普通公民去裁断案件事实，既可提高法律的正当性，也有助于降低法律精英化所带来的危险。反过来，履行陪审职责也是一种极佳的公民训练，这种制度除了培养公民的责任感和参与意识，更有助于养成其理性思考、判断、讨论和做出决定的能力。而这些意识和能力，对于维续一个复杂的和利益多元的民主社会，乃是绝对必要的。就此而言，当日我在法庭上所见，就是一场浓缩的美国社会游戏：游戏中的不同角色，其利益、诉求和责任相异，但无论如何，各方都要依事先确定的规则，以公开、平等和理性的方式行事。在此过程中，表达、倾听、论辩、证明、权衡、反思和说服，便成为共同生活所必需的技艺。

原来以为，卢贝茨基先生的案子到此为止。但在整理这篇文字的时候我却发现，当日的审判不过是一场漫长诉讼的开始。针对联邦地区法院的判决，卢贝茨基先生要求法官要么作法律事项的判决，要么将此案重审。此请被法官驳回。于是，他便将案子上诉到联邦第一上诉法院。2004年，由三位法官组成的合议庭对此案进行审理后作出判决。判决书不长，但对相关法条及案例引证甚详。根据上诉法院三位法官的意见，本案中，卢贝茨基先生未能履行其扣缴税责任虽然有其苦衷，但却不是一个有效的抗辩。据他们对相关法律的理解，一审判决判定其为"有意"不履行扣缴税责任之"责任人"并无不当，卢贝茨基先生以证据不充分为由提出上诉，理由不成立。因此，维持原判。（判决书见 http://www.ca1.uscourts.gov/pdf.opinions/01-2357-01A.pdf）

二审判决仍不能令卢贝茨基先生信服。他最后转向联邦最高法院，申请最高法院调卷复审。可惜，每年申请联邦最高法院复审的案子成千上万，获得受理的不足百分之二。卢贝茨基先生的案子没有入大法官的法眼，申请被驳回了。（最高法院 2004 年年报有此记录，详见 http://www.supremecourt.gov/orders/journal/jnl04.pdf，又见 http://supreme.lp.findlaw.com/supreme_court/orders/2004/112904pzor.html，序号 04-283）

"Highest Court of the Land"

卢贝茨基先生提交联邦最高法院的案子未获受理，不是因为他提交的法律文件不合规格，也不是因为他提出的理由于法无据，而是因为，要求联邦最高法院复审这件事本身，并不是诉讼当事人的一项权利。用英语说，卢贝茨基先生提出的，不是"appeal"（上诉），而是"petition"（请求）。是否受理其案件，完全由联邦最高法院自行酌定，它甚至无需就此说明理由。这个联邦最高法院虽名法院，实在是个极特殊的机构。

美国为联邦体制，其法律亦分联邦与州两大系统，且州分五十，互不相属，法律各不相同。虽然，美国法仍具高度的统一性。此种多样之统一的维续，端赖一部美国联邦宪法，而宪法之所以能够发挥这一作用，又与联邦最高法院的存在密不可分。此二者关系至为密切，也极为特殊。

实际上，联邦最高法院本身就是宪法第3条规定的产物，也是唯一由宪法直接创立的法院，其废立不受国会立法左右。而其最显赫的职能，司法审查，尤其是违宪审查，又是维护宪法权威、令宪法保持活力、与时俱进、有效应对不同时代不同问题的法宝。美国以宪法立国，以法律治国，联邦最高法院实为其枢纽。回顾美国二百年历史，这个国家所有重大问题的提出和解决，无不留下联邦最高法院活动的印记，美国人的生活，无论个人的、社会的，直接或间接地为其判决所形塑，甚至可以说，这个国家就是由联邦最高法院的一系列判例所造就。

联邦最高法院位尊如此，有时难免成为万众瞩目之所，但其行事风格通常低调保守，不事张扬。这符合司法权的性质。立法、行政、司法，三权之中，司法排在最末，因为其规模最小，权力最微。最高法院殿堂之上，既无国会山的众声喧哗，也没有白宫的逼人势焰。而且，即使是对最重大纷争的裁断，亦属事后补救，更非其主动为之。此外还有一点，在美国，无论总统、议员，均系民选，皆有任期，但是联邦最高法院诸公却由任命产生，而且一经任命即终身任职（根据美国宪法，联邦法院法官均为终身制）。这样的"出身"，也让大法官们刻意回避公众，以致其行事带有几分神秘色彩。意味深长的是，就是这样绝少在公众面前露面的身着黑袍的一小群人，竟然可以"违宪"之名，让国会通过、总统签署的代表民意的法律丧失其效力。这种权力制衡的制度设计极富深意。

　　说美国政治的三权分立、权力制衡是一种制度设计，这当然不错，但是联邦最高法院的宪法守护神地位却不是出自宪法。实际上，美国联邦宪法对总统、国会各自权限等规定甚详，讲到最高法院却只有寥寥数语。联邦最高法院最重要的权柄，违宪审查权，就不是出自宪法，而是历代大法官以其智慧、热诚和意志于实践中创立，并获得承认而牢固确立。这其中，最具里程碑意义的就是1803年的马伯里诉麦迪逊案，在该案中，首席大法官马歇尔的判决在确立宪法至上地位的同时，也创立了联邦最高法院行使违宪审查权的先例。那是美国宪法的草创时期，也是联邦最高法院艰难创业的时期。其时，最高法院既无显赫地位，大法官也没有令人崇敬的光环。最初由华盛顿任命的六位大法官，竟有一位拒绝，一位不到任。最让人觉得不可思议的是，在其建院百多年的时间里，与国会和总统鼎足而立的联邦最高法院，居然没有自己的"居所"，只能屈居于国会大厦的某个不易寻觅的角落。

　　初次走近联邦最高法院是在1999年，农历惊蛰日，那也是我首次往访华盛顿市。时逢周末，午后温暖如春，游人如织。蓝天白云之下，波托马克河碧波荡漾。我们就从河东岸的林肯纪念堂开始，漫步而西，一路游览。这一片狭长区域，也是美国国家名物的集中地，联邦最高法院在轴线尽头，国会大厦东侧。这座 1935 年落成的大厦，是一座古典风格的白色大理石建筑，方正、典雅、庄重、高贵有如神庙。建筑面西，高耸于带有广场的石阶之上，石阶两侧的大理石塑像，左手是"正义之思"（Contemplation of Justice）的女性，右边是"法之威权"（Authority of Law）的男性；门前矗立着十六根科林斯圆柱，门楣上大书司法平等格言："Equal Justice Under Law"，上方的三角楣饰为一组浮雕，以象征权威、自由、秩序的人物居中，两边是对这座建筑有重大贡献的人物形象，其中就有写下不朽判词的马歇尔大法官。

再访联邦最高法院，是在一年之后。那次去华盛顿市商讨一个研究项目，时在农历三月十五，谷雨前一日，城市道路两旁，万紫千红，花开正盛。中午到"Cosmos"俱乐部，边吃边谈，两点多谈完，即与 B 转去最高法院。其时，B 在大法官助理任上，他原想为我安排一次庭审观摩机会，但当天并非开庭日，只好作罢。在联邦最高法院听审的机会，远不像在其他法院那么易得，虽然这里也适用审判公开的原则，但联邦最高法院毕竟只此一所，其功能也是独一无二，因此，留于公众的名额总是不够。尽管如此，有 B 这样的向导领着参观最高法院，这样的机会也属难得。

美国联邦最高法院大楼

联邦最高法院开庭期，为每年10月到次年6月。在此期间，整栋建筑不向观光者开放。即使在其休庭期间来此参访，也只限于大厅和大厅以下的一些指定区域。但和B一起，我却享有特权，通行无阻，甚至可以进入大法官的办公室。

从地面始算，最高法院大楼共有五层。从正面的西大门进去，已经是二楼。法院内一些有重要功能的房间：大厅、法庭、会议室，还有大法官们的办公室（一位除外），都在这一层。大厅走廊高大宽敞，墙壁及地面皆以大理石装饰，两边排列着历届首席大法官半身塑像，堂皇而具装饰性。比之大厅，法庭更像是一座剧场。舞台以红色天鹅绒帐幔和象牙黄大理石圆柱为背景，深胡桃木色的法官席上，九把黑背靠椅一字排开。首席大法官座位居中，余者按资历深浅左右分列。法庭正面圆柱上方，为金色大理石中楣，上有古今伟大法家浮雕，这些人物，加上对面墙上（北墙中楣）的一组，共有十八位，包括古巴比伦的汉漠拉比王、《圣经》人物摩西和所罗门、古希腊立法者梭伦、中国古代有"素王"之名的孔子、东罗马皇帝查士丁尼、伊斯兰先知穆罕默德、中古查理曼大帝、《大宪章》签署者约翰国王、近代国际法奠基人格劳秀斯、《英国法释义》作者布莱克斯通，最后，排在曾经叱咤风云的拿破仑前面的，还有联邦最高法院第四任首席大法官，也是群像中唯一的职业法官，约翰·马歇尔。

有细心的观察者注意到，浮雕上，摩西飘飘美髯，将他手中《十诫》（实际只有其中世俗性的六诫）上的字句弄得模糊不清，以致"汝不得偷窃"一句，只剩下"偷窃"一词。同样情况也见于另外两个诫条，结果，人们看到的只是"杀人"和"犯奸"。浮雕人物也曾引发争议。1997年，全美最大的穆斯林公民自由促进组织，美-伊（斯兰）关系委员会（CAIR），要求把穆罕默德像从浮雕中移除，理由是伊斯兰反对以艺术表现形式刻画穆罕默德，而且，浮雕中先知的佩剑形象，适足强化穆斯林系不宽容的征服者的陈旧偏见。时任首席大法官的伦奎斯特（William H. Rehnquist）拒绝了这一要求。因为，在他看来，这件作品不过是要确认其法律史上的重要性，而非一种偶像崇拜。不过，最高法院的旅游者材料上后来增加了一条脚注，说这是雕塑家荣耀穆罕默德之举。

无论如何，这个有二十四根圆柱支撑，并为古今伟大立法者和先知们环绕的法庭，也是联邦最高法院唯一的法庭，庄严宏大，气象万千，实在不同凡响。但并不是所有人都很享受在大法官席上就座的感觉。1941—1946年在任的首席大法官哈伦·菲斯克·斯通（Harlan Fiske Stone）就抱怨说这"简直就是夸张的自命不凡，……完全不适合像最高法院这样一群安静的老人"。（"老人"，斯通用的是"old boys"一词，因直到那时为止尚无女性出任大法官）另一位大法官说，他觉得法庭就像是"埃及卡尔纳克神殿上的九只黑色甲虫"。还有一位大法官评论说，如此的浮华虚饰像是表明，大法官们应当骑着大象入场。

"U-Haul"招贴画

比较大厅和法庭，同层的大法官会议室可算是朴实无华，不过其装饰依然考究：四壁是高高的镶嵌式胡桃木墙围，凸起的边框饰以金边，四面排列着装饰性的立柱，柱头雕花饰金，柱头上方的中楣仍为胡桃木色，与接近棚顶部分的金色雕饰恰成对照。房间正中有一支古典式伞形吊灯，其下摆放了桌椅，周遭墙壁悬挂了大法官的油画肖像。这里是大法官们闭门讨论案件的地方。在所有涉及最高法院的活动中，大法官闭门会议最重要，也最具神秘色彩。开会时，除九名大法官外，任何人不得入内。所有提交联邦最高法院请求复审的案件，是否受理，以及受理之后如何定案，最后的决定都在这里做出。遇有争议案件，大法官们意见不一，只能投票决定，投得多数的一方撰写法庭判决，少数一方也可写出"异议"，同意多数意见但理据不同者还可写出"附议"。这种竞争的、论辩的、说服的意见形成过程引人入胜，由此而产生的法庭判决往往是内容宏富的长篇大论，极具魅力。

在二层，B带我参观了S大法官的办公室，B就是这位大法官的法律助理。出任联邦最高法院大法官之前，S做过律师、州的检察官和法官。1990年，他由布什总统提名，担任联邦第一上诉法院法官，不数月后，又被任命为联邦最高法院大法官。大法官任命，向来是美国政治生活中党派必争之事，共和党总统提名"保守派"大法官，民主党总统提名"自由派"大法官。S由布什总统提名，自然应该是"保守派"的。事实上，S被提名后，全国有色人种协进会

（NAACP）即号召其五十万名会员给参议员写信，要求他们投票反对批准这一提名。而在参院就此提名举行批准听证会当日，全美妇女组织（NOW）更在会场外举行集会表示反对。不过在就任之后，S大法官的表现，总体而言，却是"自由派"的，这令当初支持他的共和党人大为失望和不满，他们对以后的大法官人选提名也因此变得更加审慎甚至苛刻。这件事表明了美国司法与政治之间的复杂关系，也表明了联邦最高法院置身于司法与政治之间的微妙性质。

与另外八位大法官不同，S大法官系单身（《华盛顿邮报》曾把他列入当地十个最可心的单身汉之列），而且，虽然论年龄，论资历，S在九位大法官里只能排在中间，但其生活习惯却很老派。比如，他不用电子邮件，没有手机，也不用留言电话，甚至，他写东西还用钢笔。在S大法官的办公室，我注意到墙上有一幅镶了框的"U-Haul"招贴画。这让我感到好奇。"U-Haul"是一家搬家和仓储租赁公司，在美国，差不多到处都能看到"U-Haul"的搬家车辆，最典型的是那种上面大书"U-HAUL"的红白相间的中型货车。美国人生活流动性大，搬家是常事。但和我们习惯的方式不同，美国人搬家经常不是请搬家公司代劳，而是从搬家公司租车自己搬。B告诉我，S大法官来华盛顿上任，就是租了"U-Haul"的车自己开来的，他也因此为联邦政府省了一笔搬家费。"U-Haul"公司感谢其惠顾，就送了这幅招贴画给他。据说，在联邦最高法院任上，每逢夏季，S大法官会自行驾车回他在新罕布什尔州的农场。他喜欢爬山。房舍修缮之事，他也都自己动手。早先曾听一位在最高人民检察院任职的朋友讲，他随团参访美国联邦最高法院，与大法官们见面，其中一位大法官开玩笑说，他拥有美国二十七分之一的权力。但谁能在 S 大法官身上看到这种权力呢？就在我参观 S 大法官办公室的这一年，联邦最高法院卷入了布什和戈尔的选票计票之争，并在万众瞩目之下作出了有利于布什的判决。在这一过程里，最高法院内外的意识形态之争，显现得淋漓尽致。据说，S 大法官对此极度失望，他因此萌生去意，并最终在 2009 年宣布退休，告老还乡。

那天，B 引我去看的最后一个地方，是位于大楼五层的体育馆。那里有一个标准的篮球场。B 告诉我，某大法官酷爱篮球，虽已年过六旬，但还经常跟年轻的法律助理们在球场上厮杀。此外，他还告诉我，这片建在最高法院大厦顶层的球场，有一个和这个机构完全一样的响当当的名号："Highest Court of the Land"（英语中，"court" 一词二义，既是法院，也是球场，因此，这句话也可读作"联邦最高球场"）。

文中关于联邦最高法院大厦和 S 大法官的内容，分别参考了维基百科的下面两个词条：http://en.wikipedia.org/wiki/United_States_Supreme_Court_Building；http://en.wikipedia.org/wiki/David_Souter。

书　缘

　　架上数百册英文书,大多是 2000 年前后在美国游学时所购。这些图籍,每一本都曾经我手翻阅、装箱、上架。它们在我眼中的样子,除了书籍本身的形状(开本、色泽、图案)之外,还包含某种无形之物:某个场景、某些人物、某种情绪、某次相遇,甚至,某种气味、声音和光线。人与书,有聚,有散。无论聚散,都是故事,都是因缘。

　　有很长一个时期,访求书籍,在我,可说是一个致命的诱惑。游学美国,这种诱惑不是被抑制和减弱了,而是被释放和增强了。因为那里好书更多,求取更易,甚至价格(至少相对价格)也更廉。在那段时间,往来于书店之间,流连于书架之下,是我生活中一项重要内容,也是生活的一大乐事。三册游学日记,几乎就是一部访书录,记下了每一次与书的相遇:时间、地点,自然,还有书和与书有关的人。

　　第一次与书相遇的记录,是在纽约生活的第一天,1998

年9月10日。

第一天的安排照例琐碎繁杂：到不同地方，见不同的人，办理各种手续。但就是那天，抽空听了沃尔德伦（Waldron）教授一节课，又在回寓所路上进了法学院一间小书店，在那里买了三本书，一本探究美国人法律经验的法律史著作，一本以公民身份为主题的文集，还有一本人类学家 E. 盖尔纳（E. Gellner）的书。我进那间小店，原本是去找沃尔德伦教授指定的课程用书，但那次我买的书，却没有一本与课程相关。也许，理由并不重要，重要的是，有一种内心渴望要得到满足。

接下来几天，均有购书记录。隔了一日，周六，下楼购物，结果先进了邻街一家旧书店。招牌上大书："THE LAST WORD"，店名响亮而富寓意。进去浏览一遭，当时受时差之苦，头脑正昏，但是看到保罗·博安南（Paul Bohannan）编的一册《法律与冲突》（*Law and Warfare*），还是眼前一亮。那次买的还有英国法社会学家罗杰·科特雷尔（Roger Cotterrell）的《法律社会学》（*The Sociology of Law*）。同日晚间，"再出去购物，顺便逛另一家书店，买了 G. Minda 的 *Postmodern Legal Movements*。还想买 Holmes 的 *The Common Law*，可惜身上钱不够了，请店员留书至明日"。又数日，周二，"顺便到八十三街的 Barnes & Noble，……仔细挑选之后，购书四种"，有 L. M. 弗里德曼（L. M. Friedman）的《美国法律史》（*A History of American Law*），R. 贝拉米（R. Ballamy）

的《自由主义与现代社会》（*Liberalism and Modern Society*），R. 德沃金（R. Dworkin）的《自由的法》（*Freedom's Law*），D. 肯尼迪（D. Kennedy）的《司法裁判批判》（*A Critique of Adjudication*）。当日的纪录还包括这四种图书的价格：平均每册大约20美元。在洋书里面，这样的价格不算贵，但在美国，还有价格更低的图书市场，那就是折价书市场。

抵美不到一周，逛书店四家，购书十册，这场小小的书节狂欢，满足了我蓄积已久的异域购书欲望。自然，这种满足只是暂时的。游学的日子刚刚开始，这段故事也只是一个序幕。不过，以后访书，若非必要，通常只买折价书，毕竟，二者价格差别甚大，而在美国的折价书市场，从来不少机遇和惊喜。

纽约大都会，生活节奏快，比较中小城市，尤多变化。十年前旅居曼哈顿，曾遍访哥大周边书肆，如今，书店地图已经改变，而一百一十二街一家专营学术书刊的书店，一经发现，立刻成为我时常光顾之所，这家书店的店名："迷宫"，也开始频频进入我的购书记录。

在专营学术书的书店里，"迷宫"规模可观，单"法律研究"一项，就有两大书架。曼哈顿的书店，就我所见，除非列入教科书，法律类没有如此规模。书店分两层。大门进去，和左手的柜台相对，是一面新到折价书的书架。大堂正中，三面书架中间的大桌，平放的都是折价书。楼梯在大门右手、折价书柜后面，楼梯一侧，还有方形的楼梯拐角，也放置了折价图书。二楼是一排排的书架,像是图书馆,楼梯口和书架之间,有时也会摆上长长的条案,专售折价书。

"迷宫"不售二手书,折价书亦非二手书。因此,有时在门厅的折价书架上,可以买到三重意义的新书:新近出版且新上架的崭新的书。比如某日,书架上摆出一册哈贝马斯(J. Habermas)的《在事实与规范之间》(*Between Facts and Norms*),这个有六百三十一页的英译本 1996 年出版,在英语学界引起不少关注。一年前,香港大学陈弘毅教授以此书赠我,所以我只能"遗憾地"放过这次捷足先登的机会。第二天再去,那本书已经不在。但见一个高大青年,牵了一条苏格兰牧羊犬,站在书架前询问店员何时可以再上此书。我对那青年充满同情,因为我知道,这种机会错过了,不大可能有下一次。我也有过类似经历。我曾在"迷宫"翻看过 J. 克利福德(J. Clifford)和 G. 马库斯(G. Marcus)合编的《写文化》(*Writing Culture*),还有 M. R. 达马斯卡(M. R. Damaska)的《司法和国家权力的多种面孔》(*The Faces of Justice and State Authority*),犹豫之间,书已落入他人袋中。还有一次,看到阿利埃斯(Aries)和杜比(Duby)主编的那套《私人生活史》(*A History of Private Life*),踌躇再三,终究没有下决心买回,后来颇有些后悔,好在以后有机会补救,但那是后话了。

游学美东,居住纽约时间最短,但在"迷宫"买书最多,即使后来搬去新泽西的普林斯顿,但有机会到纽约时,一定要到"迷宫"转上一圈,而且每次都不会空手而归。

"迷宫"书店徽记

纽约的书店，值得一提的还有下城的"Strand"，纽约最大的旧书店。那家店真大，书真多，但要沙里披金，亦非易事。住纽约时去过两次，皆有所获。第二次去是在 1999 年 2 月 27 日。那天，与内子往十四街一家影院观影，出来后就"顺便"进了旁边的"Strand"。当时在架上看到一部 H. 哈迪（H. Hardy）和 R. 豪斯赫尔（R. Hausheer）编的以赛亚·伯林（Isaiah Berlin）文集，书名《人类研究》（*The Proper Study of Mankind*），厚厚一册，红底金字，硬面精装。这是一本新书，1997 年 2 月英国出版，当年 11 月 5 日，伯林仙逝。眼前的这本是 1998 年的美国版。书不算太贵，标价 35 美元。不过，"Strand"的价格，加上税，也接近 30 美元。我有点犹豫。结果是内子买了送我，算是一份迟到的生日礼物。

有在纽约访书的经验，初到小镇普林斯顿，难免感到失望。这里没有诸如"Barnes & Noble"或者"Strand"那样的巨型书店，也没有"迷宫"那样门类齐全的学术书专营店。大学商店规模不小，但售书部只占其中一角。街上有旧书店三两家，但不像"Strand"也经营新书，规模更不能与之相比。实际上，遍访镇上所有书店之后，我觉得这一年不会买多少书了。不过，既然在此居住生活，又戒不掉购书癖，只好入乡随俗，在那几家书店转入转出。慢慢地，我发现，这里的书店其实自有格局，在此地淘书也不乏乐趣。

去得最多的，是大学商店内设的售书部。10 月的一天，约了东京大学的井上达夫（Inoue Tatsuo）教授在书店见面，我先到一步，发现那里有一角普大出版社廉价书专柜，其中不乏佳作，于是选书七种。那几种书里，最让我得意的是阿尔伯特·赫希曼的《欲望与利益》。书初版于1977年，我手边的则是1997年的二十周年版。新版有阿马蒂亚·森（Amartya Sen）作的序，还有作者本人的新增序言。赫希曼的书通常篇幅不大，但思想清晰、深刻、有力，故每出一书，都能开创新局。我喜欢这样的书。更重要的是，就在几天之前，我刚同这位令人尊敬的前辈讲过话。实际上，我们几乎每天都能见面，因为我们现在是在同一间机构：高等研究院的社会科学部。我们的办公室在同一栋建筑的同一层，而他的居所，距离我在老街上的住处也只有几步之遥。

读其书，闻其言，识其人，这种经验，对以学术为业的人原属平常，但在这里，却非有一种特殊因缘不可。高研院社会科学部有教授四人，赫希曼最年长，已退休。在职的三位，克利福德·格尔兹、迈克尔·沃尔泽、琼·瓦拉赫·斯科特，俱为学界翘楚。此前，我的书橱里只有格尔兹的几本英文原书。但从那天开始，这种情况改变了。不久，在威瑟斯庞（Witherspoon）街一家旧书店购得沃尔泽的正义理论代表作：《正义诸领域》。再往后，书架上有这几位学者署名的图书日渐增加，其中就有赫希曼篇幅短小的经典之作《退出，呼吁与忠诚》和他的另两本小书《反动的修辞》、《对市场社会的不同看法》（*Rival Views of Market Society*）；格尔兹带有自传色彩的反思之作《追寻事实》；沃尔泽早年另一本重要著作

《正义与非正义战争》，和他的另外两本著作；还有斯科特1996年的新作《进退维谷》（*Only Paradoxes to Offer*）。值得一提的是，这批书均购自哈佛，确切地说，其中除一种外，全部出自哈佛大学出版社书屋，每册二三美元不等。后来，在我的书房里，四学人书始终自成一类，集中放置在离我书案最近的一个小书架上。曾有过一个念头，想要据此整理出一小套丛书，借以增进国人对高研院内这一小群学人的了解，但如今，"高等研究院"的名号已在国内高校的虚名角逐中被竞相滥用，变得俗不可耐，我的那点兴致最后也就消弭无踪了。

拿骚街上的米考伯书店（Micawber Books）是一家雅店，常有文化活动举行。在那里买的旧书，有R.庞德（R. Pound）的《普通法的精神》（*The Spirit of the Common Law*），1931年版，还有G. W. 佩顿（G. W. Paton）的《法理学》（*Jurisprudence*），1951年版，都是老派旧籍，布面精装，深灰色硬面上的烫金书名，迭经磨损，有些部分已经漫漶不清，但内里完好，纸质不改，墨迹浓重，拿在手里沉甸甸的。与米考伯书店相比，购物中心那家书店面向大众，也更加商业化。但也许因为是在普林斯顿，那里学术书数量也不少，细加拣选，也经常有所收获。不过，在那家店买的书，印象最深的，却是一本超大尺寸影册：《20世纪代表人物》（*Icons of the 20th Century*），编者芭芭拉·卡迪（Barbara Cady）。书中选收20世纪历史人物二百名，无分肤色、性别、国籍和活动领域，一面文字，一面黑白人物摄影。中国人，毛泽东之外，有江青，却没有邓小平。出了西方，编者眼界的限制就突显出来了。

住纽约和普林斯顿期间，旅行较多，或由两地去哈佛、耶鲁，或由普林斯顿去纽约。每次旅行，访书都是行程中不可缺少的重要内容。许多书就得之于旅途。最远的一次是在美国西北地的西雅图。头天演讲、讨论，第二天无事，先逛大学书店，选书数种，然后进城，同朋友徒步往海边，聊天，吃饭，回去时路过大市场里的旧书店，又进去淘书，购得两册而归。其中，约翰·格雷（John Gray）出版于 1996 年的《以赛亚·伯林》（*Isaiah Berlin*）带给我许多阅读和思想的乐趣。其实，这本书也是普大出版社推出的。普大出版社有美国宪法研究系列，也有一个有关伯林的系列。在普大出版社专柜，我曾买到伯林的另一本书：《扭曲的人性之材》（*The Crooked Timber of Humanity*）。7 月末，我们收拾行李，准备告别普林斯顿，仍在高研院的殷老弟前来送别，以书相赠。翻开扉页，我和内子的名字下面，有几行工工整整的小字："要治国平天下，须得草莽英雄。"下面画有笑脸，后面还有四个字："格物致知"。落款下方的时间是："公元 2000 年七月廿八日"。这本书的书名是《观念的力量》（*The Power of Ideas*），作者以赛亚·伯林，普大出版社 2000 年出版。

说到赠书，脑海中便浮现出一连串的场景、人物和书影。最难忘的是另一位普林斯顿友人赠的小书。这是一本名副其实的小书：小开本，窄窄一条，正好放在手掌里。硬面精装，深色书脊上印有烫金书名。护封设计极为雅致，华丽典雅的孔雀尾图案作底，中间套着深褐色椭圆，上面透出暗黄色书名和白色的作者名：*Justice is Conflict by Stuart Hampshire*，by Stuart Hampshire（《正义乃冲突之物》，斯图尔特·汉普希尔著）。还记得，展读此书是在往返华府的火车上，此刻再看书中缕缕行行的标注、批语，犹可想见当时批读此书的兴奋。后来在哈佛大学出版社书屋看到汉普希尔的另一本书：《道德与冲突》（*Morality and Conflict*），有不期而遇的喜悦，立即买了下来。

离开普林斯顿前，从海路邮寄了7个纸箱的书回北京。当时下了决心：到此为止。下年在哈佛，定要克制内心的购书欲望，不再像开始两年那样。况且之前已经数度去哈佛，每次去都逛书店、买书。够了。

其实，要做到少买书甚至不买书，只需做一件事，那就是少去或者不去书店。但是在哈佛这样的地方，怎样才能做到过书店而不入呢？也是十年前，我在哈佛周边的书店消磨了许多时光。重访哈佛，也应该旧地重游一番吧。实际上，因为心境不同，对书的兴趣不同，这次在哈佛，常去的书店，两三家而已。最常光顾的，自然，总是哈佛大学出版社书屋。在那里买的书，其数量差不多可以赶上在"迷宫"所得。

说起来，那只是哈佛广场一侧、霍尤克中心（Holyoke Center）大楼通道里一间不大的底铺，内中只售哈佛大学出版社图书。尽管如此,这间小小书屋对好书者却极有吸引力,这不只是因为,英语世界许多重要和有影响的学术著作都在这里出版,而且因为,那个有一个三面书架的折价书区,折价图书从 1 美元到 5 美元不等。2000 年我去的时候,有些折价书已标到 8 美元甚至 12 美元,即使如此,这些书价仍极廉。更重要的是,这里差不多每天都有新书上架,而这些书的确就是新书。我曾向店员问及这些书的来源,得到的回答是,这些都是出版社批往各地,后因种种原因被退回来的书。因此,经常有出版不久的新书会出现在折价书架上。我在那里买到一册 R. 德沃金的《至善》(*Sovereign Virtue*),就是 2000 年出版的新书,凯斯·R. 桑斯坦(Cass R. Sunstein)的《一次一案》(*One Case at a Time*)1999 年初版,我买到的却是 2001 年的印次。还有些书出版有年,如 J. N. 施克莱(J. N. Shklar)的《寻常之恶》(*Ordinary Vices*),J. H. 埃利(J. H. Ely)的《民主与不信任》(*Democracy and Distrust*),但是久觅不得,忽然在那里发现,也会有意外之喜。

时间稍长,我发现,要在这里淘到中意的书,有两个诀窍:一是要经常去,这样才不致错过想要的书;二是看到合意的书就买,不要管是否成套。前面提到的《私人生活史》,一套 5 卷,我就是分次在那里买齐的。这套书采用大开本,图版极多,印制精美,每卷都有六七百页,拿在手里,重如金砖。一册 6 美元,便宜得让人不敢相信。之前在"迷宫"错失这套书,未免懊悔,如今复得之,价更廉而品相更佳,正可谓失之东隅，收之桑榆。后来国内据法文版出中译本，一切仿照原书，看上去亦与英译本无别，但稍加注意就会发现，中译本不但开本略小，纸张及印刷工艺亦不及后者，故其图版小而模糊，此外，中译本少了彩色插页，每册篇幅亦较英译本少了许多。

另一间常去的书店，是距书屋不远的哈佛书店。这家学术书店创自1932年，大约是此地历史最悠久的书店了。店分地上、地下两层。地下一层均为折价图书，包括二手书。那里淘到的书有若干种，其中有一本特别值得一记。

上年在普林斯顿，就在购物中心那家书店，曾购得一册卡内冈（R. C. van Caenegem）的《私法历史导论》（*An Historical Introduction to Private Law*）。这位卡内冈是比利时人，法律史名家。我始终不清楚他的姓应该怎么念，但只要看到这个名字，却一定不会错过。原因是，1980年代还在读研究生时，我就认真读了他的另一本书：《英国普通法的诞生》（*The Birth of the English Common Law*），不只如此，我当时还翻译了其中若干章节。多年之后，那些手写译稿已经不存，但当初用来研读和翻译的原书复印件却一直不曾被丢弃。一起保存下来的，还有当年的回忆。卡内冈是那种传统学者，著书不多，且书不以篇幅胜，但极严谨扎实。此书亦然，惟比较前者，其视野更宽而较少专门性。见到这样的书，我当然不会错过。不承想，数月后一次乘飞机旅行，因为转机时太过匆忙，竟将阅读中的这本书遗落在东京成田国际机场的飞机上。事后为寻回此书，我循着些微线索，通过熟人辗转找到当时邻座的乘客，询问书的下落。遗憾的是，人虽然找到了，书却没有被寻回来。然而有一日，在哈佛书店地下层，我看到了那个熟悉但念不出来的作者姓名，还有那个熟悉的封面。那一刻，何其兴奋。不久，在同一个地方，我又看到这个熟悉的姓，但这次看到的是作者的另一本书：《法官，立法者和教授们》（*Judges, Legislators & Professors*）。现在，这两本书都立在离我很近的书柜上。

哈佛书店门前有时会有书摊，摊上的书与店内的相类，但价格更廉。有次在那里看到有"论人的价值坦纳讲座"（The Tanner Lectures On Human Values）系列若干册。这个讲座项目由学者兼实业家和慈善家奥伯特·C. 坦纳（Obert C. Tanner）发起和资助，旨在促进和反思关乎人的价值的学问。讲座分设于英语世界几所顶尖大学：剑桥、哈佛、牛津、普林斯顿、斯坦福、耶鲁、加州大学、密西根大学和犹他大学，每年邀请若干成就非凡之人（当然主要都是学者）主讲，讲词结集出版，一年一卷。上年4月在普林斯顿时，我就赶上一次坦纳讲座。那次的主讲人是叶礼庭（Michael Ignatieff），他的题目是《人权政治》（*Human Rights as Politics*）和《人权偶像崇拜》（*Human Rights as Idolatry*）。讲座在普大的赫尔姆（Helm）讲堂举行，前后两天，听者甚众。不过，这套书我还是第一次看到。布面精装，有护封，封二和扉页相连，上面印满校徽，全书设计简单大方，有古典气。选了几本，其中一册有克利福德·格尔兹，另一册有迈克尔·沃尔泽。我发现，坦纳讲座与高研院的渊源不止于此。其他许多主讲人，如阿马蒂亚·森、巴林顿·摩尔（Barrington Moore）、小昆廷·斯金纳（Jr. Quentin Skinner）、乔恩·埃尔斯特（Jon Elster）、S. N. 艾森施塔特（S. N. Eisenstadt），印象中都曾在高研院访问研究。此外，还有一个令人高兴的发现：1990年的那卷（第11卷）上面有一个中国人的名字：费孝通。费先生的题目是《中华民族的多元一体格局》（*Plurality and Unity in the Configuration of the Chinese People*），讲座发表于1988年11月15和17两日，地点是香港中文大学。据介绍，除了上面提到的学校，坦纳讲座每年还可能另选几所学术机构举行。后来，这个讲座还曾在北京的清华大学举行，自然也是这种情况。不过，那次讲座的主讲人来自英国，评论人里倒有一位是中国人，香港大学的慈继伟教授。我猜，在迄今为止坦纳讲座主讲人的名单上，费孝通先生大概是唯一的中国人了。

在哈佛，还曾去寻访一家叫作"McIntre & Moore"的旧书店。十年前访学哈佛，曾数次光顾那间半地下的书店，印象中，那应该是哈佛一带规模最大的旧书店了。但这次找到这家店却颇费了些功夫。原来它在两年前就已从哈佛左近的奥本街（Auburn Street）搬去距哈佛稍远的戴维斯广场（Davis Square）。那里的租金显然便宜许多，书店设在地上，店面也有扩大。先后去了两次，购书十余种。前一次买的书里有"布莱克威尔哲学指南"（Blackwell Companions to Philosophy）

系列中的《当代政治哲学指南》(*A Companion to Contemporary Political Philosophy*),颇便参考。当时想找同系列的《法哲学与法律理论指南》(*A Companion to Philosophy of Law and Legal Theory*),未得。再去,还是没有,却看到伦特恩(Alison Dundes Renteln)和邓兹(Alan Dundes)合编的《俗民法》(*Folk Law*),我早已注意到这套内容宏富的两卷本文集,不意在此见到,着实得意了一番。

2000年前后,网上购书已经很时兴,但我却从未涉足网络。只有一次,偶然看到一册自由基金会(Liberty Fund)的书目广告,发现其中不乏政治与法律方面的重要著作,遂订购了几种。如今,我对网购已不再陌生,对网购的好处也有所了解。网上购书方便省时,如果目标明确,这种方式尤为快捷。不过,网购与逛书店大不同。旧时所谓逛书店,本身就可以是一种消磨时间的方式,这种方式尤其适合作无明确目的的漫游。自然,网上购书也可以是随意的,甚至漫无边际,无远弗届。不过,互联网上,远近其实并无区别,面对屏幕的购书人,自始至终都处在同一种境况下:没有同伴,没有交谈,看不到书的姿势,感觉不到书的重量,嗅不到书香,自然,也少了许多探索、发现和不期而遇的惊喜。不如说,这根本是两种经验,两种生活方式,它们属于不同的时代。

最后一次去哈佛出版社书屋是在2008年。还记得那个日子,初冬时节,天气渐冷,风雨齐至,叶落满地。当日由华府飞来波士顿，入住剑桥一处小旅馆。下午，利用晚饭前的空闲，去了哈佛出版社书屋。那天买的书，有 R. 德沃金的新书《法袍正义》（*Justice of Robes*），玛莎·C. 努斯鲍姆（Martha C. Nussbaum）的《正义前沿》（*Frontiers of Justice*），还有 N. Z. 戴维斯（N. Z. Davis）那本早已被改编成电影的小书《马丁归来》（*The Return of Martin Guerre*），和一本讨论死刑问题的书。那是个周六，将近傍晚，书店里很静，除了我和坐在收款台后面的妇女，没有别人。这里的一切都没有改变，店员也是原先的老人。在等待结账的那一刻，我心里忽然涌起一种亲切感，想和那位店员寒暄几句。也许是因为她根本没有注意到我，最终，我什么也没有说，拿了书就离开了。那间书屋给我最后的印象，是一片温暖的灯光，安详而富足。那是 2008 年的 11 月 15 日，一个风雨飘摇的傍晚。

　　去年，从一篇文章里得知，哈佛出版社书屋关闭了，那里变成了一家餐馆。很难相信这是真的。从我 1989 年第一次进去那间小屋，到 2008 年最后一次在那里买书，她几乎从未改变。在我的潜意识里，那间小小的门面是哈佛广场边上一处固定的风景，不会改变，也不会褪色。但是此刻，我真切地意识到，时代变了。一些我曾经熟悉和喜爱的事物，正在消失，剩下的，是点滴记忆。不知道未来有一天，这些记忆是不是也会褪色。

后　记

平生很少应承约稿，因此也极少被人追讨文债，不过，这并不能让自己免于文债——自我欠负的文债——之累。欠自己的文债也是债，只不过，自己向自己讨债，其效果最终取决于自己的觉悟和勤奋程度。比如早年还算勤奋的时候，想到的多半都能及时写下来，甚少欠负，而最近十年，我欠自己文债的状况，可以"债台高筑"四个字来形容。上年完成的一篇长文，就是一笔拖欠了五六年的文债，这本小书里的一些篇什，拖欠的时间更长。还有另外一些文债，已经被编入"坏账"，不打算偿还了。

的确，勤奋二字早已不适合于我，而近十年来的研究和写作状态，更近乎放任。早先的研究计划，多已束之高阁，如今所做之事，大多因缘而发，随性而为。坦白讲，我更喜欢这样一种自由自在随心所欲的状态。尽管如此，心中到底有些旧债牵挂，想要一笔勾销也不容易，这本小书，还有其中的一些篇什，即属此类。

书中有关高研院的三篇，成文最早，也最及时。当时就有意在此基础之上，连缀敷衍，辑成一本专记域外见闻的小书。然而，将近十年过去了，若不是机缘巧合，恐怕现在还下不了决心，了结这笔旧帐。如果再迁延些时日，书中的一些篇目，甚至这本小书，最终也可能没有机会成型了。当然，这也未必是坏事。

　　因为上面谈到的原因，书中的篇目，有一半是为"偿债"而在最近几个月内写成的，其中像《普拉亚斯》、《法庭观摩记》、《书缘》诸篇，所记之事都在十年以前。为撰写这些篇目，翻检当时的日记等材料，重温旧时光景，仿佛时光倒流，别有一番滋味在心头。这也是为什么，有些文债就像是镌刻心中，挥之不去，无论过去多久，最后总要做点什么才觉心安。不过，也因为如此，完成这件事，心里除了轻松，还有一丝感伤。生命随时光逝去，又岂是文字所能够挽留？更不用说，有些欠负，是无法用文字来偿还的。

治平

2012年7月6日

写于西山忘言庐

观察者

小引： 到美国去

庚子赔款那阵，到美国去的人要到上海去候船。上得船去，一漂就是两个月，可以在船上办好几期小报。不过几十年之后，从北京飞到纽约只一昼夜工夫，这变化该有多大。夏目漱石以为，火车最能够代表 20 世纪的文明：把几百人装在同样的箱子里蓦然地拉走，毫不留情。被装进箱子里的许多人，必须用同样的速度奔向同一车站，同样地熏沐蒸汽的恩泽。他说，像火车这样蔑视个性的东西是没有的了。幸好他没有生活在我们的时代，没有经验被装入飞机的味道，否则，他会发现能代表 20 世纪的文明、蔑视个性有更甚于火车者，那该是多么悲哀的事情。

的确，同飞机相比，火车的爬行是缓慢的。在它沉重的喘息声中，我们至少还可以感觉到大地的颤动。飞机则不然，它把我们载离地面，让我们孤立无助地悬浮在云端之上。周围的一切，除了我们自己，都是标准划一的：一样的设备，一样的座位，收音机里播放同样的节目，固定时间送上同样的饭菜和饮料。我的选择只是要茶，不要桔汁，或是要桔汁，不要可口可乐。现代人正是把这种选择叫作"自由"的。

似乎是一上飞机,就开始尝试一种"准美国式"的生活,虽然我乘坐的是"中国民航",乘客也多半是中国人。

"准美国式"的标志并不只是西式的食物和饮料,而是人们关系中的微妙变化。几乎这飞机上所有的人都彬彬有礼。他们和气、友善,"文明语言"常挂在嘴边,这与我平日经验到的情形大不相同。尽管同是这样的一些人,他们也早就懂得"谢谢"、"对不起"一类用语的含义,可他们在上飞机以前从来不习惯说这类的话,不然,为什么在商店里最显眼的墙壁上,大书若干"文明用语"?要说我们中国人是蛮荒之人,我是不能够同意的。我们不是有好几千年的辉煌文明吗?倘若人们从不以文明方式礼貌相待,那几千年的历史又怎么是可能的呢?况且,我们有那么多的证据,可以证明"礼仪之邦"的美誉是我们的先人当之无愧的。至于眼下的情形,我只能说那是一种社会遗忘症。社会如同个人一样可能患病,且其疾病同样会有各种症状表现出来。"文明用语"的遗忘即是征兆的一种,就像们在公共场合惯常冷眼相向、恶语相加也是一种疾病的征兆一样。

大力提倡的事情在此地并没有风行,倒是在这一群就要远离故土去到异国的人们中间不期而至,这真是奇怪的事情。倘说这就是"遗忘症"的消除,那治愈这痼疾的灵丹妙药究竟是什么呢?

在我的同胞里面,差不多每一个人,最终能在这里得一个暂时的位置,都有一番不大寻常的经历罢。此刻,他们轻松而愉快，靠在座椅上做着各自的梦。广播里传来一位女性柔和的语音："女士们、先生们，……"那软软的音调传达出一种特殊的韵味，而与机上的独特氛围巧妙地融合在一起，真是难以言说。

庞大的空中钢铁，载了一群编了号的人们，向着一个街道也编了号的城市飞去。我知道，我们是飞向"现代文明"。

阳光洒向海面的时候，我到了大洋的这一边。旧金山机场修在海边，跑道与海浪相接，飞机降落时仿佛滑向海面，那情形十分美丽。对我来说，这是另一个世界、另一种文明，然而，最令我惊异的，却是"时间"的变化。腕上的手表指向凌晨1点20分，这里却是上午9点20分。此前不久，我刚刚获得一种奇异的经验，经历了此生最为短暂的夜晚。地球向东转动，我们向西飞行，蓦然间，我们与时间迎头相遇。暗夜仿佛是一道帷幕，将将合上就又被拉开了。简直是变魔术，但这要有什么样的魔术师呢？康德说有两种东西，我们对它们的思考愈是深沉和持久，它们唤起的惊奇和敬畏就会愈加地充溢我们的心灵，那就是繁星密布的苍穹和我们心中的道德律。哲人通过思考可以认识的，在凡夫俗子如我，却只能靠生动的具象来感知。时空的变幻把我置于宇宙万物奇妙的流变之中，它引发我心中的敬畏之情，那一刻，令我感觉惊异和震撼，难以忘怀。

城 市

纽约的地上和地下

世纪初游历新大陆的中国人，其沿途的观感大约有这样的变化："从内地来者，至香港、上海，眼界辄一变，内地陋矣，不足道矣。至日本，眼界又一变，香港、上海陋矣，不足道矣。渡海至太平洋沿岸，眼界又一变，日本陋矣，不足道矣。更横大陆至美国东方，眼界又一变，太平洋沿岸诸都会陋矣，不足道矣。"（梁启超语）几近百年之后，情势大变，昔日有"东方不夜城"美誉的大上海已经衰落固不待言，美国西部的发达也已经不输于东部旧地。尽管如此，大都会的纽约依然保有其独特的风貌，以致既有人说它最能够表明美国精神，又有人说它纯是个怪物，不能够代表美国的一般。然而，典型也罢，怪物也罢，纽约毕竟是真实的，埋藏在人心里的欲望，也像高耸的摩天楼一样可以触摸，可以经验。

那么多人写过和说到纽约的繁杂喧闹，可是到了纽约，我还是觉得心理上的准备不足。我原以为，出了中国，再不会看到街上有这么多的人了。走在曼哈顿的第七和第八大道之间，人声鼎沸，摩肩接踵，就好像在北京的王府井和前门大栅栏一般。显见的不同是人和建筑。全世界的人都到这里来撞运气、找机会。走在街上，可以看到各式各样的人：富人、穷人、白人、黑人、亚洲人、拉美人……还有各式各样的服饰装束。带了各种口音的英语和不知什么地方的语言，交织了笛声、闹声、叫卖声、车轮声，在楼群之间振荡回响。看街道两旁的摩天大楼，我更不会把它混同于中国。它们代表的是一种更加发达的文明，我们称之为现代社会的那种。那并不是我们已经有的，而是我们想要拥有的。我们的理想，不就是建筑更高大的楼群，铺设更平坦的路面吗？人类造出了水泥这种东西，把它铺满大地，又凭了高超的技艺，把水泥和钢铁垒起来，堆得高高的，引以为自豪。因为楼层的高度，乃是测定文明发达程度的标尺。当年，梁启超氏看过纽约后说，野蛮人住地底，半开人住地面，文明人住地顶。这话依然正确，虽然地顶的概念，早已从那时的最高三十三层，提高了一百层不止。人类的"进步"何等迅捷。至于我，置身于这庞大无比的水泥城，一个把阳光和泥土同我隔离开来的世界里，心中的黯然和抑郁难以言表。

同北京相比，纽约的街道算不上气派。无穷尽的车辆在街上流过，眩人耳目。车流之中，偶尔可见三五个戴了头盔的自行车手时隐时现，好似礁石群间的几条梭鱼。做一个纽约人多么需要机巧和勇敢。梁启超描绘当日之纽约云："街上车、空中车、隧道车、马车、自驾电车、自由车，终日殷殷于顶上，砰砰于足下，辚辚于左，彭彭于右，隆隆于前，丁丁于后，神气为昏，魂胆为摇。"彼时地铁尚未通车，行于道中还听不到透过铁栅从地底传来的隆隆声,否则又不知梁氏将作何感慨。

说到纽约地铁,大约无人不知,只是,这种"知"未必尽是有着切身经验的真知。比如,纽约地铁给我的第一印象,就不像传闻中渲染的那么脏、乱和缺乏秩序,倒是它的发达和复杂,远在我的想象之上。那里是纽约的地下世界,大都会的另一半。它有许多不同的路线和车次,用不同的字母、数字和颜色来表示。它们从河流下面穿过,向城市的四面八方延伸。它就像是一架庞大的运送机器,昼夜不停地转动,把整个纽约市——一架更庞大更复杂的机器——联系在一起。我认识的纽约人中买车的很少,多半是地铁发达和便利的缘故。设想有朝一日,地面上的交通停顿,靠着这个地下世界,一切都还能够有条不紊,但是如果没有了地铁,这个世界上最大最繁华的都市怕是要陷于瘫痪了。

第一次在四十二街的地铁枢纽换车,我完全迷失了方向。要做一个合格的纽约人,尚需时日。纽约人不但建造了一座庞大无比的地上城,而且以同样的智虑造出一个无限复杂的地下城。人类的创造力真如他们的想象力一样无边无际。只是,为了要适应人们所礼赞的文明生活,现代人正在付出更多的时间和精力。

纽约·华盛顿广场

Baby-kisser

这一个美国俚语,用来指为竞选而笼络人心的政客。对同类的另一个词"baby-kissing",梁实秋先生解释为"吻婴儿以赢得支持或选票"。这个英文词的本意即是如此。

那一日看电视,忽然在一则竞选广告上看到未来的美国总统,在一大群人的簇拥之下,笑容可掬地抱起一个可爱的婴儿,又是拍打又是亲吻。我一时竟弄不清这是电影导演的夸张还是现实中的场景。我总以为,这个生动传神的词语如今只剩下一点表演意义了。事后想想,觉得是自己少见多怪了。民主,以及作为一种民主制度的选举,自来便包含了"服从民意"这一种价值,由此生出的"美学理想"便是媚俗。昆德拉说媚俗是所有政客、党派和政治活动的美学理想,是不是太宽泛了呢?揆诸道理,媚俗最主要是所谓民主政治的美学理想。我相信,这种理想早在古希腊的城邦民主里面就已经确立了,而他们所以没有传下来诸如"baby-kissing"一类的俚语,只是因为他们的生活习俗与今人的不同罢了。照此推想,无论未来的民主怎样,东方的民主怎样,"美学理想"意义上的"baby-kissing"正是陈而不腐,老而不朽,前景光明呢。

两种秩序

1988年10月，正是美国大选的前夜，所有的宣传机器都开动起来了。走在大街上，随处可见义务宣传员和佩带标记的人们。打开电视，一会儿是竞选广告，一会儿是政治题材的笑剧，戴着面具的里根、布什、杜卡基斯轮番上场，漫画化了的脸谱，夸张的语言和动作，惹得观众哈哈大笑。美国人的幽默掺着粗俗，却也是他们性格中可爱的一面。

电视里的竞选广告和政治笑剧，虽然可以表明美国式政治的特色，但不是它的全部。美国的政治生活自有其严肃的一面。10月间，两位总统候选人两度举行电视辩论。辩论安排在晚上的黄金时间，实况播出。倘若有人对辩论的内容有兴趣，可以找第二天的《纽约时报》来看，那上面用整版的篇幅，一字不漏地登载辩论的内容。在两次辩论的中间，还安排了一次总统候选人竞选伙伴之间的辩论，所取形式都是一样的：空空的舞台上面，辩论者各守一张讲台，面对着一字排开的五名记者，分别回答他们的提问。台下的听众席坐得满满的，时常有笑声和掌声从那里传出来。

作为一个局外人看这种辩论，在我是十分地新鲜和有趣。不过，给我留下最深印象的，既不是候选人的口才和他们回答提问的从容不迫，也不是记者们提出问题的尖锐和不留情面，而是台上台下，弥漫全场的节制气氛，从那里产生出一种秩序，将公开的对抗变成公平的竞争，没有嘘声、喧哗和攻讦、谩骂，更没有飞舞的水果、鸡蛋一类，虽然听众分明是带了倾向的。我真佩服这些听众，他们把自己的意见表达出来，但是用最最礼貌的方式。辩论结束时，辩论人互相握手致意，比较运动场上的对手更有礼貌。倒不是因为他们信奉"友谊第一"的原则，或想到下次还可能相逢，而是因为有一种合作的精神、政制和原则，那是大家都愿意服从的。

后来遇到西部的 A 教授，我们谈到几天前的电视辩论，他耸耸肩说，那不过是一种形式。我很同意他的看法，但也补充说，那却不是可有可无的形式。且不说在历史上这种形式有什么实在的意义，也不论在今天世界上的许多地方采用这种形式意味着什么，即使是在当下的美国，它对于选民的心理也能有或大或小的影响。这一点，每次辩论之后的民意测验都可以证明。我因为有着与 A 教授全然不同的生活经验，看问题所取的角度自然与他的不尽相同，不知 A 教授是不是理解了我的意思。

投票日的一个傍晚，我陪着下了班打算在回家路上投票的 M 女士，想亲眼看看美国投票站里的情形。路上，M 女士向我介绍了投票的具体程序：几个简单的围子，三面板壁，一面挂着布帘供出入，投票只须扳动某个手柄即可，那是一种极易操作的机器，上有明白无误的标记，不识字的人也不致弄错；每人一票，并且有一次纠正错误的机会，等等。到投票站时，天色已经黑了下来。我们进屋时被人拦住，工作人员要求 M 女士摘下表示支持杜卡基斯的胸徽。后来我发现，门口有一块布告牌，写着禁止任何人携带有政党标记的物品入内，以防止其他选民的心理因此而受到影响。那天，我随身带了照相机，满以为会有些可以拍下的镜头，结果却很失望。安静的投票站，几个面貌平凡的小围子，只消一分钟就可以完成投票。人很少，一切都有条不紊，简单平凡得不能再平凡了。我知道，在这个晚上，全美各地有无数个这样普通、平凡的投票站在工作着，未来的美国总统将由这里产生。这也是一种形式，但就像电视上的辩论和政治笑剧一样，都是真实的形式。

回到寓所，打开电视，看到不知在什么地方举行的一次共和党的集会。那么多的人，欢呼声震天价响。这与我刚刚看到的，完全是两个世界，然而这并不是不相干的两个世界。成功的政治运作既要有激情，也要有平和与节制；合理的规则与制度虽然重要，最后还要靠人心的内在秩序来维系。

在美国，每四年一次大选，政权更迭，永远都是照此进行。真要做到这一层，实在很不容易呢。

自由女神像

第一次去瞻仰这座世界上最大也是最著名的塑像，匆忙中上了一艘开往布鲁克林（Brooklyn）的渡轮。正像俗话所说：找错了码头。结果只能眼睁睁地望着矗立远方的自由女神像，任由渡轮把我越带越远。

有了第一次的教训，再访自由女神时便顺利多了。先在码头买好游览票，然后排队上船，航行约二十分钟，就到了那座巨大雕像的脚下。在此之前，因为在电影、电视和图片上多次看到过自由神像，对它的形象早已熟悉，然而一旦身临其境，我忽然地有了一种陌生感。可以触摸的自由女神像，远比我印象中的更真实、更伟岸、更有尊严。她骄傲地站立在那里，右手高擎着火把，目光如炬，直视前方。那一种气度与"照亮世界的自由女神"的名称是很相称的。

通常，人们把这一尊雕像视为美国人自由精神的表征，这固然不错，但是它原初的意蕴，却包含了法兰西民族的一种共和理想。雕像的构想者是19世纪的法国人，颇有成就的法律学家拉布莱（Edouard de Laboulaye）。此人是共和主义者，对于美国的共和制度十分推崇。他很懂得艺术的感召力量，相信一种自由的象征物对于人心可以有潜在的巨大影响力。只是，在拿破仑三世的统治下，这种构想终究不容易实现，而把一件自由的象征物，当作法国人的礼物送给美国人却是可行的。第一次讨论这件事是在 1865 年，就在巴黎拉布莱的家中，拉氏的好友，那天他晚餐桌上的客人，雕塑家巴托尔迪（Fréderic Auguste Bartholdi）承担了设计的重任。他在 1871 年到美国旅行，选择合适的基地。巴氏最后选中了纽约港，真是独具慧眼。因为在出入美国全靠海船的当时，纽约港与国门无异。

就在巴托尔迪身在美国之时，普法战争结束，帝国解体，法兰西向何处去，到了一个关键时刻。建造自由女神的计划宣布于 1874 年，只几个月后，法兰西又成共和国。在人类历史上，这也许是艺术号召于人心的又一个例证。

负有设计使命的雕刻家巴托尔迪，受着自由和不朽观念的激励，想要创造出堪与古代巨像媲美的自由神像来。他在构想自由神像时，心中确实想到了古代罗得岛上的巨像（Colossus of Rodes）。女诗人爱玛·拉扎勒丝（Emma Lazarus）为自由女神像写的十四行诗，一开始就提到"铜铸的巨大希腊神像"，不知是否就是因此之故。

最初的灰泥模型高 1.25 米，以后数次放大，直到做成大约三百块十足尺寸的部分。然后用所谓"敲花法"把 2.5 毫米厚的铜板蒙在木板灰泥制的模型上敲打成型。工程问题交由古斯塔夫·埃菲尔（Gustave Eiffel）解决。埃氏是优秀的工程师，几年以后，他设计的铁塔使他变得不朽。巨大的工程开始于1875年，九年后完成，耗资约25万美元。

这件珍贵的礼物在1885年运往美国。为了接受这件稀世珍品，美国人花费了更多的钱修建了一座与之相称的基座。基座工程始于1883年，设计者是美国人理查德·M.亨特（Richard M. Hunt）。为这项巨大工程所做的募捐活动早在1877年就已开始，但是因为某种原因，募捐进行得不甚顺利。后来是著名报人，匈牙利移民约瑟夫·普利策（Joseph Pulitzer）利用报纸的影响力量，一面抨击不愿捐资的富豪，一面宣传这件象征物的重要意义，唤起公众的支持，终于促成了这件了不起的事业。现在的自由神像基座一侧，有几尊青铜的顾长雕像，其中有一尊普利策的，正是为了纪念此事。

自由神像立于海中小岛的一端，从纽约港方向看过去，仿佛是出于波涛之中。雕像的另一面伸出一小片广场，周围绿树掩映，外面有石灰路面的小径环绕。靠近基座是漫坡的草坪，上面散布了大群觅食的鸽子。从基座的下面进去，里面有很大的环形展厅，图片和解说展示出自由女神像的全部历史，包括工程的每一个细节。到基座的顶层可以乘电梯，再往上就只能贴着陡峭的螺旋铁梯手脚并用地攀爬了。攀到雕像的王冠处，就算到了尽头，那里周遭都是小窗，可以俯瞰纽约港。一路辛苦地爬上来，全是为了这最后一望。要说有什么美景也未见得，只是觉得到此一游，不曾登高望远，探奇揽胜，心实不甘。我的不能够免俗于此可见。

走出自由女神像基座，我四下里打听邮信的地方，为的是把随身带来的一张超大明信片寄给国内的亲友。这张明信片上印着纽约圣约翰大教堂正门的图样：两面四扇铜铸的门上，雕刻了取自《圣经》故事的宗教场景。我之所以专门把这张明信片带到自由女神像所在的小岛上寄发，只是因为它的作者巴伯迪耶纳（M. Barbedienne）也是自由女神像的铸塑者。如果说在西方人的宗教精神与自由观念之间有着什么联系的话，圣约翰大教堂的"大铜门"（The Great Bronze Doors）和纽约港的自由女神像便是一个例证，它们共同的塑造者巴比蒂安尼便是这种联系的体现。

我们可以相信这样一种说法，即建筑是最能够表明民族精神的东西。在一个民族的建筑里面，人们可以发现这个民族的终极关切，发现它的文化价值与追求。古埃及的金字塔、中国的长城和布局严整的大屋顶建筑群、古希腊庄重的神庙、欧洲中世纪高耸入云的教堂，以及眼前这立于海天之间的巨大雕像，说它们代表了特定的文明样式，那是一点也不错的。

天色近黄昏的时候，我踏上归程。回眸看夕阳余晖中的自由女神像，她仍默默地伫立在那里。百余年的风风雨雨，将她周身蒙上一层绿色，但她那坚毅智慧的神情，想必与当日并无不同。此刻，最后一批游人正在离去，繁忙的港口和都市也将要歇息，她在想些什么呢？

自由女神像

河畔公园

从高高的河畔教堂（Riverside Church）下来，越过公路，再往下就是河畔公园（Riverside Park）了。这是一个长长的带状公园，沿哈德逊河的南、北两端伸展。两条密密的林木之间，有草地和大树，树下的长椅总是空的。这里游人很少，大约除了附近一所小学的孩子们经常在这里上体育课之外，就剩下一些遛狗散步的人了，他们大概都是常客，像我一样住在附近。

我喜欢在这里散步，尤其是在深秋的下午，踏着枯黄的落叶，领受草木的芳香和阳光的温暖。有时，举目四望，偌大一片地方，差不多就我一人，与我相伴的，是那些在我身前身后跳跃、嬉戏的松鼠。我时常停下来逗弄它们，扔给它们一小块面包，或是几粒花生。这些机灵的小动物，顽皮可爱。它们会在我伸手可及的地方，竖起火炬一样的大尾巴，两只前爪交叉着，像小手一样抱在胸前，好奇地盯着我看，那神情像是在问：你是谁，从哪里来？如果得到了吃食，它们就更加大胆，紧随不舍。

时间稍长，我发现，不独这里，也不光是在公园，但凡是绿地，哪怕是高楼下的一蓬灌木，公路旁的一丛野草，到处都能看到这些可爱的小生物，看到它们透着好奇和顽皮的小眼睛在闪亮。它们清澈的目光，能够洗去人心灵的尘埃，使入于平和恬静之境，超然于喧嚣忙乱的尘俗。纽约人的繁杂和纽约市的忙乱、管理不善，向来是这大都市的特征，然而有这么多可爱的小动物相伴，纽约人真可以感到自豪和宽慰。想到此，我心里便生出一丝怅惘。人与动物的这种友好相处，在那个一心寻求自然秩序中的和谐的古老国度早已不复能见了。其实，小动物们，无论松鼠还是鸽子，到处都有着一样的习性，不同的是人，是人对待这些温顺无害的小动物的态度。于是，在有的地方，它们差不多完全地绝迹了。然而，人对于动物的态度和做法，不正是人对于自然，对于人类自己的态度和做法？人与动物之间的关系，不正是另一种人与人之间的关系吗？

亲人的小松鼠

感恩节游行

11月24日是感恩节（Thanksgiving Day）。这个庆祝丰收和吉祥的节日始于1621年，而在1862年被定为美国全国性的节日。这大概是美国人自己的最古老的节日了。每年的这一天（11月最后一个星期四。据1941年法令，为11月的第四个星期四），美国人都要举行非常热闹的庆祝活动，至于我们中国人都知道的吃火鸡和南瓜馅饼，那是一天里最后一道节目了。

传统的节目里面，第一项是放焰火，安排在头一天的夜里。我因为怕冷，又不愿熬夜，没有去看，因此只看了第二天的庆祝游行。游行在上午9点左右开始，队伍由北向南，沿着中央公园西侧的大道行进。我和一位朋友赶到时，游行尚未开始，道路两旁看热闹的人群，已经挤得水泄不通了。先是飞来两架飞机，在蓝色的天幕上划出两道白色的烟痕，引得大家都仰了头看，据说那是专门来表演的。后来，远远传来了乐鼓声，人们更兴奋起来，纷纷踮起脚尖，伸长了脖子向北张望。渐渐地，半空中摇摇摆摆的充气米老鼠也能看到了。再过不多久，游行队伍就到了眼前。一辆接一辆的彩车，一队又一队的人群，小丑们跑前跑后，号声、鼓声此起彼伏。最神气的是铜管乐队，每队数十人、百余人不等，各着色彩鲜艳的制服，帽子上竖着大花翎，或红，或黑，或白，最惹人眼目。在游行的队伍里面，这些人的步伐最为齐整，特别是一声令下之际，所有的号都放到嘴边，发出同一个音调，奏出同一种旋律，看了让人高兴。我们因为到得晚，好的观景点都被人占了去，只好站在后面几排，从人头的缝隙中观看。这样固然不如在电视上看得清楚，但是毕竟身临其境，可以充分地感受现场的热烈气氛。

美利坚民族原来是年轻乐天的民族，逢到这样的节日，他们几乎要变成小孩子了。我看那些游行队伍里的男女老少，个个都兴高采烈，手舞足蹈，像是一点心事都没有。如果说美国人生性自由外向，我想，那也是他们所在的环境并不过分地令他们感觉拘谨的缘故。况且，这类事情本是游戏的一种，他们来参加这种游戏，真正是自觉自愿、不受强迫的。

站在观看的人群里面，我忽然有了一个问题：这些人都是做什么的，他们是怎样集合到一起的呢？到纽约几个月，看到最多的是广告，从未遇到过的是开会。美国人惯常以自愿和协商的方式组织起来，所以极少开会。不过，组织像眼下这样一次活动，总不能靠临时的招募来完成吧。托克维尔说美利坚民族是最喜欢结社的民族，也许，他们有大大小小、各式各样的民间团体可以"动员"。其实，说动员就又错了，这样的事情是无须动员的。只是，根据自己的经验单知道靠动员、开会一类办法联合社会的我,实在想不出这些参加游行的人是怎样"组织"起来的。

每一个社会都有自己的组织方式,它们之间的不同,都表现在此一社会的面貌里面。就说这次感恩节的游行吧,比较我惯见的场面,它既不算整齐,又不够严整,规模也小,然而,我在其中感到的那种热烈、活泼和真实,却是完全新鲜的。

圣诞节印象

在西方人的节日里面，以圣诞节为一年中最盛大的节日，恰似我们的春节。圣诞节是在每年的 12 月 25 日，那几天，机关放假，店铺关门，大家都回家过节，这是不必说的。实际上，一进入 12 月，气氛就已经不同了。走在街上，到处听得见圣诞歌曲；进了商店，圣诞卡和圣诞礼品琳琅满目；音乐厅举行了圣诞题材的音乐会；电视台更围绕圣诞主题安排了各种节目。那些天，我常常一个人守在电视机前，从晚上一直看到凌晨。那里有许多精彩的节目，特别是有关圣诞音乐、雕塑和绘画的节目，很让我喜欢。看了这些节目，我感觉到在这个既是宗教又是世俗的节日里面，埋藏着一种非常深厚的传统。这种深厚的传统不但在各种习俗和艺术形式里面表现出来，而且因为它们而保存下来。比照这种情形，我们的传统节日里面的内容就没有那么丰富。端午节的吃粽子、赛龙舟，中秋节的吃月饼、品茶和赏月，春节的包饺子、舞龙灯和逛庙会等等，大体只相当于西人所谓民俗。这些民俗的起源既古老又神秘，以致现在对它们的解说不能一致。一般人早已淡忘了有关节日的传说和故事，要找出它们表现于艺术的事例更难。造成这种差异的原因，恐怕首先与宗教的传统有关。此外，我还注意到，最早与宗教传统相关联的艺术如圣诞歌曲和音乐，其宗教的色彩已经淡化，而与世俗化的社会浑然一体。又有一点，这些大多出自大师之手的艺术作品，虽已深入民间，流传广远，却不失艺术的趣味，在那里面，似乎包含了某种恒常和普遍的价值。如今，《圣母颂》《平安夜》一类圣诞歌曲差不多是所有人都熟悉和乐于接受的。但是我很难想象有朝一日，我们的传统艺术如京剧，也能像《圣母颂》那样流行和普遍地受人喜爱。这种差别或者与东西方文化近代以来的相对变化有关，但是否还有关乎音乐本身的内在原因呢？这一点我不得而知。

12月24日是圣诞庆祝的高潮。中国人在除夕之夜要包饺子，吃团圆饭。西人不懂得饺子之道，但他们有圣诞树。此外，他们还有一个去处，那就是教堂。

我在纽约的住所，离圣约翰大教堂最近，平日去到那里的次数也最多。圣诞之夜，所有教堂都举行庆祝活动，一些著名教堂里的圣诞节目，电视还要转播。入夜，教堂的钟声此起彼伏，悠长而优美。大约在10点钟，我和朋友Y君也去了教堂。在圣约翰大教堂的门口，我们和别人一样，领到一张圣诞布道的节目单、一根蜡烛。往常总是冷冷清清的大礼拜堂，今夜格外热闹。庞大的唱诗班，辉煌的音乐，黑压压的人群，都表明这是一年中最隆重的时刻。大灯熄灭了，只有烛光在闪亮。往常，每每看到里面藏了小灯泡的假蜡烛，我总觉得不舒服，然而此刻，看着众人手中灯光摇曳的细瘦蜡烛，我忽又觉得好笑起来。在我的想象里面，真正烛光时代里教堂的布道，应当完全是另一种情调。那个时代的人肯定比较纯朴，不像现代人这样敏感、神经质和野心勃勃；那里的教堂没有扩音器，也没有现代照明设备，但是由一架管风琴和一些自然的人声传达出来的情致，却是真正富有宗教韵味的。最后，那时人去到教堂，纯是出于生命的需要，不像现在的人只要寻求暂时的安慰，尤其不会像现在、此刻，大概有一半的人是想来凑热闹的。尽管如此，我还是觉得，在这样的场合，听这样的音乐，诵这样的经文，唱这样的歌曲，唤起的一定是人性中善良的情愫吧。

在西方历史上，教会曾经是社会的中坚，价值的核心。这些早已成为陈迹，倒也不足为奇。时代在变，社会在变，教堂里的男男女女也在变。问题是，教会依然存在，高耸的教堂还不仅仅是供游人拍照的文物。人们在教会所从事的各种宗教和世俗的活动里面，明白无误地感觉到它的存在。它既没有被社会化解，更不曾为国家吞没。它代表着另一种价值，它为社会中的个人，提供了一片精神上的栖身之地。在美国，国家之外的社会是真实存在的，而教会是最能够表明其存在的例证之一。如果我们设想，国家有一天竟然专横到把有关圣诞的各种习俗和活动宣布为有害无益的迷信、陋俗，欲扫除干净而后快，那它是肯定要失败的。在这一种意义上讲，圣诞的习俗，以及表现于其中的更加深厚广大的文化传统，正是靠了教会，靠了国家之外的社会，甚至是靠了国家与社会两不相害的观念本身，才能够长存下来。

芳　邻

在纽约的时候，和两个美国女孩子同住一套单元。巧得很，她们都是哥大法学院二年级的学生，而且都有拉丁文化背景。短小茁壮的一位叫鲁玛，父母是墨西哥移民，现在西部的加州。另一位伊娃，生得高大丰满，她的父母是古巴移民，不知她一家什么时候离开古巴，看伊娃那一脸的天真，肯定对她的故乡古巴全无认识。伊娃的房间挨着我的门，可她一多半时间是住在外面，和她男朋友在一起，直到后来和男友吵了架，才又搬回来住，那时我已快要离开了。所以，我的芳邻主要是那位墨西哥血统的鲁玛。

第一次见到鲁玛，不知怎么想到了古代墨西哥人那种短粗的雕像。两条又粗又黑的眉毛，直直地贴在结实的方脸膛上，在那下面，深嵌着一双黑眼珠，很是有神。鲁玛生得矮小，嗓音却尖利高亢。她喜欢说话，而且说得又快又多。有时，她在自己的房间里听电话，猛然爆发出一阵大笑，能把隔着两个房间的我吓一跳。

在美国最有声望的法学院里，哥大法学院总是排名在前十,其学费之高,令人瞠目。在这里读书的,多半是富家子弟。鲁玛是个例外,她是靠贷款来维持学业的。大概因为这个缘故,她读书十分用功,几乎可以说是勤奋了。她没有社交活动,出门听课,回来读书,礼拜天也忙着准备功课。我所以知道这一点,是因为她有在厨房里苦读的习惯。自从饭厅里那套没有开封的桌椅,让我凑合着用那把切菜用的牛耳尖刀装好之后,鲁玛便经常伏在上面,拿一支黄色的标记笔在书上划道道。我曾经问她,为什么喜欢在饭厅读书,她说在自己的房间里面,因为旁边有张大床便老是犯困,我释然。

跟鲁玛作邻居,大家互不相扰,相处融洽。不过,既然住在一个单元里面,共用一个厨房和卫生间,就会有集体生活,而集体生活不会只是大家在一起聊聊天,逢年过节互赠小礼物什么的,也可能产生一些意想不到的问题。我刚安顿下来,鲁玛就为我空出冰箱的一层并两扇碗橱,又从起居室找出一个台灯给我,空间分配问题就算解决了。接下来还有轮值一类的问题,那是需要订立规则来施行的。起先,一切都靠自觉,在我这方面,既是因为习惯,也是因为不忘自己是中国人,在日常生活的细节方面,辄小心在意。然而,问题还是来了。一天夜里我进厨房,发现奶白色的炉台上溅了一些黄色的油点,我想那是鲁玛留下的,因为我每次用过灶台都要擦拭干净。不过,当时既然看到,我便顺手把它擦净了。没想到第二天早上再进厨房,竟在冰箱上看到一张字条,写着用过炉台要收拾干净一类的话,我这才想到,我在鲁玛眼中,正和昨晚她在我眼中的是一样的。不同的是,我不声不响地做了一回"好人好事",她却把我"有罪推定"。难道这件事真的是我的一个疏忽?我可是全无印象,只好由鲁玛把它定案了。

出了这件事之后,鲁玛又在冰箱上贴出两大张"告示",详细规定了轮值的日程、职责和范围。这次的"立法"虽然没有事先的商议,但也公平。伊娃不在,轮值者便只有我和鲁玛两人,后来伊娃回来,鲁玛又修订"立法",卫生间改由三人轮流值日,厨房还是由我和鲁玛负责,因为伊娃几乎从来不在厨房烧饭。这件事给我的印象很深。健全合理的集体生活,不能没有规则。鲁玛的做法固然无可非议,甚至值得赞赏,不过,她身上的那种自以为是和咄咄逼人却是我不喜欢的。

按照西方一种传统上的假设,人们订立法律和契约,乃是出于自私之心,就像柏拉图笔下的格劳孔所说,既不要得不正义之惠,也不要吃不正义之亏。在这个意义上,自私就不但是合理的,而且是必要的,它是推动法律发展、制度完善的内在动力。不过,这种情形要求得完满,我想,必须大家都有这种自私之心。订约各方既要全力相争,又能够妥协互让,否则,最后出现的恐怕就不是什么正义,而是一种强者愈强、弱者愈弱、小人得势、老实人吃亏的局面。我的经历就能说明这一点。

虽然也算学法律出身,做事也愿意遵守规则,但与人打交道,我却是满脑子礼让和面子观念,讲求自律而行不争主义,更不用说和女士打交道了。鲁玛有在厨房里读书的癖好,只要她在，我便尽量少去，即便是在吃饭时间。倘不得已，也尽可能地简单，而且决不敢炒菜。做好饭菜也要端回卧室，并不在餐桌上和她分庭抗礼。其实在这件事上面，受打搅的是我而不是她。后来又有件事情，比这件事更严重。鲁玛的一位女友从西部来纽约求学，鲁玛说她可能在此借住两日，我没有表示反对。后来那位小姐真的来了，但是没有和鲁玛同住一室，而是在厨房里面的一个小间里安营扎寨，一副长期驻守的架式。那间小屋与厨房相连，有框无门，只能拉一张布帘子遮挡。这下苦了正害胃病的中国人。白天不好意思进厨房，晚上要煮杯牛奶更像是做贼一般。幸而这苦难不是没有尽头的，两周之后我就离开纽约去了哈佛。我不知道，如果没有这个解脱的机会，我是否会行使自己的权利，拉下脸来跟那位墨西哥裔美国人订立规则。

　　健全的公共生活要建立在合理制度的基础上才有可能，但要建立和维持合理的制度，利益相关各方首先要有"争心"。鲁玛就很有争心，她遇到的却是奉行不争主义的中国人。问题是，一方不争，另一方就可能越过界线，求取不属于自己的利益，除非这另一方有很高的道德修为，严于律己。鲁玛做不到这些，也很正常。于是便有了上面的故事。在我的经验里，这算是一次小小的文化冲突，而包含于其中的道理，更是耐人寻味。

超级市场

　　第一回进超级市场，让货架上堆得满满的五颜六色的商品弄得眼花缭乱。以前以为，所谓超级市场就是那种硕大无朋的巨型商场，有如后来在纽约看到的"梅西百货"（Macy's），亲临其境才知道并非如此。据辞书上的定义，超级市场只是在无人售货基础上经营的大型零售商店，出售杂货、水果蔬菜、肉类、面包糕点和牛奶制品，有时也出售非食品货物。这与我看到的实际情形大体不差。

　　如果是在美国的其他地方，人们可能要开车到附近的超级市场，装上一车商品拉走。在纽约却无需如此，尤其是在喧闹繁华的曼哈顿区。这里到处都有超级市场，小一点的，还有数量众多的杂货店、食品店和水果蔬菜店。比如我的住所附近就有两家超级市场，小食品杂货店就更多了。通常，超级市场早晨7点左右开门，一直营业到夜里九十点钟，周末要更晚。看到那里永远都在上、下货物，人出人进的情形，有时我会产生一种错觉，以为只要租下一个门面，每天进货、上货，这些超级市场就可以永远开下去。民以食为天，人们对食物的需求与生俱来，将来依旧。不过，超级市场的历史，实际上也不过几十年罢了。它们的发达史，也是一部竞争的历史，而它们在今天的面貌，肯定也是暂时的，终究要随着社会的变迁而变换。不过，自超级市场产生时起，它就与美国人的生活方式发生最密切的关联，说它们代表了一种文化，而且预示了文化未来的某种发展，也是不错的。

超级市场的最大好处是便利。顾客可以主动和直接地挑选货物，而不用先被售货员挑选。便利的另一种表现是货源丰富。在超级市场上，人们不但可以买到各种类型的食品，而且可以买到各个季节的食品。初次体验超级市场的便利，我颇觉得满意。可是时间稍长，满意的感觉少了，有时竟生出厌烦。经常是进了超级市场，提着食品框茫然四顾，以往眼里的丰富都变得单调。塑料盒子、玻璃纸、白底红字的标签、冷藏箱的雾气、漂亮的包装等等，显得千篇一律。有时，那种寡淡的感觉竟让我生出一种身体上的反感。这是一种复杂的"病症"，难以言说。我曾和两个熟识的美国朋友谈起，我说超级市场里有种特殊的气味，让人感觉不舒服；又说那些放在冷藏柜中包装很好的猪肉和鸡腿，都有怪异的味道。他们对我的感受大惑不解，而我也必须承认，我大概没有说清楚自己的"病症"，但那"病症"是完全真实的。

回国后的那个秋天，某次同内子去逛西郊的农贸市场。那里真热闹，东西也多。黄澄澄的小米，黄白夹杂的玉米面，就堆在台面上，尖尖的像一座小山。一排排的小布口袋，装着五谷杂粮和刚上市的山货，核桃、大枣、山楂、板栗、榛子、花生……都那么诱人可喜。伸手抓一把小米，让金黄的米粒顺着指缝流下去，假装内行地和柜台后面的农民讨价还价，听他们自夸或是叫苦，那情形很是有趣。那天，我们买了一个老妇的小米，马上就后悔没有在旁边那个小姑娘的摊子上买，那女孩子有双怯生生的眼睛，让我们觉得欠了她什么。如果不是因为对那个小姑娘心有愧疚，我们在市场里或许会多逛一会儿，倒也不一定要买些什么。看着刚磨出来的粮食，抓几颗核桃、金丝枣掂一掂，都让人觉得高兴。人们总不会厌烦这些东西，也许只是因为它们单纯和自然的缘故吧。

  就是在那个农贸市场里面，我忽然想到美国的超级市场，想到我因为离开美国便不治而愈的"病症"，恍然有所领悟。我想，我所以越来越不能够忍受超级市场，可能只是因为它们太现代、太进步了吧。那里的东西太整齐划一，太漂亮，也太不自然，太少人情味。它们把我跟泥土，跟在泥土上劳作的人群，甚至跟有生命的东西，跟自然，都隔得太远，所以让我觉得空落落的，一片寡淡。那些超级市场，也许它们真的有一种丰富性，冬天给人夏季的水果，深秋摆出初春的花卉。人们想象中的天堂大约也就是这样。可是天堂太完美了，人们真能够住得惯吗？我倒宁愿西红柿上市的时候，顿顿都吃上一盘，而在西瓜丰收的季节，天天和朋友们摆西瓜宴。的确，苹果一次买上一筐，大葱一下子扛回两捆，都不是便利的事情，但它至少保留了一种东西，那就是自然。大自然给了我们白昼与黑夜，春雨与冬雪，我愿意欣然地接受它们，因为它们都是自然的。

我没有走遍美国，更没有去过欧洲，但是我猜，无论在什么地方，超级市场总是大同小异的。关于这一点，看一看我们这里正在发生的变化就可以明白。创造了超级市场的那种文明，它的精神不但统一，而且是划一的。

用超级市场去取代恼人的柜台和售货员的冷脸，这样的事情必然要发生，对于这样的变化，我也会表示欢迎。但是在此过程中，我们在农贸市场上体验到的那种情趣也会消失殆尽。跟这种情趣一道消失的还会有什么？对这种变化，我们同样表示欢迎吗？

火车旅行

坐火车的经验，在我从来不是愉快的。印象中，似乎火车自来就是拥挤的，而许多问题都是因为拥挤而来：买票难，上下车难，想求旅途的舒适、愉快更难。

从纽约到波土顿，除飞机以外，公共的交通工具有汽车，有火车，二者所费时间大致相等，而且同样地便利和廉价。我选择了火车，是想看美国的火车旅行与我在中国经验到的究竟有怎样的不同。

表面上看，美国人旅行乘飞机和汽车的最多，火车这一行当发达最早，现在却衰落得可以了。因为坐火车的人少，在中国因为拥挤而来的一系列问题自然都不存在，况且这是个发达的商业社会，凡是正当的赚钱的事情，都须要尊重消费者的利益。虽然想到了这些，进得车厢还是感到有些意外。一百座左右的车厢，稀稀落落不过三五个乘客，这种情形就是在"亚运"期间进京的列车上也是不大能见到的。车上的设备与飞机上的大抵相同，可调节的高靠背软椅，座位前有可以折叠的简易小桌，手边有报纸、杂志等等。这是短程列车（全程四小时左右），带有一个不大的餐车，只一个柜台，一个服务员，供应冷热饮料、三明治、汉堡包和各种点心。这里没有人送水，我倒宁愿这样。事实上，在拥挤的车厢里面，喝到口水也并不容易，我还记得十六岁那年夏天，在拥挤的车厢里被人洒出的开水烫了脊背的不幸。而这些年，高价劣质的饮料已经差不多取代了免费供应的开水。

纽约的火车站设在地下，待列车隆隆地驶出地面，已经到了郊外地方，这个法子不错，否则市里又不知要添多少忙乱。走的那天下着毛毛细雨，我倚在窗边，很想借这四个小时的旅行，领略一下美国东部风光，结果我很失望。铁路沿线，看不到一处壮观的景色，倒是处处都见出凋敝与破败来。这或者是铁路行业衰败的一个表征？不，至少不完全是这样。它让我想起若干年前一次在国内的火车旅行。那次路过了河北、山东、江苏、浙江、福建等许多地方，一路上，风景变换，唯有车站和靠近车站的地方到处都是一样的：黑色的煤堆，灰色的仓库，一堆堆破旧的钢铁和机械，肮脏、灰暗、呆板和烟尘满布，让人觉得透不过气来。人们说火车是蔑视个性的东西，其实，车站也是如此，因为创造了火车和车站的文明就是如此，我为什么要指望在美国看到另一种景象呢？

后来在麻省剑桥，哈佛的周围，我看到路边许多用轻便材料筑成的小房子，通常有二层楼高，用木栅栏围着，看上去轻巧而美丽。只是，走在街道上，经常见有一些黑黢黢的电线杆，冷不丁伸出屋顶，几根无精打采的电线，扎眼地吊过街道，怪煞风景的。如果这些电线真的那么重要，我希望把它们埋入地下，或是藏到别的什么地方。有一次走在街上，我把这个想法说给一位同行的同胞，他耸耸肩，表示无所谓，这也挺好。他让我明白，这世上有许多人，对那些电线杆子和铁路线上布满烟尘的草木也是一样的满意。对他们来说，发达的就是好的，好的也是美的，或是无所谓美不美。我想，他和他的同伴能在这个世界上活得很好，因为他们所见的都是美的和令人满意的东西。然而，对我来说，丑陋的美学是比丑陋的现实更加令人忧虑的东西。

一个社会，两种精神

美国是一个广告的世界，这样说一点也不过分。无论走到哪里，满眼都是广告，大大小小，五颜六色，看得人眼花缭乱，不胜其烦。即使逃回家中，一个人关起门来，还是难免广告的侵扰。收音机里有你喜爱的节目，但里面要插播广告，电视也是一样。早晨起来打开信箱，里面总有一半是和广告有关的东西。刚到哈佛不久，我曾收到一封莫名其妙的函件，上面说我极其幸运地中了一个什么奖，现在可以凭信中所附的中奖卡，在指定地点廉价买到一台录像机什么的。我对于中彩这件事情一点兴趣都没有，只是纳闷那些人从哪里得到了我的姓名和住址。看来，在美国做一个隐士也难。

喜欢或者讨厌广告，这是个人的事情，商业社会之不能没有广告，却是关涉必然的事情。电视里播《爱情的故事》，每十五分钟来一次广告，实在讨厌，但假若没有广告，坐在家里的人怕连这种断断续续版的《爱情的故事》也看不上了（有线电视不插广告，但须另外付费）。话虽这么说，广告还是讨厌。在纽约时收看电视节目，我最喜欢十三频道。它的节目质量最高，有对文艺界和知识界的系列采访，著名的儿童教育节目"芝麻街"，还有以古典作品为主的"大师作品剧院"，以及其他许多严肃有益的节目，而它最特别的地方，是在这些节目里面居然没有插播广告。我一直奇怪这个电视台究竟靠什么来维持，最后我找到了答案，并且为这答案的简单感到惊奇。在一个健全的商业社会，倘不能靠买卖来谋生，那就只好指望施舍了。又如果我们所从事的事业是有益的甚至崇高的，施舍便是捐助和奉献。美国有许多基金会，它们为了不同的目的而成立，在各自的范围内活动，对艺术、学术、文化发展和一般社会福利贡献最大。我喜欢的这个电视台就是受了一些基金会的支持。此外，它也向社会直接募捐。离开纽约之前，我恰巧碰到它的一次募捐活动，因而目睹了整个过程。募捐是公开的，面向全社会。主要的办法是通过特别的电视节目呼吁，公示募捐电话等等。这次募捐活动延续了大约两周，据报成绩是很好的。说来也巧，就在这次募捐结束之后几天，十一频道也播出了一个募捐节目，那是为一个刚刚成立的黑人教育组织筹集资金。记得那个特别节目叫作"明星串演"，因为有许多明星登台表演（同时而不同地）。那次募捐组织得很紧凑，随时宣布已筹款数以及捐款人姓名等，也很见成绩。

早几年有过歌星联袂演出，为非洲灾民募捐的事情，规模颇大，其中一支歌曲《四海一家》（*We Are the World*），风行全球。那支歌我听过许多遍，每次都为之感动。不过，看到眼下这类募捐，我有的却不只是感动了。我一向以为，美国是一个商业社会,而支配商业社会的法则只能是利润,是产出要多于投入。但是在那些募捐活动里,我分明看到了另一种精神,一种自觉自愿,携手共存,依靠众人的力量解决问题的独立、友爱和主动的精神。如果说,我现在依然坚持以前的看法,那么这种看法的含义肯定要丰富得多了。我看到,生活在这个社会里的许多人,他们想问题和做事情,并不只考虑"利润"。那位周末之夜跑到老远的肯尼迪机场接我的M女士,几乎每天都超时工作,忙的时候节假日也在办公室,可她从来不拿加班费。我还看到,美国有许多帮助穷人、病人、老人、外国人和其他困难者的组织,他们的成员都是志愿者。在全美各地,还有众多的互助组织、社区组织和各种非营利组织,它们行事也是不受"利润"规则支配的。在这里,在交易所的喧嚣之外,每天都有许多人自愿地帮助别人。他们自愿献出自己的时间、精力和金钱,自愿接受医学试验,自愿捐献身体器官,义务献血。重要的是,没有任何人以任何方式强迫他们。他们可能受到鼓励,但不会被树为"典型",评为"先进",到报告会上去作陈列品,在报纸上大出风头。我也很难想象这样的事情发生在比如M女士身上,如果是那样的话,她所做的事情性质就改变了,后来的效仿者是否同样高尚也就很值得怀疑了。

1988年12月的一个周日,我打开当天的《纽约时报》,看到一幅整版的"广告"。在一张巨幅照片下面有非常醒目的黑体字:

> 亚美尼亚，十万人死亡，七十万人无家可归，一万二千人受伤。请伸出援助之手！我们不能取代他们死难的亲人；我们无法让死者复生。然而通过对伤员提供医疗上的援助，为流浪者提供食物、帐篷和衣物，我们可以帮助他们重建家园。请慷慨解囊。支票请寄"亚美尼亚地震救灾基金"……

我在这里看到了一种美国精神，虽然不是其全部，但是一样地真实可信。有意思的是，这样一份募捐的呼吁书，恰好是以"广告"的方式出现的。它用一种直观的方式，向我昭示了一个道理：在这个社会里面，广告的精神和募捐的精神相反而相成，是同一事物的两个方面。它让我们了解到人性的善恶，洞悉道德的真谛，既看到问题，又怀抱希望。真的，如果这只是一个没有捐献精神的广告世界，我不知道那里的人怎么能有生活下去的勇气。

地铁站里的表演

四十二街地铁站是纽约地铁的枢纽,每天在这里上下车的人极多。因为地方大,人多,热闹,所以最能吸引卖艺的人,这也是古今中外不易的道理。

在纽约的几个月,如果不算路过,我在那里上下车的次数也很有几次,而每一次,我都忍不住要停下脚看几眼卖艺人的表演。从来没有人说美利坚民族是能歌善舞的民族,可是在我看来,他们是很有歌唱和舞蹈天资的。我在地铁站里看到的霹雳舞和现代舞表演,如果是在国内,一定可以大做广告,搬上戏台的。自然,卖艺与登台献艺有着很大的不同,最主要的一点是,卖艺人不能够强收门票。扔一个琴盒子或其他诸如此类的东西在地上,给多少钱甚或给不给钱看官自便,这又是一条古今中外的通例。不过据我看,美国人的这种街头表演,常常有自娱或者表现的成分在里面,也就是说,他们一边工作,一边游戏。工作可能是不情愿的,所以或者敷衍了事,或者虚张声势。游戏则不同,游戏人永远是投入的。我在纽约的华盛顿广场、中央公园、纽约港,剑桥的哈佛广场，纽约和波士顿地铁站等处，都看过这样的表演，而这其中，四十二街地铁站一个黑人歌手的演唱最让我难忘。

那是一个很特殊的场合。那天，我和两位朋友在下城吃饭，不意被一些事情耽搁了，回哥大寓所途中在四十二街地铁站换车，时间已近午夜。平日热闹非常的地铁站，这时已归于平静，站台上等车的人稀稀落落，统共也就十几个吧。在他们中间，站了一位黑人歌手，正抱着电吉他，起劲地唱着一支歌。我说他唱得起劲，也许程度不够，事实上，他唱得热烈而专注，像是把生命都投了进去。这是个大个子的黑人，看上去总有三十多岁了。他的嗓音是沙哑的，但是听上去很有味道。纽约的4月，天气尚寒，尤其是在午夜，他却唱得满头满脸的大汗。人们受他热烈情绪的感染，慢慢聚拢站成一圈，或点头微笑，或闭了眼静听，用脚尖在地上打着拍子。又有一位黑人妇女，提一个小皮包，一边笑，一边扭，偶尔还能和着唱几句。不断有人把钱扔进地上的琴盒里，我们也搜了些零钱放进去。然而，我并不觉得是在花钱买表演，我也不觉得眼前这位大个子歌手是在用自己的演唱去换钱。大家所以这样做，是因为习俗，是出于礼貌，而在当时特定的一刻，在这些过去不相识、将来也多半不会再见的路人之间，却有某种超乎习俗和礼貌，更超乎买卖关系的东西。深夜，四十二街地铁站空空的站台上，站着一小群人，从那里传出的歌声，表明那里没有危险、戒备、猜疑和不信任。人生是美好的，值得我们去尝试。

在寻常人的知识里面，地铁站是肮脏的、不安全的，尤其是在夜深人静的时候。所以，当我告诉一位多年住在纽约的美国朋友说，我对四十二街地铁站颇有好感的时候，她简直不相信自己的耳朵。我能够理解她的疑惑，因为她可能没有过我这样的经验。其实，我并不想说地铁站是纽约市管理很好的地方，更不会认为四十二街地铁站是一片地下乐园。我只想说，人生的每一个角落里面都可能埋藏着美好的东西。有时，我们发现这些美好之物，也许是在最意想不到的地方。不管怎么样，我在纽约的四十二街地铁站里获得了一种新的经验。在我看来，那也是真实的纽约的一部分。

中央公园

据说,纽约市公园的面积,在全世界的城市公园里居于首位。这种说法我虽未加查实,却很愿意相信。我想,世界上可能没有哪一个城市的公园,有纽约市中央公园那样占地广阔,气度恢宏。

中央公园的位置,在曼哈顿的中央,其形亦似狭长的曼哈顿,是一个很规则的长方形。公园北起一百一十街,南至五十九街,横跨于第五大道和第八大道之间,占地八百四十英亩,大约合我们的五千一百亩。这块地方作公园的历史,可以追溯到1856年,当时市政府以每英亩7500元的价格把它买下,一百年后,它的地价至少上涨了一百倍。不过,这块地方在纽约人生活中的重要,久已不是能用金钱来计算的了。前人游纽约,发表过这样的观感:"论市政者,皆言太繁盛之市,若无相当之公园,则于卫生上于道德上皆有大害,吾至纽约而信。一日不到公园,则精神昏浊,理想污下。"(梁启超语)当年纽约市政府愿意花费巨资,把市中心的一块宝地买作公园,真为后人造福不浅。

中央公园不仅大，而且多彩多姿。园中有水库、池塘、大大小小的游乐场和运动场，有喷水池、广场、快餐店、活动中心和巨大的操场，那里还有大片的草坪、优美的漫坡、繁茂的绿荫和林中小径，园中有两条公路穿过，还有许多高高低低的山岩、或长或短的木桥。每年、每个季节甚至每个月，这里都要举行有趣的活动：划船、溜冰、骑马、跳舞，和各种球类比赛。1986年自由女神像安放百周年纪念，这里有盛大的庆祝晚会。两年后戈尔巴乔夫访问纽约，活动中的一项是在中央公园散步。除了这些，那里偶尔会发出警报，说有一持枪歹徒作案后逃入中央公园，警方正合力搜索云云。自然，这些是不常有的大事，而在每周、每天、每时的大部分时间里，这里是和平、安静、平凡和充满自然气息的。人们来这里嬉戏、散步、从事自己喜爱的运动，都是最普通的人，做最平凡的事情。客居纽约的几个月里，我也经常是这些普通人中的一员。

纽约的秋天很长，也很美，色彩斑斓。但是这一份秋色，只有在中央公园才可以充分地体味到。我真不知道高楼林立、街道拥挤的纽约城没有了中央公园会是什么样子。它就像是沙漠里的一片绿洲，欲望海洋里的一块净土，人们可以在这里呼吸一口自然的气息。我喜欢那里的野趣，喜欢那里的平易和无拘无束，也喜欢那些牵了狗、带了孩子到那里去的普通人。有时我会偷偷拍下一些场景：池塘边一对母女坐着的背影、倚着一株大树读得入迷的年青人、树林里一大片觅食的黑鸦、嬉水的鸭群和推着婴儿车漫步的年轻母亲。它们都让我感动。在纽约，这里是我最喜爱的地方，也是我去得最多的地方，甚至博物馆和图书馆也未能给我如此富足的感受。

最后一次去中央公园，是在 4 月中旬，那是在转道纽约回国的途中。我真幸运，能在充分领略了中央公园迷人的秋色和冬景之后，于旅途匆促之中得片刻的歇息，和朋友们一道去一览那里初春的胜景。我们步行离开哥大的寓所，由公园的北端进入，翻过一道道漫坡，越过一片片草坪，一路南行。依然是我熟悉的地方，景色却已不同。一蓬蓬的迎春花在道旁怒放，黑黢黢的老树干上绽出了嫩绿的花蕾。最动人的景致是在公园中央、水库靠第五大道的一侧，那里有一片樱花树。彼时，樱花盛开，落英满地。树丛外侧的那条土路被一群女孩子当了跑道，这些十四五岁的少女，穿了长短不一的运动衣，嘻嘻哈哈，闹成一团。她们比这里的春光更烂漫。望过樱花，我们到大都会博物馆后面那座埃及方尖碑下稍坐。这座方尖碑是真正的古物，它在公元前 1600 年就已耸立在尼罗河畔。公元前 12 年，罗马人把它移到了亚历山大里亚。又过了差不多两千年，埃及人把它作为礼物赠给了纽约市，它在这里安家是在 1881 年的 2 月 22 日。真是不寻常的礼物。面对它的沉默，每次我都不由得肃然起敬。同来的 Y 君，看我兴致盎然的样子，问我会不会有一天因为提前离开美国而后悔，我答说，春天到处都是一样的。那天这一问一答，至今我还记得清楚。虽然后来有那么多人替我感到惋惜，我心坦然则一如既往。毕竟，我一次又一次领略了真正的春光。梭罗说，"幸而他们不能把云砍下来"，也幸而没有人能把春天砍去。一位朋友在谈天时说，太阳每天都要升起，谁能够阻止我欣赏日出的壮丽？我们彼此引为同道。

在中央公园漫步的时候，我曾感慨在北京就没有一个这样的去处。但是现在，我并不为此感到烦恼和太多的遗憾，因为我在路边的一蓬小草和一片树叶上面，找到了十足的春意和绚丽的秋色。

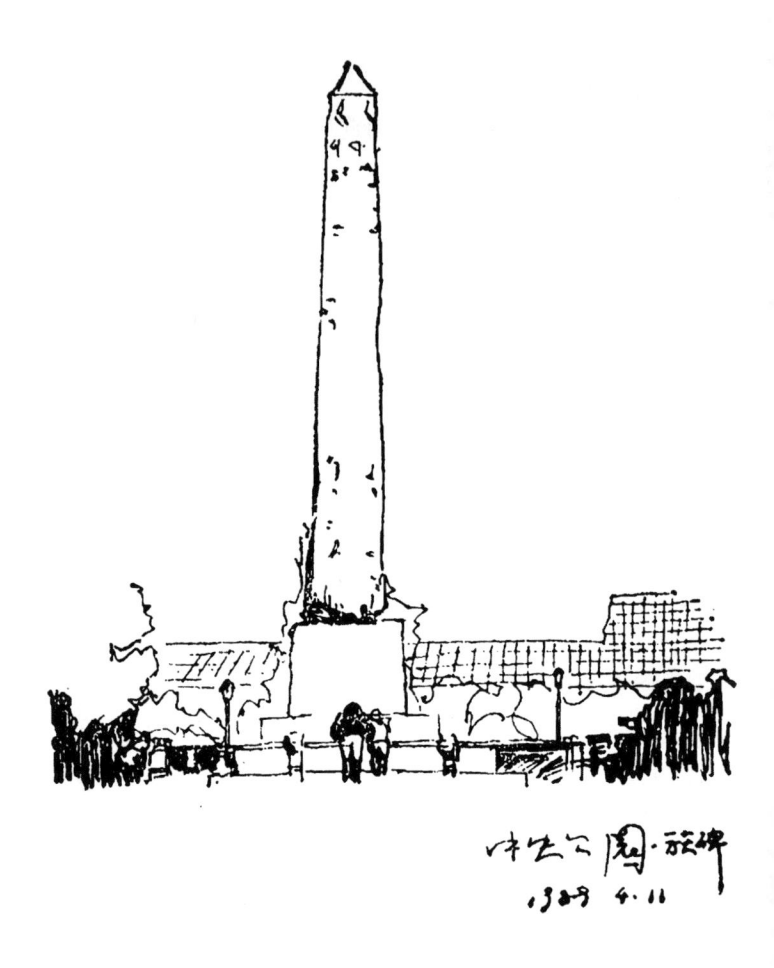

中央公园·方尖碑

大 学

午餐报告会

哥伦比亚大学法学院 C 中心，每周在法学院大楼的六层会议室举行一次午餐报告会。报告会每次请一位学者主讲，题目事先商定，张榜公告，所有对这个题目有兴趣的人，届时都可以参加。这种午餐报告会，并不让学校破费，午餐由个人自备，可以带了方便食品和水果、饮料在报告开始前大嚼。报告会由主持人作简短介绍后开始，先由主讲人讲大约四十分钟，然后自由提问，全部过程约一小时。这种类型的报告会，我后来在哈佛法学院和费正清研究中心也参加过，说它是美国大学里面一种习见的学术交流方式是很恰当的。

第一次参加这样的报告会，正是在哥大法学院的 C 中心。那次是由华盛顿大学的一位教授主讲，题目与"香港法"有关，听众颇多。报告开始不久，来了一位 G 教授，这位 G 教授是哥大为数不多的大学教授（university professor），美国法学界的行政法权威，他是老前辈，德高望重。据说 C 中心的午餐报告会，他是每次必到的。这一次不知为什么，他竟来晚了。G 教授进门时，坐位已满，八十老翁径直走到墙边一张课桌前，欠身坐了上去。主持报告会的 E 教授向他连连招呼，要挪出一个位置给他，被他摇手谢绝了。报告会并未中断，我的注意力却有一半转移到这位认真听讲的老翁身上。报告人讲完，自由提问，G 教授也和别人一样，举手要求提问。我心中的敬意又多了一层。

到美国不过十天，就参加了一场这样的报告会，这使我对美国的大学和学术，尤其是美国教授身上那种对学术事业平实而认真的态度、执著而敬业的精神，有了一种切实的感受和深刻的印象。

上 课 记

我想至迟从大学二年级开始，我就不再是个好学生了。我这样说的根据，是我自那以后便经常逃课，尽管逃课并不是为了去打麻将。在我的记忆里面，上课多半与沉闷、无聊相伴，是不值得去的。有人说这是因为我没有听到过真正精彩的课，这可能是真的。只是，知道了这一点已经太晚，我发现自己再难根据课表按部就班地去上课了，即使是在美国。结果，我在哥大和哈佛选课，与其说是上课，不如说是出于好奇的课堂"观光"。选课本就不多，去的次数也少，最后在课堂上得到的，不过是些浮光掠影的印象，不足为据。

U教授由哈佛来到哥大做访问教授，为期半年。他开了两门课，皆以难懂著称。他讲自己的想法，有一套独特的语汇甚至思想的方法。听过他讲课的美国人告诉我，U教授的话句句能懂，末了还是不知所云。我读过U教授的书，并不难懂，是以我相信，要了解一个人的思想，至少在某些情形下，读其书比听其课更加可取。

U教授的课我去听过一次。二百人的阶梯教室，散坐了不过一二十人。U教授衣着简朴，表情严肃，头花白，背略驼，远看就像一个小老头。他讲课不用讲稿，也很少抬头，顾自沿着弧形讲台，由这一端走到另一端，往复不止，时而停步作思索状，时而急步趋前，又时而双手合十，一字一顿。看上去，他完全是在自己的世界里面。课间，学生自由提问，秩序井然。下课时间到，无须宣布，即有人自行离去。这种情形，无论是在课堂上还是在报告会上，经常能够见到。我想那是因为，学生的时间安排得都很紧凑，须要照课表行事，这与我们大学里的情形很有些不同。

美国的法学院采用学分制，课程依然有必修与选修之分。法学院一年级的课程，许多在必修之列，学生的选择，只能在教师中间进行，因为在这些基本课目方面，往往有几个教授同时开同一门课。在美国的大学里面，最有成就的教授也要开课，通常是每学期两门课。在哈佛法学院，教授人数大约在七十左右，一年里开出的课竟有二百门之多（少数的课请外校、系教授来讲），课表印出来，是一个漂亮的小册子。这在一个中国的大学教师看来，有些难以想象。

二年级以后，学生有更多选课的自由，这一类课程的讲授方式，即是我们称为"研究班讨论会"（seminar）的那种。在"研究班"上，老师把有关的阅读材料复印成若干份事先发给学生，上课时先由老师主讲，然后由学生提问、讨论。在这种地方，独立地思考和自由抒发己见，是最受鼓励的事情。而学生们，一方面因为比较地训练有素（按美国学制，法学院学生入学须具备本科毕业的资格，实际相当于我们研究生），另一方面也因为对自己所选的课目有相当的兴趣（比如哥大的一门"犹太法"，学生中多犹太裔。在我参加的两个有关中国法的研究班里，学生们不但对中国法律问题有兴趣，而且有些是学过汉语和到过中国的），通常表现得比较出色。一个和我一道参加了某个与中国问题有关的"研究班"的中国学生告诉我，这些美国学生，尽管对中国了解不多，但是提问题往往触及要害，显见其思想敏锐，训练有素。他的看法我可以部分地同意。据我的观察，即便是在最好的法学院里面，学生的素质也参差不齐，其中比较优秀的和比较没有出息的，我都接触过一些。尽管如此，我还是要承认，这种"研究班"以及与之相关的一系列安排，是能够表明美国学术精神的一种独特而成功的制度。这一点，还可以由我在中国大学里执教的经验得到有力的反证。

"行政法"的课程安排在周遭用石块砌成、古朴典雅的"奥斯丁大厅"内，这是哈佛法学院一年级学生的必修课，主讲人是 R 教授。走进至少可以容纳二百人的阶梯教室，我发现已是座无虚席了。这个场景和我在那部以哈佛法学院为实景拍摄，反映美国法学院生活的电影《寒窗恋》中看到的，简直一模一样。每个学生面前，都摊着一本厚厚的大书，那里除了讲述原则，还汇集了许多重要案例，美国的法律教育，主要就围绕着这些案例进行。如果事先没有认真地预习和阅读，上课便如同听天书一般。

与"研究班"相比，这种大课人数多，讨论不易进行，但是依然有老师与学生之间的问答和交流。老师通过提问，帮助学生思考，使之参与到教学的过程中。这种教学法，有助于培养良好的学习和思考习惯，正是美国法学院课堂教学独具魅力的所在。记得那天 R 教授在叙述一个重要案例的时候，问他的学生该案中的某委员会做出了什么样的决定，下面的回答既不踊跃，又没有把握，看来是遇到了难题。其实答案就在教科书里面，所以 R 教授最后说答案所在的页码的时候，引来课堂里一片哗啦啦的翻书声，令我不禁莞尔。

知识的确定与不确定

西人为学,讲究确定性。所谓定量分析,是其科学精神的一种表征。把这种方法应用到政治、经济、历史诸领域,成一种学派,只是狭义上的讲究确定。而广义上的确定性,已经成为一种支配性的精神,深深地渗入到西人的学术规范当中了。后生小子,初入学术殿堂,无不战战兢兢,从考试交"paper"(论文),到为文著书,总要旁征博引,页下书后的注释,多者与正文相垺。这倒不是为了炫耀,规范要求如此。世上那么多的聪明人从事学问一途,书海浩瀚,我们能有多少旁人没有说过的话可说,况且,即便真的有一点新鲜想法,归根到底,也是建立在别人的旧想法上面的。确定性固然不只是要求无一字没有来历,但是强调引证肯定是讲求知识的确定和为学严谨的题中应有之义。

早先听说,美国法学杂志的评比标准里面,文章注释和征引书刊的多寡也算一条,当时很觉得新鲜。评判文章的优劣也要有"量"的考虑,这倒也合乎西人的为学之道。在哥大的时候,东道主表示要把我的一篇旧文刊在他们的英文杂志上面，翻译工作由法学院的几名高年级学生（主要是美国人）承担，我要做的事情，除提供一般的协助之外，还要另外增加注释和引证。这件事情看来容易，实行起来却有许多问题。在国内写文章，所谓引证，不过是取手边方便的材料，这里却不同。倘有人引用了某一本书来支持自己的观点，至少还要说明反对的观点有几种，根据是什么，结果是要对被引证的观点作一番必要的评述。在哈佛滞留期间，我收到编辑寄来的文章清样。一篇二万余字的论文，页下注共一百零四个，其中有些是译者增加的。大约这样的文章刊出去，便不至损害杂志的学术声誉。

讲西方人注重知识的确定性，只是就某一方面立论，若换一个角度，则他们也有反对确定性的一面。罗素对于苏格拉底的一个严厉的批评，是说他的论证不诚恳。他不是把理智运用于对智慧的无私追求，而是用来证明自己喜欢的结论。这在罗素看来，是对于真理的背叛，乃是最恶劣的哲学罪恶。西方思想史上，怀疑论思想家的地位不可磨灭，而怀疑的精神、批判的态度，今天也还到处受到鼓励。一个在哈佛法学院读书的年轻同胞，告诉我某教授的课非常精彩，只是他绝少对学生的提问给出确定的回答。这样的情形我也遇到过，不但在美国的大学里面，而且也在中国大学的美国课堂（美国教授主持并采用美国教学法的课堂）上。老师不断地变换问题，并不是准备在最后把一个确定的结论告诉学生，而是要刺激学生的想象力，帮助他们思考，使讨论能够充分地展开。在哥大时，我曾选听过一门"犹太法"，这门课由 F 教授和一位请来的拉比共同主持。有一次,这门课变成了两位老师之间的讨论,学生们成了观众,这种讲法真是别开生面。当然,把上述情形说成是知识的不确定,也许不太合宜。因为不确定的只是个别、具体的结论,教育的目标是要培养严密的思维方式,最终获得确定和真实的知识。不过,结论不也是知识的一种表现形式吗?既讲求知识的确定性,又允许甚至鼓励对于确定之知识的怀疑,这两种倾向存在于不同的场合、方面和层面,但都是真实的。它们的秘密就在于,这两种看似相反的态度,实际上相反相成,都为成功的教育和学术研究所不可或缺。

美国的法学院,因为以培养律师为基本的方向,所以最重实际的、确定的知识。但是,这种知识多半是对于已经发生的事实(案例)的叙述,解决办法总不那样确定,因为后一种知识包含了未来的因素。也许同是出于实用主义的考虑,这相反相成的两个方面,竟然在最强调确定性的法律教育里面,也非常自然地结合在了一起。

图书馆印象

一

哥大里面，能够称作校园的地方很小。法学院的大楼挨着马路，与主校园有一条跨街的天桥相接。桥的这一端，紧逼大楼的玻璃窗，竖着一具奇形怪状的现代派雕塑：飞扬的马鬃，紧攥的巨手，硕大无朋的马蹄向前后两个方向伸展，雕塑的中间，一只大张着嘴的马头（天知道那是不是马）挣扎着伸出来。这个丑陋的怪物让人觉得压迫和不舒服。

从雕塑下面的大门进去，正好是法学院的图书馆。E教授告诉我，在法律这一科，这里藏书的数量，仅次于国会图书馆和哈佛法学院图书馆，居全国第三位，这很让我高兴。

图书馆的一层分作两部，大半用来藏书。前面的一小块集中了主要的图书检索设备，图书借还也在这里办理。这一处地方虽小，但是安静优雅，有的房间还挂着中国字画。借书台的后面，有一部专用电梯通向五层的书库，但是对读者来说，要进入一层的书库，却必须走楼梯先到二层的书库。

一、二层的书库联成一片，自成系统。那里宽敞明亮，采光充分。二层入口处摆着两台电脑供检索之用，旁边竖着一面镜框，里面是一份全馆图书的分布图样。左手的一角陈列了全美主要法学杂志，用沙发和茶几（当然不是为了喝茶）隔开来成一小阅览室。书库的两边，沿高大的玻璃窗摆着桌椅。成卷的"法律报告"和其他图书整齐地排列在架上，取用十分方便。二层还设有复印部，需要复印的人，把事先买好的复印卡放入机器，就可以自己操作了。

查找图书可以使用卡片柜，也可以通过电脑，后者又分本馆和全校联网两个系统，使用起来迅捷便当，唯一的问题是计算机可能出错。比如我查一本1976年版的书，电脑屏幕却告曰：延至1988年6月无此书，这很让我费解。因为即便把进书、编号与计算机信息输入、储存之间的时间差算上，这种事情也是不该有的。况且一位朋友告诉我，以前他曾在这里看到过这本书的。自然，这类问题只是小错，到底无碍大局，倘若是受了"病毒"的侵扰，问题就不那么简单了。人类每发明一种新事物，都会带来新的问题，图书管理也不能例外。

图书馆的五层主要藏理论、历史类书，包括法理学、古代法、中世纪法、罗马法、教会法、法律史、东方法律等，都是我比较有兴趣的。哥大法学院的图书馆，是我去得最多的地方。先看过一二层的书库，再来这里，感官上会有鲜明的反差。这里不但地方狭小，光线幽暗，书柜间距也窄。架上的书显得破旧，缺少光泽。逡巡几趟之后，我的两手沾满黑灰，笔记本上也满是黑色手印。这是一个很少人光顾的藏书室，冷冷清清，只电梯口上有一张大桌子，再往里便是旧机器、空书架和一些陈年杂物。这与其说是一个现代化的图书馆，倒不如说是堆放旧书的大仓库更合适些。

人类的智慧一旦变成条文，人们便只关心条文，而不再看重智慧本身。无论哪里都是这样，并不只是奉行实用主义的美国人如此。

二

到访过哥大法学院，对那里读书的安逸、做事的便利都有深刻的印象。只是到了哈佛，方才觉出前者的寒酸和简陋。

哥大法学院与人分享一幢大楼，哈佛法学院却整整占据了一片建筑群，地上地下连成一片。它的图书馆分作两部，其中的主要部分在"兰德尔"（Langdell）内，那是一幢高大雄伟的建筑，密密的常青藤爬满它的外壁和廊柱，庄重里透出优雅。图书馆的正厅设在四层，大门进去，总有一座礼堂那么大。高高的吊灯下面，四壁排满了辞书。大厅中央是很宽的过道，那里可以安排图片展览一类的活动（我去时恰好有一个揭露19世纪法国司法界腐败情形的漫画展，极生动有趣）。过道的一边，摆放着卡片柜和电脑等图书检索设备，另一边有供阅览用的桌椅、沙发。三三两两的学生散布其间，有的在苦思冥想，有的在奋笔疾书，还有的竟伏在桌上睡着了。

站在这样的大厅里面，心中忽然浮起一丝悲怆。我想到自己的大学生涯，想到今天我的学生又在重复的无望的生活，永远拥挤不堪的阅览室，混沌污浊的空气，借书的繁难，求知的艰辛……我并不抱怨物质条件的艰苦，却不能不感慨文化的衰落。那在几千年以前就已经创造的人文气象，那些论辩、讲学和书院，先贤风范，一一地消散了。学问之道，今天在中国已实在是不成样子了。

　　大厅的检索设备里面，有一种是微缩胶片的放大机，这是我在哥大法学院没有见到过的。试用了一下，它的操作非常简便，只是看久了颇费目力。我在那里查到几种想要的书，顺便到大厅下面迷宫一般的巨大书库里面巡游一番。在我要找的书里，还有一种是关于罗马法的，按这里的管理办法，包括罗马法、教会法在内的一批图书，不在开架之列，必须到借书处请工作人员代取。这与我在哥大法学院图书馆看到的情形真是大不相同。从这里，或者可以看出这两所差不多同样著名的法学院对待学问的不同态度吧。

三

　　哥大和哈佛均设有"东亚系"，也都有专门收藏东亚图书的馆所，在哥大是东亚图书馆，在哈佛为燕京图书馆，说不上哪所更著名，大约是各有所"藏"吧。论规模，似乎东亚图书馆稍大，这可能是因为，它的收藏范围并不以中国为限，还包括东亚诸国如日本等。不过，中文图籍为其中最主要的部分，这是没有问题的。

两所图书馆的藏书都颇丰富，据说不少还是海内外的孤本、善本，真正是学问家的宝地。图书馆的中文报刊阅览部，于中文报章杂志收罗颇全，经常吸引众多读者。人们关心时事远甚于对学问的爱好，这大约是古今中外的通例吧。

像这样著名学府的著名图书馆，不但吸引学问家和对汉语世界有兴趣的一般读者，慕名的参观者也不少。我曾漫无目的地在馆中游荡，在这异国他乡的书屋里面，目之所及尽是久已熟悉的方块字，那种感觉不独是亲切的，而且有几分奇异。记得是在哈佛的燕京图书馆，站在满架满屋的经、史、子、集、佛典、道藏中间，恍然面对一部活生生的历史，怅望莫名。千百年智慧的积累，心血的结晶，都在这里了。只可惜都成故纸，只一些性情古怪的学问家还注意它们。然而，书读得多，学问做得深，但若不能承继传统，传承文明，直探智慧源头，穷究事理本根，使发扬光大，焕发新生，皓首穷经又有何益？所谓读书，所谓为学，正是要作智慧的对话、心际的交流，而使生命交融、勃发的啊。

也是在燕京图书馆，想要找一本吴寿彭氏所译亚里士多德《政治学》，书没有找到，却看到一堆国内这几年出版的"政治学"之类的教程和读本，心下大不以为然。世间有以此为谋生之道者不足为奇，享有盛誉的燕京图书馆却不是垃圾收购站。就算是守价值上的中立，兼收并蓄，也不能是"书"就藏吧。如今，什么样的书不能写，什么样的人不能写书！撰述之道荡然。倘说八股文也是有价值的，那主要不是因为它们的稀少难得，而是因为它们至少还保有某些中国语文固有的特色。而眼下的这些现代"八股"，不但内容陈腐空洞，了无生气，汉语言的品格也丧失净尽。此刻，谈"书"，谈"文化"，实在是一种亵渎，就好像把这类东西叫作"政治学"，乃是对创立这一门学问的先贤的大不敬一样。

自然，书可以有娱人的功用，不一定都要教人板起面孔，正襟危坐才好。在这方面，无论燕京图书馆还是东亚图书馆都是不存禁忌的。而据我的观察，这些图书馆里借读率最高，书因此而破旧程度最甚的，既不是古代的经、史、子、集，也不是现代人的鸿篇巨制，而是金庸和古龙的武侠小说。我想，它们的读者怕不都是游手好闲之人吧。假定没有了生活的压力，我不知道还能有多少人愿意继续他们的学业，更不必说保持对智慧的爱好了。

四

哈佛名下的图书馆，大大小小恐怕不下八十个，最大的一座名怀德纳（Widener），就在著名的"哈佛大院"（Harvard Yard）里面。这是综合性的图书馆，接纳的读者最多。

这是一座风格雄伟的建筑，高高的石阶上面，立着一排圆形石柱。任何人都可以从那里进入图书馆，无须什么证件。这座图书馆是以一个名叫哈里·埃尔金斯·怀德纳（Harry Elkins Widener）的人命名的。这位怀德纳曾在哈佛读书，1907年毕业，五年后的4月15日，在触冰沉没的"泰坦尼克"号上不幸遇难。怀德纳生前收集了不少珍贵的英语文献，死后便捐赠给了自己的母校。他的母亲捐资修建了这座图书馆，以为对死者的纪念。图书馆的二层有一间不大的展室，专用来存放怀德纳捐赠的图书，总数约三千余册。这些书主要是供人参观，倘有需要，经过一定的程序也可以查阅。

这间怀德纳展室陈设虽然简单，但是十分地古雅。展室的四壁，除了大门和与门正对的壁炉之外，整齐地排满了配有玻璃门的书橱，高高地一直顶到天花板。室内还有几只镶嵌玻璃的展具，几册翻开的大书摆在里面供人观摩。在那里，我看到著名的《古登堡圣经》（*Gutenberg Bible*）。它属于西方世界最早的一批活字印刷的书籍，大约出版于1450年至1456年之间。那是一本很大的书，摊开平放，印制考究。时光的流逝，并没有使得书页变黄。似乎还带着刻痕的黑色字体，密密麻麻，有种很特殊的韵味。我注意到，这里的书，无论开本大小，篇幅多寡，看上去有一个共同特点，那就是都设计得典雅质朴，选用材料厚重结实，装订更是精细考究。一望而知，它们属于另一个时代，一个尚不知平装本为何物的时代。在那个时代，人们对书有着和我们很不相同的观念。那时，书是只供少数人享用的奢侈品；附之于书的商业利益远不像今天那样突出和重要；写书比读书，出书比写书有着更多"资格"的要求；文化不是一哄而起，自立为王，而是少数人组成的社会知识阶层的趣味和风尚。那个时代传下来的书，在我们便成了艺术品，又有什么可以奇怪的呢。每次到怀德纳图书馆，我都要在这间展室待上一会儿。我喜欢这里的书,这里的氛围。我曾经想,既然15世纪就有了这样美丽的书籍,人们还要发明蒸汽机做什么呢?这种想法或被今人笑为痴愚,但我要说,它在历史上也不是毫无根据。难道最先发明印刷术的不是中国人吗?然而我们并没有接着造出蒸汽机呀。这个事实或者可以印证这样一种说法:新世界不是由技术发明创造的,而是由人们使用技术发明的结果,以及在使用技术发明的过程中所从事的其他活动创造的。世人往往从这里出发去批判中国文化,我却愿意为它一辩。

每月最后一个周五的下午,怀德纳图书馆在馆内出售旧书。这样的活动,我去过两次。第一次去买到一本《中世纪的教会》,薄薄的一册,为"西方文明的演进"丛书的一种,著者是 M. W. 鲍德温(M. W. Baldwin)。第二次去也买了一本书,卡尔·霍尔(Karl Hall)的《宗教改革之文化意义》,小开本,蓝色封皮,布面精装。书买回来后,翻翻目录、导言就放在一边了,不知什么时候再去读它们。只是看到它们,便想到怀德纳图书馆,想到那间怀德纳藏书室,心里总是高兴的。

五

在纽约时买到一套1953年版的《大美百科全书》(*The Encyclopedia Americana*)。此刻就摆在手边。"L"打头的第十七卷里面,收有"图书馆"一条,令我有点惊讶的是,这样一个再平常不过的词目,居然占了整整四十页的篇幅,这还不算分成七组附在其中的一百零五幅图片呢。

近代类型的图书馆,其历史不过几百年,然而有史以来最古的图书馆,早在五千年前就已经存在了。图书馆的历史,就是人类文明的历史。这样说来,四十页的篇幅和一百零五幅图片,对于这样一个条目来说并不算多。

要了解图书馆的历史,了解这样一种事业在人类文明,尤其是现代社会中的重要性,不算一件困难的事情。不过,知识是一回事,经验又是一回事。比如说我,一面愿意赞美这人类为之骄傲的事业,一面对周边的图书馆敬而远之,不轻易跨进它的大门。因为据我以往的经验,所谓图书馆,大抵只是藏了些书而用来折磨读者的地方。在那里,读书的快乐往往不抵因为借书而经历的种种烦恼与不快。然而,在哥大与哈佛的诸多图书馆里,我获得了另外一种经验。

这些大学图书馆收藏丰富,面目多样,而它们最大的共同点,至少在我看来,是使用上的快捷与便利。一年之中,除极少的几个节日之外,它们总是常开不闭。而在一天里面,倘以我个人的生活作标准的话,它们不但在我醒的时候开放,通常还延续到我睡着之后。此外,它们的好处是容易进入,使用方便。除某些隶属于各院、系的图书馆可能要求读者出示本系成员身份证外,出入图书馆通常无须携带证件。进了图书馆,便是自己的天地。没有壁垒森严的柜台、冷若冰霜的面孔,也不会在苦苦等待之后被告知"查无此书"。在这些地方,无论查找书号,还是入库提书,都要自己动手。拿到需要的书,可以在馆内阅读(那里有的是座位,无须领号），也可以尽其所能搬回家去（借书凭学生证或校方发给的其他证件）。借书没有数量上的限制，却有严格的时间期限，逾期不还者罚款。罚款的数额不多不少，正好让读者记得到期还书。话说回来，美国人没有把公共图书长年借存、据为己有的恶习，并不只是因为害怕受罚，而大半是出于道德上的自觉。书总是在流通之中，既多且快，有目无书的问题便不易发生了。

开架借阅的结果，自然是允许带包出入图书馆乃至书库。防止窃贼的办法是在书中夹藏磁片，借阅时做消磁处理。这种办法大概是从超级市场里学来的，它的成功与失败自然可以由市场上的管理情况来判断。在哈佛的时候，我发现著名的怀德纳图书馆和拉蒙特（Lamont）图书馆都不采用这种管理办法，只是在大门口安排一两个老校工检视书包，这种做法至今让我觉得奇怪。

因为多数事情由读者自己去做，图书馆的借阅手续又极简便，馆内的工作人员便少到不能再少。还有些工作，通常由勤工俭学的学生们承担，比如将读者用过、散落馆内的图书放归原处。大家都专注于自己的事情，剩下的便只是书海的寂静。随便在书架之间找一个角落沉下去，都能获得无穷的快意。这是我以前不曾体验过的快乐。有了这种经验之后，我更是相信，倘若制度的安排不合理，活人便是这世上最令人讨厌的动物。

图书馆建立起来，自然要多多地藏书，只是，藏书的目的是为了给读书人提供方便。这既是图书馆原有的宗旨，也是我们评判图书馆优劣的一条重要标准。安排合理的图书馆有种种的好处,其中的许多是我没有讲到,甚至不曾想到的。习惯了以前的生活,会觉得它们都是奢侈品。做一个普通的读者,有上面这些便利条件也就足够了。

运　动

早先有人说美国的大学，即是一座伟大的运动场附设一个小小的学院。它的意思，或者是说美国人特别注重体育教育，或者是说美国的大学里面真有一些巨大的运动场，使人见了难以忘怀。这两种情形，我在美国时都没有见到。当然，我的意思并不是说美国人不喜好体育，但是至少，他们运动的方式和我们的很有些不同。比如，我从来没有看到大学生上体育课，但在校园里面常常能见到拄着拐杖的男女学生，据说这些人都是在某项体育运动中跌断了腿的。我认识的一个美国女孩子，假期里去滑雪，就曾把腿骨弄折。我还见一个绑着腿的女孩子，和一群健康的同伴一道，在晚会上兴高采烈地跳迪斯科（可怜她只有一条好腿，金鸡独立不能持久）。这些例子至少可以说明美国人的爱运动，有时甚至不顾身家性命。在波士顿的时候，我认识的一位同胞要代表哈佛大学到新州的普林斯顿大学参加乒乓球比赛，这种事若是放在国内，肯定十分隆重，参赛者一应费用也都会由学校承担。但是据那位同胞讲，他们此行一切自费，旅行和食宿都要自己安排。我问为什么,他说能代表哈佛参加比赛,本身就是一种荣誉,怎么还能要求更多的东西。美国人对待运动的态度跟我们的又是多么地不同。不过我怀疑,他们也会以同样的态度对待篮球或者美式足球方面的切磋交流。美国佬在世界乒坛上总是籍籍无名,个中原因我或许猜到了几分。

说到运动,美国人真是一刻也不能安静,以致有人说,不了解美国人的体育,就不能了解美国精神。好在我去美国,并没有探寻美国精神的想法,因此也不曾费心去弄懂一些我完全陌生的运动规则。尽管如此,我毕竟对美国人的体育生活有所接触,因为我自己,说来也算是爱好运动的一类。

美国大学的景观,与中国大学的一个明显不同,是看不到运动场。它们的运动场所差不多都在室内,许多是在地下。哥大的"吉姆"(Gym,体育馆)就设在地下。那里面有环形跑道、健身房、篮球场和游泳池。凭学校发给的身份证即可以出入。深秋初冬的时候,我常去那里游泳。像美国学生一样,备一条棕色的大浴巾、一把硕大的密码对号锁,换好泳装先在更衣室的立式磅秤上站一站,然后便一溜烟地跑下泳池。那是一个标准的游泳场,中间隔出若干道,分快、中、慢三等。通常,我在中速泳道下水,二十分钟后就会在美国佬的围追堵截之下悲壮地爬出来。真不明白那些美国人怎么有那么好的体力,个个像是上足了发条,在泳池里往复不止。最让人感到压抑的是,一张眼,身边尽是高头大马的西洋人,偶尔看到几个东方面孔,三两成堆地坐在慢泳道边望着水发呆,一副漫不经心、萎靡不振的样子,他们不像是来运动,倒像是在搓泥。跟他们相比，我这"落魄的英雄"毕竟可以算是英雄了。我之所以从不入慢泳道，除了不愿与初学者和老年人为伍，也是不想在那些池边的亚洲群像里面再加入一份。

在国内的时候，听一位留学美国的朋友讲过这样一个故事：当年他在南方农场里当知青的时候，一个北方知青因为身体上毛发特重，辄受人取笑，以致酷暑天气也不敢脱去衬衫长裤。后来，这位朋友去了美国，入夏，校园里面到处都是穿了短裤背心的美国人，袒露了毛茸茸的大腿和臂膀，趾高气扬地走来走去，这时就轮到他自惭形秽了。这位朋友讲到的压抑感我似乎没有深切的体验，但我对于美国人体质的强健确实感到惊异。校园里见到的男孩子，个个生得高大岢伟，分不清谁是运动员，这又是与国内大学不同的地方。几十年前，梁实秋先生曾这样描述中国大学中的体育："学校里体育功课不可少，一星期一小时，好像是纪念性质，一大群面有菜色的青年总可以挑出若干彪形大汉，供以在中国算是特殊的膳食，施以在外国不算严格的训练，自然都还相当茁壮，伸出胳臂来一连串的凸出的肉腱子，像是成串的陈皮梅似的，再饰以一身鲜明的服装，相当的壮观，可惜的是这仅仅是样品而已。"这样的样品在今天的大学里面也还能够见到，虽然所谓群众性的体育活动，比较以前要蓬勃兴旺许多。其结果，梁实秋先生当年所见看台上青草萋萋的运动场不多见了，连成一片的运动场，成为大学校园里最重要的景观之一。不过，看到那些大风天黄沙弥漫，落雨天水光潋滟，平日里人影憧憧、尘土飞扬的运动场,我总有一种感觉,以为今日去梁先生所描写的那个时代尚不算远。

记 事 本

早先没有发明文字的时候，人们记事的方法十分古怪，比如在一根绳索上面系若干绳结，用以记录已经发生的事情。我想那法子总不像现时的备忘录一样方便吧。每当我从书本上去聆听古往今来圣哲贤达的教诲，必要从心里感激文字的创造和应用。不过，对于文字记事功用在一般日常生活里的运用，我只是到了美国之后才有真切的体会。

美国一般民众的生活怎样我不清楚，但至少在大学里面，我敢说每个人都有一个随身携带的记事本，就连我这从不用记事本的人，到了美国也入乡随俗，备了一个带在身边。

其实，记事本这种东西在中国人并不新鲜，我以前也有过，只是难得派上一回用场。到了美国，我才发现它的重要。今日上午有课，中午约人一起吃饭，下午有讨论会，晚上可能拜访什么人或等什么电话。不独今天如此，明天、后天甚至一个星期以后的活动都已经安排上了。谁有那么好的记性，记得住这么多事情，于是非有小本子不可。

我承认，这种小本子的生活是很富于合理性的。但或者是因为我在美国生活的时间不够长,或者是因为懒散的习性在我已经是根深蒂固无法去除,直到离开美国,我也没有习惯这种小本子不离身的生活。我见到的许多美国人,学生、教授,还有工作人员,他们没有例外都生活在这种记事本当中。我奇怪,他们为什么永远都那么忙。有些人的忙,是因为有学业、工作和前途的压力,那似乎容易理解,可是另外一些人,他们已经功成名就,无后顾之忧,他们的忙又是为何?我曾和一位朋友谈起这件事情,据他说,一个人当了终身教授,虽然少了工作的压力,心理的压力并不稍减。他总在看自己的同行是否又有新的成果,因而在学术上不敢懈怠。这种说法也许有点消极,人们因为爱好而追求,通常不是被动的。不过,如果说一个人在年青的时候习惯了某种生活方式,年纪稍长以后会把这种习惯延续下去,也是大体不差的。在哈佛的时候,我曾直接把我的疑惑说给一位华裔的美国教授,他也很感慨。论读书为学的条件,没有哪里比他的更好,但是真正坐下来读书,他却很少时间。大约一周里面,真正属于他自己的时间,不过两三个下午和晚上吧。其他的时间,他要用来上课、处理公私事务和应酬社交上的事情,包括给人写推荐信。这么说来,心理的因素之外,社会的因素也一样重要。有了这内、外两方面的共同作用,忙碌便成为生活的常态,一个人说他忙得不可开交,那很正常,倘说一天到晚优哉游哉,那反是怪事了。怪不得有人说美国人都是"工作狂"。

说到"工作狂",我认识的美国人里就有勤奋工作的榜样。只是，我把这话说给她听，她却不以为然。因为她并非不想有多一点的闲暇，只为工作太多，总需要有人去做。美国人做事一丝不苟，有责任心，对于这种敬业的精神，我一向都很感佩，并且希望自己的同胞也能变得这样。但在另一方面，我又想，敬业的精神最好不要和过分的忙碌相连，因为忙碌的代价可能是很高的。现代社会里人最讲求效率，现代化的一个显著特点即是快节奏。难道高效率和快节奏真的那么好吗？记得多年前在一个集子里面读到朱光潜先生的一篇短文，标题是《慢慢走，欣赏啊》。在我的记忆里，那篇文字的内容早已模糊，但文章的题目却始终清新生动，如在目前。不仅如此，随着年龄的增长，我对于这句话的理解，也一点点丰富起来。

大约只有对人生抱了欣赏态度的人，才要人慢慢走，因为人只有先慢下来，才能够欣赏。当年丰子恺先生，不要花一个小时乘轮船或火车去到杭州，偏要搭农民的客船，在弯曲的河道里走上几天，正是要体味"春水碧于天，画船听雨眠"的诗趣。类似的经验我也曾有过。这些年，我游历了不少名山大川，但在我记忆里，最动人的景致却是从我少年生活中平凡的乡村野景中来。上了大学以后，我还常常回到那里。天色微暗的时候，我独自一人在田间散步，天边的火烧云已经发暗，轻袅的炊烟从绿树掩映的村落中升起，远远地，不知从什么地方传来几声拖长了声音的吆喝，像是告诉万物该歇息了。这景色让我沉醉，并不是因为它比我看到过的那些名胜景观更美，而是因为那时我的心态纯是悠闲的、自在的、欣赏的。在我周围没有推搡的人群,没有人排队等着照相,我也用不着为交通、食宿烦心,更不会感到肌肉的酸胀。那种拿了游览图,从一个景点奔到另一个景点的"游览",怎么能给人留下美好难忘的回忆呢?

自然的景致如此,生活中的景致也是如此。只是,多数人未必同意我的这种看法。不然,他们为什么赞美高效率和快节奏,或者,为什么要创造一个越转越快的社会机器呢?人们说社会进步了,那就是说生活的节拍变得更快了。所有技术的改进,生活的便利,都是为了做到这一点。交通发达了,人们从西半球飞到东半球,开两天会再飞回去。周末的时候,他们驱车八九个小时去欣赏一场两个小时的歌剧。忙得连吃饭的时间都没有了,于是快餐应运而生。看一看快餐风靡到什么程度,就可以知道现代化推进到了什么程度。快餐的确方便而经济(虽然经济这一条在我们这里不大适用),可惜它不是被人们用来制造闲暇。也许,真正的闲暇本身就是排斥快餐的。在美国的日子,最让我头疼的就是和人一边吃饭一边谈论学问这件事情,可是人们好像最容易碰到这种事。如果你新近认识了一位教授,彼此又有共同的兴趣,他就会掏出小记事说,"星期三中午我请你吃饭"。那实在是一种痛苦的经验。既要倾听,又要表达,有时还准备论证和辨析,口中的饭菜真是味同嚼蜡。最后,冷的、热的胡乱塞了一肚子,虽然没有那种酒足饭饱的舒适感,可是什么都再也吃不下了。想到在家时也常和朋友们吃饭聊天,却从来没有过这种感觉,想必是心境不同的缘故。中国人以得一知己为人生快事,即便是新知,捧一杯绿茶,斟一碗淡酒,可以从晚上坐到早晨。哥大一位研究中国问题的教授,自己是美国人,偏对中国人的朋友关系特别倾心,但是如果他不能理解生活中的闲散这一种情趣,他就不会真正领会这种关系的妙处。其实,西方人几百年前的祖先懂得闲暇,并且能够享受闲暇的好处。甚至从理论上说,上面提到的这位教授和他的同事们今天也并非不能够拥有闲暇,而他们所以总是忙碌,大概是因为他们从小就习惯了忙碌。他们生长在一个忙碌的社会里面,他们自己也都在制造忙碌。我不知道,生活在如此忙碌之中的人可有机会领略静穆的伟大、安恬的深邃,他们可有机会仔细咀嚼人生,品出其中的滋味。

离开美国的时候,我那本用过一小半的记事本,连同其他杂物一道,被我扔进了垃圾箱。我很高兴不再需要它了。

两所大学

麻省剑桥，查尔斯河流经的地方，并立着两所同样有名的大学，哈佛大学和麻省理工学院。

哈佛大学建于 1636 年（当时并不叫现在这个名字），它的校史比美国的历史还要长。1865 年，哈佛的校友们开始选举学校管理委员会，表明了它的独立性，那一年，麻省理工学院才刚刚正式开学。这段历史真是独一无二。两所大学是近邻，你来我往，免不了有些龃龉。据说，哈佛人看不起和自己比肩而立的小弟弟，说它是查尔斯河下游的"电器商店"，后者则反唇相讥，说它不过是上游的一家"杂货铺"。这些都是佚闻，不妨一笑置之。我在哈佛二月，没有想到麻省理工学院去朝拜一番，也许只是天冷而我也太懒的缘故。我对它的了解，因此一直停留在类似"产品说明书"那样简单介绍的水平上。然而，就在快要离开哈佛前不久，在一次长途旅行途中，我听一位中国老妇人谈起她在这两所大学读书的子女，间接获得了一些生动新鲜的印象，现在就把它们记在这里。

那位老妇人一共有六个女儿，其中三个在哈佛大学读过书，三个是麻省理工学院的毕业生。据老妇人讲，这些孩子小时都差不多，可自从读了大学，性格作风就全变了。进哈佛的是一派，进了麻省理工学院的又是一派。大女儿读麻省理工学院，学的是建筑设计，毕业后在家里接活，生意非常之好，赚钱很多，弄得她的美国丈夫整日里郁郁寡欢，他换了很多工作，但是赚的钱从没有太太的多。还有什么比这更让一个男子汉的自尊心受伤害呢？另一个麻省理工学院毕业的女儿，学计算机专业，现在华盛顿特区的海军部门里做事，并且是一名校级军官。她也非常能干，给她只有同样军阶的丈夫造成巨大压力，后者总是请求上司不要单独提升他的妻子，如果要晋级，那就两人一起升。相比之下，在哈佛读书的女儿没有这样咄咄逼人，她们比较注重享受，其中的一个最为颓废，毕业后什么事也没有做，却嫁了个有钱的老头。夏天到意大利度假，冬天去瑞士滑雪，以周游世界为乐。

老妇人口中的六个女儿，自然个个都是好样的，我却在想，教育的塑造功用如此伟大，那什么是成功的教育呢？按照通行的标准，麻省理工学院的教育就很成功，那位老妇人提到的两个女儿就是明证。关于这所著名的私立学校，辞书上有这样一段介绍：尽管该学院也开设文科和人文学课程，但它最强调的仍然是工程、社会科学、自然科学和管理学的基础研究。入学考试竞争激烈。该校的学生，即使是本科学生，也有能力利用最新的技术设备，如核反应堆、电子实验室和一些超声波风道等，来进行创造性的研究。我想在这里再加上一条：它不但教给学生们技能，而且训练他们的思想，培养他们的意识，塑造他们的性格，使学生在变成专门家的同时，也成为社会最合格的竞争者。麻省理工学院不怕跟老大自傲的哈佛大学比肩为邻，且敢于保持自己的骄傲，自然不是没有道理。至于哈佛大学，它的风格当然与麻省理工学院不同，但是，如果硬要把那个无所事事、耽于享乐的小女子派作它的代表，恐怕也失之偏颇。哈佛大学的骄傲并不只是它的历史，更主要是它那辈出的人才。它为美国培养了一大批杰出的政治家、法官和文人，所以才具有举足轻重的影响。而且，就是这两所学校教育精神的差别，我们也不可以过分地夸大。毕竟它们是在同一社会、同一时代，在这里，两种截然不同甚至正好相悖的教育精神不可能同时获得成功。哈佛大学之具有全国性的影响，主要是在19世纪的下半叶。当时一位能干的校长C. W. 埃利奥特（C. W. Eliot）革新了教育制度，他通过广泛地采用选修制，取消了多数的古典课程，让本科生可以选择他们感兴趣的专业。应该说，这种改革的方向是与现代社会的发展相一致的，这也是它与麻省理工学院共同具有的一种精神。而在20世纪40年代，有人重新强调古典模式的文科教育，反对本科学生的专业化。当时，哈佛的教授们发表了一份题为《自由社会中的通才教育》的报告，要求大学本科生回到人文科学、社会科学和自然科学等基础学科的规定课程上来。这种努力的目标，就是要通过教育造就既有专业技能又具有公民德性的更完整的人。

关于教育问题的争论，旷日持久，大概将来也不会有止歇。社会通过教育把人塑造得合乎某种标准或理想，那些被铸造出来的人就会用他们接受的标准和理想去再造社会。所以，每一个社会在每一个时代都有它自己的教育，每一种教育都有它自己的产品。那些令哈佛骄傲的人物：R. W. 爱默森、H. D. 梭罗、T. 罗斯福、H. 詹姆斯、T. S. 艾略特……他们都是旧式教育的产物，这样的人物现在怕是不容易产生了。虽然，哈佛大学和麻省理工学院还会为社会贡献第一流的人才，而这些一流人才跟他们的前辈相比肯定大不相同，他们会把社会变成另一个样子。这另一个样子的社会是更好还是更坏，这是一个问题，就好像现时代的英雄比以往的英雄是不是更伟大也是一个问题一样。人们之所以如此关注教育问题，这也是一个原因。

在哈佛的时候，还听说前些年麻省理工学院遇到严重的财政困难，险些被它财大气粗的邻居买了去，我因此对麻省理工学院很有些同情。生活在发达的商品社会里面，要把一份大家业维持下去可真不容易。君不见欧洲那些历史悠久、声名显赫的大学因为财政状况不佳先后都衰落了吗？对它们的这种命运，我总是抱了无限的同情。所以，当我听说当代世界最具声望的法学院是在意大利，或者，常以"世界第一"自傲的哈佛人还以拿到英国剑桥大学的奖学金为荣耀一类的事情，心下会有一种畅快之感。

博物馆

犹太博物馆

从靠近哈勒姆区（Harlem）的哥伦比亚大学，去到著名的大都会艺术博物馆（The Metroplitan Museum of Art），可以乘地铁绕行，也可以坐公共汽车直达，或者，干脆放开手脚，穿过中央公园步行到那里。事实上，我从来没有尝试过第一种走法，倒是步行的次数最多。不过，第一次去见识大都会博物馆，我选的是第二种走法，为的是看看沿途的其他几个博物馆，最后才到大都会博物馆近前，只是要"认个门"。

在百老汇大道距哥大西校门不远的地方坐车，由西向东，绕过中央公园的北端，然后顺第五大道南行，第一站可以在九十四街附近下车，看国际摄影中心可有什么值得一看的展览。从那里再向前走两条街，便是犹太博物馆（The Jewish Museum）。

犹太博物馆由两座相连的建筑构成。钉着1908年界标的主建筑看上去古雅庄重。在它旁边凹进去的玻璃门前，有一片小小的空地，那里有一尊风格夸张的青铜雕像：一个坐着的老人，左手紧攥着一只公鸡的脖子，右手持匕首向挣扎的鸡刺去。雕像处理得很简练，它的上半身，让人想到亨利·摩尔的作品。

犹太博物馆开办于1904年，以后慢慢扩大，藏品亦逐年增加。现在的博物馆占地约五万二千平方英尺（约四千八百三十平方米），还准备继续扩大。馆内藏品大约有一万四千件，包括艺术品。这些藏品展示了犹太人四千年的历史，从摩西时代，一直到今天的摩西子孙重建家园。某种意义上说，整整四千年，犹太人一直是在寻找和建设自己家园的途中，难有片刻的歇息。他们在没有止境的迁徙和流浪之中，创造了自己的语言、宗教和文明，并将自己的智慧贡献给了人类。所罗门的智慧也许只是神话，但是这个民族确实有着一种智慧的传统。正是凭借着这种传统，他们才把一代又一代的先知推到这世界上来，从摩西，一直到卡尔·马克思、爱因斯坦和马丁·布伯。

犹太博物馆里有一间专门的展室，幽暗的灯光下面，一个衣着褴褛的中年人绝望地低着头，站在一人多高的铁丝网后面，在他身后是一堆全裸的尸体。这些真人大小的石膏塑像十分逼真，它们把并非很久以前的那场犹太人的苦难，浓缩了展现在我的面前。本来，这是我已从电视、电影和小说上面熟悉了的画面，但是当我独自一人置身于那间阴森逼人的展室的时候，我忽然之间心有所动。一种人类命运休戚相关的情感，在我心中油然而生。那无论是爱，是恨，是同情，是憎恶，都有了更加普遍的意蕴。其实这世上，根本只有两种东西，那就是善与恶、美与丑、真与假。所有历史的、文化的和人为的界限，在这两种东西面前都是虚假的和没有意义的。

我曾听到过一种说法，谓犹太民族和中华民族是两个很相像的民族。这让我想到梁启超先生的一段评论，他说，犹太人"以数千年久亡之国，而犹能岿然团成一族，以立于世界上，且占其一部分之大势力焉，则其民族之特色之实力，必有甚强者矣。……吾中国今犹号称有国也，而试问一出国门，外人之所以相待者，视犹太为何如？而我国人之日相轧轹相残杀，同舟而胡越，阋室而戈矛者，视今之犹太人，又何其相反耶？吾党犹嚣嚣然曰：中国将为犹太，将为犹太。呜呼！其亦不惭也已矣"。在我看来，犹太人比较看重团体的价值，还有倾向于保守，这些或者是与传统社会里的中国人相似的地方，但是总的说来，这两个民族之间的不同恐怕更多些，更重要些。归根到底，数千年来，犹太民族始终在四处寻求和建立真正属于自己的家园，而不曾摆脱流浪者的命运。其才智与成功由此中来，挫折与苦难也是由此中来。这些，不是他们大不同于中国人的地方吗？

在美国的时候，我接触到的犹太人不止一个，有些还成了朋友。他们聪明，热情，有责任感，工作勤奋，进取向上。同他们相处，给我留下许多愉快的回忆。

古根海姆博物馆

出犹太博物馆继续向南，走过四个街口便可以看到路边一座风格奇特的白色螺形建筑。它的外形像是一只倒立着的蜗牛壳，这就是现代建筑史上很有名的古根海姆博物馆（Guggenheim Museum）。

这所博物馆陈列所罗门·R.古根海姆（Solomon R. Guggenheim）收藏的现代艺术品，其中不乏精品。只是，在艺术博物馆林立，特别是拥有大都会艺术博物馆和现代艺术博物馆（The Museum of Modern Art）的纽约市，古根海姆博物馆所以能独具魅力，恐怕有一半要归因于这座现代建筑本身。事实上，这是20世纪最有争议的建筑之一，它本身即是一件艺术品，现代建筑史上的杰作。

古根海姆博物馆的设计师是弗兰克·L.赖特（Frank L. Wright）。这位建筑师被公认是国际现代建筑的先驱。他在自己的晚年，用了很多时间来构思这件作品，可惜他没能看到最后完成的作品。博物馆建成于1959年，赖特却是在这一年的早些时候去世的。

关于古根海姆博物馆，H. H. 阿纳森（H. H. Arnason）在《西方现代艺术史》一书中有如下描述："建筑由两部分组成：主要的展览大厅和一个小行政办公楼，二者都是圆形。展览廊完全是一条连续的螺旋形坡道，环绕着一个开敞的中央天井。这座建筑由下到上逐渐向外扩大，每一层坡道都变得比下一层更深；坡道悬在巨大的塔门上。位于梁肋上的圆形天窗提供了一般的天然采光，而环绕着坡道的连续照明带，则提供了附加照明。突出的永久性板片把坡道分割为相等的开间。古根海姆博物馆的内部空间，是20世纪最伟大的建筑空间之一，可与圣彼得大教堂或罗马万神庙的内部空间相媲美。在传统的博物馆建筑中，展廊由一系列彼此联系的盒子房间组成，相比之下，作为一个博物馆，古根海姆具有便利而有效的交通流线。建筑师还引进了两个新的视野区域：坡道分割成小间，每间里悬挂的画不超过三四张，让步入小间的观众得到一种亲密感，从而使他的注意力集中在每一幅独立的作品上；接着，当他转过身来，目光穿过开敞的中心地带时，一个全景就展现在他眼前，显示出饶有意味和常常令人兴奋的对比。"（[美] H. H. 阿纳森：《西方现代艺术史》，邹德侬等译，天津：天津人民美术出版社，1987年，第433页）身临其境时，人们能够自然且轻易地感觉到上述种种优点。

走出古根海姆博物馆楼下的大厅，已经是下午4点左右。天还是那么蓝，空气却已不像上午那般清新了。马路的那一边，是围绕着中央公园的林带。仲秋之月，果实都熟透了，草木还没有完全凋零。斜阳之下，这里是一团火红，那里是一片金黄，与马路这边的白墙圆顶相映成趣。

纽约·古根海姆博物馆

大都会艺术博物馆

一

以前只去过北京的故宫博物院和历史博物馆的我,一朝走进大都会艺术博物馆的展厅,直像是跨入了另一个世界。它不但使我知道,而且让我看到了另一种类型的博物馆,一种跨越了国界、种族、肤色的博物馆。有人说,博物馆是人类及其活动的反映,是人类对自然、文化和社会环境的反映。我想补充一句,特定民族的博物馆,也是这个民族历史、文化和社会环境的反映,是这个民族心理的表征。

大都会艺术博物馆高大巍峨,其建筑的风格是传统的,与我刚刚去过的古根海姆博物馆迥异。进入博物馆的大厅,先要走上高高的石阶,穿越耸立的廊柱,真正是所谓登堂入室。大厅里有高大的拱顶,上面是圆形的天顶玻璃窗,可以采集自然光。二层有回廊,环绕大厅围成一圈。在登上正面的楼梯,或从两边进入展厅之前,可以在大厅正中的总服务台稍稍驻足,那里备有一些印制很好的导游小册子,其中不但有用西文写成的,而且有中文和日文的介绍。下面这段话就是从一份中文的综合介绍材料里摘出来的。

  大都会美术博物馆是世界上最大与最好的美术博物馆之一。它的收藏包括多于两百万件的美术作品,经常展出的有数千件之多,自史前时期到当代,呈现五千年的世界文化。
  大都会博物馆于一八七〇年由一群杰出的社会名流、慈善家与艺术家共同成立。于一八八〇年迁至中央公园的现址。建筑的外观与大厅由美国建筑师李察·莫里斯·亨特于本世纪初设计而成,此后博物馆发展迅速。它目前在第五大道上,横跨八十至八十四街。艺术品陈列于两层主要楼面,以及增设的画廊区。

艺术品按其类别购藏、保管和展出,大约分十几个部门,包括埃及艺术、古代近东艺术、希腊与罗马艺术、亚洲艺术、中古艺术、伊斯兰教艺术、原始艺术、欧洲绘画、美国艺术、20世纪艺术,此外还有服装馆、乐器馆、武器与盔甲、装饰艺术以及个人藏品等等,其内容极为丰富,即使是走马观花,把主要展厅走上一遍,一天也不够。好在我那时没有学业上的压力,也无须为生计操心,可以依自己的兴趣和喜好,分多次参访观摩。

  跟国内制度不同,美国城市的公共设施如公园、图书馆、博物馆,大多对公众免费开放,大都会博物馆虽有门票制度,但却是捐助性的，参观者自愿，少则数元，多则数十元，悉听尊便。这种政策自然有助于吸引更多的参观者。人们来这里观摩和欣赏人类艺术，增长见识，从事研究，也让自己的生活变得丰富多彩。而最让人感慨的是，每次参访大都会博物馆我都会遇到一群群的中小学生，在老师带领下或三三两两在馆内参观，他们大概多是本地学生，参观大都会博物馆大概是他们的一堂美术课。这些学生该有多么幸运，他们一张眼便看到了全人类的文明，轻轻松松便能亲炙最珍贵的人类艺术创造，拥有这种幸运的孩子，其心智会得到怎样的开发？想象力会得到怎样的培育？他们的人生会因此而变得如何与众不同？

《简明不列颠百科全书》的"博物馆"词条下面有这样一段话，说博物馆"要通过其藏品在自然史、艺术、考古学、人类学或人种学等方面表现过去，表现那些已经消失的或正在消失的社会价值，或把重点放在因现代进步而面临危险的永久的自然价值上面。由于这些价值对文化的连续性具有重要意义，必须把它们作为'遗产'向观众标明。博物馆通过直观的价值向观众传播一种对于立体世界的客观看法，使他们能在自己的其他民族的遗产方面有所批判以提高其欣赏能力，激发其探求精神，从而促进科学和文化的发展。博物馆还可以激励艺术才能和充实知识，并唤起个人的潜在创造精神。因此，作为文化连续性的保证者博物馆，在持续创造新的文化习惯方面起着重要作用"。按照这种看法，人类的心智和品性甚而人类的未来，总有部分是建立在其博物馆事业上的。其实，人类如此，一个国家和民族也是如此。

二

走出埃及谜一般的历史，匆匆穿过古代近东艺术的长廊，我没有依序去欣赏就在同一层的古代希腊、罗马雕塑，而是直奔二层，那里有一间很大的展厅，专门展出希腊的瓶画。

在古希腊的视觉艺术里面，唯建筑与雕塑能够表明其最高成就，但是这一类艺术，只是体现了希腊精神的一个方面，即理想的那一方面，希腊人的世俗生活，那个时代的众生相，并没有很好地表现在其中。视觉艺术中，能够帮助我们了解古代希腊人实际生活的，是这些绘制在陶罐或瓶底上面的美丽的图画。我在纽约时买到一本书，书名是《古代希腊人的生活》，在那里面，插图以瓶画为最多，封面及封二、封三的整幅图画，也都取自古希腊瓶画。它对于历史学家的价值，于此可见一斑。

瓶画因为记录了古时希腊人的各种生活场景和故事而得到历史学家的重视，但在早先一些艺术史家那里，它却不能登大雅之堂，这是令人遗憾的。尽管这种情形今天已经大大改观了，但是我们惯常听到和看到的，以及我们对于古希腊艺术的认识，总还是围绕着那些反映希腊人理想的雕像。大概就是因为有这种认识，我才要急匆匆地赶着去看希腊的瓶画，把那作为我进入古代希腊世界的第一站。

以前曾在人民文学出版社出的《希腊的神话和传说》（楚

图南译）里看到英国画家斐拉克曼的插图，一共有九十多幅，很为其清新典雅的风格所打动。那时我并不知道，这种"轮廓线画"就是来自于希腊瓶画，并且在某种意义上，是对于两千五百年以前的希腊人的忠实描摹。此刻看到那么多的古代器物，亲眼目睹那些色彩艳丽、线条轻灵的图画，忽然心有所悟，知道在斐拉克曼的插图里面，不独有诗意的真实，而且包含了真实的历史。然而，这种想法也使我感到惊异，因为我很难想象，那些瓶画中宛若天仙的男男女女，竟就是古代世界里的希腊人。

在众多不同年代的瓶画里面，我最喜欢公元前6世纪至前5世纪阿提卡地区的作品，我想那是希腊瓶画里面最成熟的作品了。通常是深黑油亮的底色，衬出中间浅色调的人物轮廓。那些人物，如果不是佩挂着盔甲，都用一根带子把头发束起来。男人斜披一领长袍，裸着另一半身子，女人则在长及脚踝的百褶长裙外面也披一袭袍服。无论男女都赤了脚，仿佛在他们脚下，不是瘦石嶙峋的土地，而是满布细沙的海滩。衣褶的线条，流畅而简洁，为人物增添了不少飞动雅致的韵味。画面的周围，通常安排了质朴的装饰图案，再加上深浅两种色调的对比，整个画面显得格外醒目和清新。看了这些画，你会觉得，创造出这种艺术的民族应该有最健全的心眼，他们心里没有存丝毫的阴影，就像一些研究家说的，他们不知道恐惧，也从不描写丑恶的东西。这个民族通过艺术，把一切都纯化和美化了，他们使得人生艺术化了。这些瓶画就是证据。然而，最令人费解的是这个民族的存在本身。他们的时代，没有电气火车和宇宙飞船，也不需要这些东西。他们人数很少，住在狭小的城邦里面，只消十五分钟就可以从城中走到城边。他们最好的建筑是卫城和神庙，自己却住在连窗户都没有的四堵墙里面。他们的生活极其简朴，因此有更多的闲暇。他们把闲暇用到辩论、讲演、体育锻炼和竞赛、思想、发明、艺术创造这类事情上面。也许，这就是他们所以有惊人成就的原因。自然，这不能算是一个完满的答案。一位历史学家说，雅典人坚持把闲暇用在发展人类生命力这件事情上，代价是接受了奴隶制度。事实确实如此，只是，在我们用当下的道德标准去批评他们的时候也不要忘了，我们通常是用生产能力强大得多的机器，增加了更多的工作，取消了更多的闲暇。事实上，两千多年过去了，人类的智慧是否超逾古人，我们可以深表怀疑。因此，今人常有的那种现代人的优越感，即便不是愚蠢，至少也是无知的。

三

到纽约后买到的头两本画册，一本由专门研究印象派的克雷斯佩勒（Jesn-Paul Crespelle）所著，内附四十八幅彩色画页并若干照片和图页的《莫奈》（*Claude Monet*, Portland House, 1988），一本是梵·高专家马克·埃多·特拉尔博（Marc Edo Tralbaut）撰写的内中搜集大量梵·高画作、草图、字迹和照片的传记作品《梵·高》（*Vincent Van Gogh*, The Alpine Fine Arts Collection Ltd., 1981）。说这是机缘凑巧，不错，说我对这两位近代画家有些偏爱，也是事实。不过，既然我早先的喜好多半是建立在由画册中得来的印象上面，那么，在我面对面地凝视这两位画家不止一幅真迹的时候，会重又感到陌生、震撼，而对画家及其作品生出新的了解，也就很容易理解了。

大都会博物馆设有欧洲绘画部，藏品多达三千余件，其中不乏举世公认的杰作。我从中世纪后期的宗教画开始，一路走向19世纪绘画。大半天的工夫，就把欧洲历史上不同时期、不同派别和风格的绘画作品粗粗浏览了一遍。这一路上，目之所及，处处都是闪耀着光辉的天才。他们的作品，把他们的声名变得不朽。先是16世纪的意大利画派，然后是德国和尼德兰的大师们，再后是17世纪的荷兰画派、巴罗克风格的代表作、学院派的绘画、浪漫主义的作品……那么多杰作，很难从容地一一审视和欣赏。不过，当时总的感觉是，在经历了几百年的发展，无数才智之士以毕生力量探索之后，绘画这一种艺术，如何去开辟更广阔的天地，显然成了一个问题。就在这时，我进入了印象派的世界。这一派画家的风格、主题、技法、胸怀，与他们前辈的相比较，都有很大的不同，令人耳目一新。印象最深的还是莫奈的作品。这部分是因为，这里莫奈的作品数量甚多，其中不乏巨型画作。

莫奈的主题几乎是单一的，但是每一幅作品都很耐看。在他的画笔下面，河流、草丛、树木、阳光、空气、雾霭，都是那样自然、朴实、亲切，浑然一体，就像环绕着我们的一般。习惯了印象派以前主题庄严、工于经营、色彩凝重的作品，会觉得这一派的画家把绘画变得纯粹了。他们是在山重水复的境地里面，忽然开出了一片新天地，这是了不起的革命。以前并没有这种认识，但是漫步于欧洲绘画的历史长廊，这种鲜明的印象却油然而生。

看梵·高的作品，印象更加深刻。这倒不是因为作品的数量，而仅仅是因为看到了梵·高的真迹。要认识这位天才的画家，最需要观摩真迹。他的风格一望即知，弯曲的长条形笔触，极鲜亮的红色和蓝色，热烈而神秘。他把色彩的运用推向极端，却不会让人觉得有丝毫的过火。这么多年了，那些画还像是刚刚完成一般，仿佛油画颜料还没有全干，画布后面的情绪也一样地新鲜生动，它们有一种动人的力量，让人伫立画前，凝视良久。

在莫奈与梵·高的身上，我看到了真正和富有生命意义的创新。这种创新不是随心所欲地标新立异，更不是全面地否弃传统，而是在继承前人的基础之上，重新确立规范。这样的创新，无论在哪一个领域里面，都是最最艰难的事情。因为有了这样的认识，那在绘画史上通常只谈其技法创新的这一派画家，在我心目中的地位就变得极为重要和不同寻常。

四

大都会博物馆的中世纪藏品，堪称世界上最丰富的收藏之一。大约自公元5世纪西罗马帝国灭亡，到16世纪文艺复兴，各个时期的艺术品均有收藏。不过，这些还不是它特别的地方，它的特别之处，是在本部的中古艺术馆之外，另有一个分馆，而这个收藏了中古艺术部许多精品的分馆，竟然是一座中古式样的修道院博物馆（The Cloisters）。

这座修道院博物馆坐落在曼哈顿区北端，一百九十二街过去的特赖恩堡公园（Fort Tryon Park）里面。那里林木茂盛，十分幽静。修道院的建筑完成于1938年，但是它本身却是由12至15世纪之间欧洲修道院的遗存拼合而成。院内百草园，至少种植了二百五十种中世纪的花草。它的藏品中，以罗马式和哥特式建筑、雕塑、挂毯、彩色玻璃、带有插图的手稿、金银器皿、珐琅器具以及象牙制品和绘画最为著名。这些艺术品代表了一种独特的文明式样，既不同于古代的希腊、罗马，也不同于近代的欧洲文明，但它却是前者的结果，后者的原因。在世人的心目中，中世纪惯常被想象成一个黑暗、野蛮和愚昧的时代，人类进步史上的一片空白，或者更坏，一个负数。这实在是很不公平的。在纽约的时候，我买到一本G. 巴勒克拉夫（G. Barraclough）写的关于9至10世纪欧洲历史的书，他把这一时期视为欧洲历史上至为紧要的一段。后来在哈佛，我见有C. H. 哈斯金斯（C. H. Haskins）的《12世纪的文艺复兴》（*The Renaissance of the Twelfth Century*），也买了一册。这些学者注意到中世纪千余年的发展和变化，其看待历史的态度也更加公允。其实，即使不去读这些学者的论著，只要来这里走走看看，也会对一般流俗的见解发生疑问，而对那个业已逝去的时代有一些新鲜生动并且肯定是更加真切的了解。

离开修道院之前，我照例去了附设的礼品部，在那里为自己挑了一幅画、一本书，算是此行的纪念。画是15世纪佛兰德斯画家汉斯·梅姆灵（Hans Memling）的肖像画作品，画风细腻，技法纯熟。我买的虽然是印刷品，效果却很好。那本《三个国王的故事》更让我喜爱。这原是一本中世纪的"畅销书"，有许多不同的译本和版本，并且是西方世界采用印刷术之后首批出版物中的一种。现在的这一版经过了现代研究者的重述，开本约十六开，硬面精装，配有封套，完全是现代式样，但是翻开来，里面是仿古的印刷体，古拙而醒目。最妙的是内中附有四十五幅15世纪的木刻插图，尤其可爱。

走出礼品部时已经是下午了。来时的满天阴霾这时已经散尽，露出蓝蓝的天空来。站在修道院所在的小山包上，不但能够俯瞰河面宽阔的哈德逊河，就连河对岸峭壁上绿树掩映的白墙红瓦也都看得清清楚楚。稍南一点，一座漂亮的大吊索桥跨越两岸，湍急的河水，泛着光亮从桥下流过、远去了。逝者如斯，身边这座建筑所代表的那个时代，也像河水一样，已经一去不返了。

现代艺术博物馆

纽约的现代艺术博物馆地处闹市,占了第五和第六大道之间、从五十三街到五十四街的一片地方。这座博物馆成立于1929年,目的是收藏和向公众展出、介绍当代艺术精品,主要是从印象派之后到当代艺术。现代艺术博物馆初建时,仅有几幅版画和素描,现在却拥有十余万件藏品,包括绘画、雕塑、版画、照片、拷贝等许多种类。而博物馆的建筑本身,也是现代建筑史上知名的作品。艺术史家认为,它的原建和再建建筑(1937年和1964年),几乎就是一部美国国际风格的历史。

与大都会博物馆相比,这里的气氛全然不同。高大、巍峨、凝重、结实、稳健、优美一类观念消失了,取而代之的是杂芜、跳跃、迷乱、无定的感觉。平心而论,这里并不少艺术珍品。比如一层花园里罗丹、摩尔、毕加索的雕塑,二层画廊中莫奈的巨画《睡莲》、梵·高的《星夜》、马蒂斯的《舞蹈》等等。这些画作均极精彩。我曾在莫奈的巨幅作品前流连,久久不去,但这也许只是大都会艺术博物馆之旅的延续，因为馆内的许多其他藏品，对我完全没有这样的吸引力，毋宁说，它们对我意味着另外一些东西。我曾经那样地相信原作的魅力，但是对许多20世纪的艺术作品，我却宁愿看它们的照片。

被称为现代艺术的作品，实际包含了许多不同的流派和风格，其表现形式更是形形色色。有些作品富于装饰意味，又有些作品做得巧妙精致，我可以欣赏它们，但并不因此就认为把它们陈列在莫奈和梵·高旁边也很合适。现代艺术博物馆的顶层，高高地吊着一具直升飞机的主干，这算是什么呢？我很难把它跟我对于艺术的理解调和起来。然而，这还不是最极端的例子。有许多被称为现代艺术的东西，不但令人费解，而且可能面貌丑陋，引起观众视觉上的不快和心理上的反感。它们的制作，有的是运用了复杂的现代技术，也有的只是把废料简单地组合一番。这一类的尝试，越是到了晚近，越是花样翻新，让人眼花缭乱，无所适从。一位朋友为现代艺术辩护说，当艺术家把一只垃圾堆里捡到的破扫帚放入博物馆展厅的时候，这把扫帚便成了艺术品，因为它被赋予了新的意义，一种新的看待世界的方式也就包含在里面了。这种解释的说服力似乎很不够。观念的革命是一回事，艺术又是一回事。艺术的发展可能要求和包含观念的变革，但是艺术之为艺术，总应有自己的根据吧。现代艺术中的一种倾向，正是要一反传统的美学观念，破除艺术与日常生活之间固有的界限。它们所反对的，又不仅是一般的观念或技巧，而是有史以来构成艺术的那些最基本的要素：和谐、秩序、均衡、美、虔诚,等等。这一类东西的出现固然可以理解,但是作为艺术,它们是否有生命力,甚至,它们是不是可以被恰如其分地称为艺术,我是怀疑的。

当然,说到观念,现代艺术表现了现代人的观念、现代人的精神和世界,这也是没有问题的。有一派艺术史家就是从这个方面来理解和说明艺术发展的。19世纪的文艺批评家丹纳(Hippolyte Adolphe Taine)在他的《艺术哲学》里说,过去的人只是一种高等动物,能在养活他的土地之上和照耀他的阳光之下活动、思索就很高兴,现代人则不同,他们有"其大无比的头脑,无边无际的灵魂,四肢变为赘疣,感官成为仆役,野心与好奇心贪得无厌,永远在探索、征服,内心的震动或爆炸扰乱身体的组织,破坏肉体的支持;他往四面八方漫游,直到现实世界的边缘和幻想世界的深处"。依丹纳的说法,现代人的心灵,乃是"感情与机能的变质、混乱、病态,可以说患了肥胖症,而现代人的艺术便是这种精神状态的复制品"。丹纳如果能够活在今天,也到现代艺术博物馆来看一看,他还会说些什么呢?

每次到大都会博物馆,都是踏着闭馆的铃声步下台阶,唯独参观现代艺术博物馆,我不等闭馆就离去了。记得当时寄给国内亲友的明信片里有这样一段话,"走出纽约的现代艺术博物馆,无限的感喟竟成一句傻话:现代艺术确是现代文明的产物。民主运动的兴起、个人主义的传布、技术的进步、心智的退化,以及商业文明与大众文化共同造成的灾难,都表现在这里。归根到底,现代艺术表明了现代人的困境"。如果有人说，这段话里包含了个人道德上的偏见和感情上的好恶，我是乐于承认的。只是，这种承认的代价很高。生在现代社会，而与所谓现代精神格格不入，不会是一件愉快的事情。

"奥德赛"

为了庆祝《国家地理》杂志创刊一百周年，由伊斯曼柯达公司职业摄影分会赞助，华盛顿的"Corcoran"美术馆组织了一个特别的摄影艺术展，题名为《奥德赛》。入展作品约二百七十幅，选自一百年来刊载于《国家地理》杂志和未曾发表而藏于档案馆的照片。这次的摄影艺术展还要在北美、欧洲和亚洲巡回展出。名之为"奥德赛"，不知是指这次巡回展出，还是指《国家地理》杂志一个世纪里面的辉煌业绩。我想，两种解释都通，倒也不必拘泥于一端。

《奥德赛》在纽约的展出时间，是从9月中旬到10月底，地点是在第五大道九十四街的国际摄影中心。那是街拐角处一幢普通的建筑，要不是临街处立着一小块石碑，上面镌刻了它的大名，原是很容易错过的。二百七十幅作品，安排在楼上楼下的几间展室里，每间展室都不大，因此让人感觉亲切。展出的作品里面，有相当一部分是黑白摄影，主要是本世纪初的作品，更有一些是以前不曾公开发表过的，可以说弥足珍贵。在这些作品中，我比较偏爱早期的那些。虽然当时的摄影器材相对简陋，摄影技巧也未臻完善，拍出的作品却非常耐看。这些早期作品的内容，也像它们的颜色一样单纯、朴素和真实。一张印第安人饱经风霜的脸；两个远足中倚着山岩稍事歇息的老人；黎明中天光、水色、树影一片朦胧的湖水；河边草地上支着画架工作的画家和在一旁守望的妻子……它们如此单纯和自然，令人感动。而那些更加晚近的作品，虽然其中不乏佳作，但是总的说来，它们太清晰，太鲜亮，构图上的人工痕迹也太重。比如，隔着窗纱，一排金黄色的鸭梨优雅地歪倒在窗台上，光线从右上方斜射下来，外面有街道、错落有致的房顶和尖塔作背景，整个画面对称而平衡；或者，一片原野之上，从大货车驾驶舱的左边望出去，右手是笔直的高速公路，左手的长形反光镜里反映出同样的图景，向前后两端延伸的高速公路在画面上相交。这类作品构图巧妙、设计精心，显见拍摄者技术娴熟，颇具匠心。后来，在一幅巨大的作品前面我站了很久。这是一头雄狮捕杀角马刹那间的镜头：猛兽坚强锐利的前爪，凶狠警觉的目光，沾满草屑的鬃毛，还有角马将倒未倒之际挣扎扭动的姿态，纤悉无遗地呈现在我的眼前。那里面有一种氛围，透露出生存的野性和残酷的力量，令人震撼。只是在此之外，我还隐约能感觉出摄影机的存在。这些现代的作品太技术化，太讲求技巧了。它们在精密、准确、清晰和真实等方面几乎无可挑剔。但是，它们似乎少了另一种真实。比较起来，我更喜欢那些较早时期的摄影作品，它们或许有些"失真"，但是朴素自然，它们确实不够完美，但它们在单纯而质朴的风貌下面所传递的东西，却让人久久回味。

人间世

"暂时脱离尘世"

这是丰子恺先生作过的一个题目。他在那篇千余字的短文里面，先引了夏目漱石的一段话："苦痛、愤怒、叫嚣、哭泣，是附着在人世间的。我也在三十年间经历过来，此中况味尝得够腻了。腻了还要在戏剧、小说中反复体验同样的刺激，真吃不消。我喜爱的诗，不是鼓吹世俗人情的东西，是放弃俗念，使心地暂时脱离尘世的诗。"作者很赞成这个意思，所以在下面说："夏目漱石真是一个最像人的人。今世有许多人外貌是人，而实际很不像人，倒像一架机器。这架机器里装满着苦痛、愤怒、叫嚣、哭泣等力量，随时可以应用。……我觉得这种人非常可怜，因为他们毕竟不是机器，而是人。……苦痛、愤怒、叫嚣、哭泣，是附在人世间的，人当然不能避免。但请注意'暂时'这两个字，'暂时脱离尘世'，是快适的，是安乐的，是营养的。"那天，在电视里收看了一个新闻体的节目，内容是对一个艾滋病患者的采访。这位不幸的人，在他生命最后屈指可数的日子里，受到周围许多人的关心。他们尽可能延长他的生命，并且令他生活得愉快。

被采访的患者最后对记者说,他不再想更好的汽车、住房和侈华的生活,只是静静享受最后时光心灵的平和。这使我想到子恺先生的那篇《暂时脱离尘世》。我不知道那个不幸的人曾经有过什么样的生活,但是从他的言谈里面,我猜想他对于生活有了一种新的领悟。可惜,他只是在死亡将近的时候,并且是因为这一件不可改变的事实,才领悟到"暂时脱离尘世"的境界,而开始尝试一种全新的生活。如果说这种转变在他可算是一种幸运,却也从反面照出了人类生活中的悲剧。我们在年轻健康的时候,往往有一种错觉,以为生命是无限的,以为我们可以有无数的机会去改变自己的生活。我们甘心于物的牵累乃至奴役,以为那是有意义的生活。世间所以有太多的苦痛、愤怒、叫嚣和哭泣,正因为有那么多执迷不悟的生人。与柏拉图对话的一个人物克法洛斯说,上了年纪使人心平气和,宁静寡欲,这种境界就像是摆脱了一帮子穷凶极恶的奴隶主的羁绊似的。不幸的是,那时候剩下的时间便不多了,况且上了年纪的人也不是都能够达到这样一种境界的。

两种消息

七频道播出一个关于人类面临之问题的新闻专题节目，标题是《来自地球的消息》。消息有两种，好消息与坏消息。好消息有一条，讲的是计算机在图书贮存与音乐创作方面的新发展，坏消息却无数，而且怵目惊心：大气污染、海洋污染、动物种类遭灭绝、种族冲突、吸毒和新的不治之症。这些消息的报道者大约也不是悲观主义者，但是那条好消息给人的安慰也实在太少了。而且，所谓好消息究竟有多少好处也是令人怀疑的。给人类带来污染问题的种种，不正是我们曾经为之自豪的成就吗？有一位先哲说过，人类每向大自然索取一点，大自然都加倍地报复了他们，可是现如今的人，哪怕自称是他的信徒的人，也都一样是短视的乐观主义者。他们最常提到的一个现成的理由，是说进步是必然的。倘若危机真的出现，自然会有解决危机的办法。就像俗话里说的，船到桥头自然直，车到山前必有路。但这与其说是一种令人信服的根据，莫如说只是不可救药的进步论者的一厢情愿。在这种自欺的心态后面，其实有种不负责任的心理。有人说得很好，那些寄希望于科学技术的发达，通过开辟宇宙空间来解决地球人危机的说法，不过表明了这样一种心理，即在把这个唯一的地球弄得一塌糊涂、不再适于人类居住之后逃之夭夭。然而我们真的能够逃掉吗？对于实际上只关心自己这辈子的人来说，这当然不是问题。于是他们无止境地发展，无节制地挥霍，尽其所能地榨取每一寸土地、每一缕阳光、每一种形式的生命。这种情形到处都是一样的，只不过，在政治腐败、人民愚昧的地方，人类生存条件的恶化，比较其他地方，要更加急速和更加不容易改变就是了。

其实，早就有人看到了人类危机的严重性，他们四处奔走，大声疾呼，收效却不显著。这是为什么呢？上面提到的逃避责任的心理是最普遍的一种情形，实际的情况更复杂些。人类面临某些危机是一回事，人类是不是能够充分认识这些危机是另一回事。即使人类看清了危机所在，要他们联合起来，采取一致而合理的行动，又是一回事。根本问题是，人类不但短视，而且缺乏彼此间的信任。他们很容易互相猜忌，暗地里你争我斗，为了自己个别的利益，宁愿牺牲实际是包括自己利益在内的全体人类的利益。地区与地区，民族与民族，国家与国家，它们之间的关系，正像个人与个人间的一样。我们在两个人的关系里面看到的一切，在所有人群里面也都能够看到。

H. G. 威尔斯（H. G. Wells）在比较原始佛教和犹太教的时候，把前者的缺乏任何进步思想看成是它失败的原因。在他看来，犹太教之所以更有前途，是因为它不同于佛教而具有历史性。就这种宗教本身来说,威尔斯的说法可能是对的,但是如果从它们对于人类历史产生影响这个角度来看问题,答案就不那么简单了。在这个问题上面,基督教的西方,佛教和儒教的东方,哪一个更智慧些,这是一个须要认真思考然后再试着回答的问题。在此以前,我们还要明白,这些不同的宗教,因为是针对人类的共通问题提出各不相同的解决方法,所以在一定意义上具有同样的重要性。然而,谈论人类今天的生存状况,谈论这种状况的由来与发展,不同文明传统的重要性却又是不尽相同的。认识当今人类面对的危机,寻找解决这些危机的办法,可能部分地要从探究这些问题开始。

"如此具有人性的动物"

赫尔曼·沃克（Herman Wouk）的小说《战争风云》和《战争与回忆》早已有中译本出版，根据同名小说拍摄的电视剧也已传入国内，只是没有公开播出。在纽约的时候，七频道正在重播《战争与回忆》，看过几集之后，感触良多。印象最深的，是剧中重现当年纳粹党人屠杀犹太人的场面：数百名犹太人，不分男女老幼，统统被剥光了衣服，驱赶到巨大的土坑里面。哭喊、呼号、惨叫和枪声混成一片。血腥的场面令人毛骨悚然。很难想象这些可怕的事情竟是人类所为，更难以相信它们就发生在刚刚过去四十年的昨天。人们常喜欢用豺狼虎豹来比喻凶狠残暴，然而世上哪里有比人类更加残忍凶狠的动物？动物固然没有德性，却也不会作恶，即使最凶狠的食肉动物也只是为了生存而捕食，惟有文明的人类是为了他们的虚荣、奢侈和利润滥行捕杀。比之一般动物，人类多出来的肯定不只是德性与聪明，否则，何以人类的繁衍与日俱增，动物种群却在一天天减少。人不能够与动物和睦共存，便是对于同类也很难和平相处。这就是为什么，战争、暴行和自相残杀至今不能够停止。自然，战争的方式改变了，战场内外的道德也在发生变化。但是与原始部落的食人生番相比，与把荣耀建立在鲜血上面的古代英雄相比，或者，与中世纪为了某种信条杀戮异端的宗教狂相比，号称文明的现代人很难说有更高的德性。他们使用空前复杂的武器从事杀戮，用超出常人想象的古怪办法折磨其同类，不是手段愈加高超，用心愈加险恶，规模也愈加宏大了吗？古人的勇敢可能是野蛮和血腥的，但毕竟是一种勇敢，现代人文明的屠杀只是残忍和怯懦。六千年过去了，人类的德性没有和他们的小聪明同步增长，其结果，所谓人类的进步这件事情，大抵只表现在技术的方面。现代人心智去原始人未远，能够用来创造或者毁灭的武器却空前地强大，这种道德与技术的不平衡，怕是现代一切灾难的根源了。

　　亚里士多德认为，人在达到德性的完备时，乃是一切动物中最出色的动物；但如果他一意孤行，目无法律和正义，他便是一切禽兽中最恶劣的禽兽。人性不变，亚氏对于人类的看法依然正确。问题是如何使人类变得更有德性。历史上伟大宗教的创立，无不是为了这样一个崇高的目标，不幸的是，它们实际上做到的，多半只是将人类为恶的习性稍微地加以约束，社会固然因此而得保存，真正有意义的道德上的进步依然是遥远的目标。

　　在纽约时买到勒内·杜博斯（René Dubos）的一本书，*So Human an Animal*，书名译成中文就是这篇短文的题目。杜博斯是一位有成就的科学家，他相信环境和人的早期经验，在身心两方面都对人有绝大的影响；改善此环境与经验，即可以改善人类。他写此书的目的，就是要科学地认识这广义上的环境对于人类实际所生的影响。杜博斯的看法与古人的智慧不乏相合之处，不过在古人那里，这种认识曾经是政制安排的前提，不像在今天，人们淹没在日新月异的技术进步之中，一方面被自己的创造物深刻地改变着，一方面对于这种变化的结果没有充分的自觉，竟以为科学万能，理性能够解决所有的难题。这种盲目乐观的进步论恐怕是现代灾难的另一种原因。

二百年前，柏克曾为在法国大革命中失落的骑士精神伤叹不已，但是与四十年前那场种族屠杀相比，那次的暴行又算得了什么？当面对面的体力、智谋和勇气的较量，被操纵电钮的战争取而代之的时候，勇敢便让位于怯懦，怜悯就让位于冷酷。现代技术改变了现代人的道德基础，要说今人的道德水准肯定比古人的更高，我是感到怀疑的。

人类有没有道德意义上的进步，他们能否取得这样一种进步，依然是一个问题。而把道德的考虑引入到历史中去，在评判技术进步时注意它对于人类道德的深刻影响，以及，注意到人类生存环境的改变是否包含了道德意义上的改善，这些，可以算是当下最有意义的工作之一了。

《双城记》

狄更斯的小说《双城记》，讲的是法国大革命时发生在巴黎和伦敦两地的故事。一个英国绅士，豪侠之士，因为对一名妇女的爱恋，竟然冒名顶替，去到恐怖笼罩的巴黎，换出待要无辜受死的那名妇女的丈夫，自己却走上断头台，慨然赴死。这个故事，我最早是在商务印书馆出的简易英语读本上读到，那虽然不是原著，却也很让我感动，忍不住洒下一掬热泪。时隔多年，不期然在远离故土的纽约重温这个故事，这次却不是读小说，而是看根据小说改编的电影了。长了几年的阅历，已不复是少年心态，却是一样地感动，唯一的不同，是在感动之余，多了些思考。

电影用比小说更直观的方式，再现了1789年前后的巴黎。先是骚动与不安，接着是革命，然后是恐怖统治。在很短的时间里面，成千上万的人无辜受死，数以十万计的人蒙受不白之冤。而比这更可怕的，是在这活人组成的地狱里面，猜疑、告密、欺骗和杀戮成为生活的常态。人心失去了规范，各种卑下丑恶的情欲，饰以人间美好的字眼，泛滥成灾，其暴虐与惨烈，在人类历史上也算是空前的了。当时的人，如英国人柏克与吉本，认为法兰西民族已然失去理性。柏克更写下一部不朽的著作，记录了他对于这场革命的看法。其实，英国历史上也有过革命，甚至，他们也处死过一个国王。但那与法国大革命的情形又不尽相同。

曾经为许多法国历史人物作传的茨威格认为，"革命"一词的含义极其宽泛，它可能包括从最崇高的理想到极端野蛮，从伟大到残忍，从高尚到暴力这样一些全然不同的东西。他说，法国大革命也像其他革命一样，有两种不同类型的革命者在其中起着作用。一种是理想主义的，一种是发自恶意的。理想主义的革命者，其生活的境况从来优于普通民众，他们想要提高民众的生活水平，教育和解放民众。发自恶意的革命者则不同，他们本来郁郁不得志，对处境较他们优越的人心怀怨恨。这种人一旦得志，便要尽其所能地报复那些失势的人。这种情形源自人类的天性，因此极为普遍。在法国大革命的开始，贵族和资产者领导民众，理想主义占据上风，但是群众一旦挣脱枷锁，就立即转过身来反对他们的解放者。因此在第二阶段，激进分子和心怀怨恨的革命者就占了上风。"对他们来说，权力是一个陌生事物，因此他们按捺不住地要尽情享用到手的大权。这些小人物一朝得势，最大的野心就是要把革命拖入他们自己的狭隘范围里去，让革命贴上他们平庸的标签。"（《玛丽·安托瓦内特》，中译本）电影里那个小酒店的老板娘，如果放在平日，纵然不是善良之辈，最多也不过是一个小市民、母老虎，但是忽然之间，她成了这个社会的主人，可以决定别人的命运，这时，她的恶毒就是无法遏制的了。她一意要践踏那些曾经有地位而现在只剩下教养和自尊的先生和女士，并不管他们是否真的有罪。这些老板娘们既没有荣誉感，又不受道德的约束，他们在私下里散布流言，在报纸上制造谎话，其刻毒与下流简直骇人听闻。

《双城记》的结尾，是义士上断头台的场面。我在那里看到一种鲜明的对照：一边是无数围观的巴黎市民，这些热烈的观众从他人的血中获得快意；另一边是无辜的受死者，而其中的一位，是为了爱而牺牲生命的。我想，这两种东西——爱的奉献与嗜血的冲动，同是人性中所固有者。人类的理想，是要使前者完满，后者灭除，而现存的文明制度，宗教、习俗和法律，应该是被发明来抑制住后者的。不幸的是，近代以来的人类，无分东西，似乎倾心于各式各样的革命。柏克那一派人的看法，被叫作保守主义，这在中国的政治语汇中干脆就是一个贬义词，相反，革命的合理性不言自明，暴力也因此被视为必需。从这一方面看，法国大革命树立了一个坏的榜样，它为后来许多残酷、野蛮和惨烈的迫害开了一个头。自然，说到后来的责任，还应当由后人自己承担。

电视里播出《双城记》是在 1989 年的元旦，那也恰好是法国大革命爆发二百周年这一年的第一日，电视台的节目安排应该不是巧合。人类在经历了最近这二百年之后，对于法国大革命不是应当有些新的看法了吗？

神　迹

　　四十八频道有一个固定的宗教节目，夜间播出，主持人好像叫作罗伯特·提尔顿。他有一张表情生动的鼓动家的脸，每次都滔滔不绝，长篇大论，颇具蛊惑力。有一次打开电视，我发现主持人正在谈论神迹。主题是说上帝无所不能，祈祷有神奇的功效，下面举了好些事例，谈的不是精神苦痛的解除一类，而是生理疾病的疗治，甚至某人折断了手臂，跌断了大腿，通过祈祷也奇迹般地痊愈了。电视里穿插了采访，让受了上帝恩典的祈祷者们现身说法。如果只是说教，我会以为那是无稽之谈，但是当场拉出人证来，我便觉得惊讶，心里很有些疑惑。

　　历史上，举凡宗教而谈论降神、显灵的，多数迹近迷信。但是西方人的圣典，无论《旧约》还是《新约》，都有许多关于神迹的记载。在这一点上，东方的宗教，现代的宗教，也都是一样的。其中道理大概并无不同。陀思妥耶夫斯基在他的小说里面，曾借一位宗教裁判官之口，说出了一个冷酷的真理：芸芸众生真实需要的，并非基督的普世之爱，而是权威、奇迹和面包。世间伟大的教主，本来只是把最朴素的真理传达于世人，但是历史上所有存活下来的宗教，都要靠复杂的教义和仪式来维系。H. G. 威尔斯设想过这样一种情景：乔达摩访问盛行佛教的西藏，他会看到，巍峨的挤满喇嘛的大寺庙，刻了他名字的巨大金色偶像，鸣钟、焚香、跪拜和念诵经文，一些刻有简短祷文的旋转小风轮，在风中飘舞的美丽的小经幡，上面写着"唵嘛呢叭咪吽"一类字句……最后他会发现，这就是这个世界所信奉的他的宗教。我想，这也是所有其他教主共有的命运。问题在于，教主的追随者们没有教主那样伟大，一般宗教的信奉者甚至连这宗教的精义也不能够了解，而那教主最初开出的良方，正是要救治世人的。最根本的解决固然要针对人心，但是解决的方法却先要受人性的左右，所以我怀疑，究竟有没有一种灵验的法子，终能拯救人类于不幸。

相信奇迹的心理，本是人性中最普通的一种性格，即便没有宗教作依托，它也能在其他事物上表现出来，比如气功、科学，或者一种什么主张、方案、道路。现时代的宗教宣传家如罗伯特·提尔顿，大肆宣讲神迹，这是否合于教义，我不知道。我只知道它合于民众的心理，合于人世间的宗教发展之道。这一条古老而常新的真理，就是在科学昌明的今天，也是不会改变的。

信　仰

天气真好。从东亚图书馆出来,我便在洛氏图书馆(Low Library)高台阶的廊柱下找了块地方坐下,沐浴在冬日温暖的阳光里。

不多时,一个叫作肯特的哥大学生上前来打招呼。他是一个热烈信奉基督的年轻人,与我同住一栋公寓楼。我们是两天前偶然在公寓楼的电梯里相识的,当时,他塞给我一张宣讲福音的传单,并且希望我能够参加他们的"《圣经》学习经验交流会"。看他一派诚恳的样子,我实在不好意思拒绝。不知道是因为我的这种态度给了他一个暗示,使他认为我是一个有希望皈依的可教之材,还是仅仅出于内心的热诚,他要向他所遇到的每一个未能领悟基督真理的人宣传福音,总之,他一见到我,就开始谈论"信仰"这个最严肃最崇高的话题。于是,我们那天就在哥大校园内的一条石阶上,促膝而谈。

肯特向我宣讲了不少道理,从人类需要和寻求爱,讲到耶稣代人类受难,从爱的回报,讲到信仰上帝而得永生……

这些道理听上去很好，但是只靠它们要把我变成一个基督徒却是远远不够的。我觉得最难理解的一件事情就是，一个人如何能够由不信上帝或无所谓信仰转而成为基督徒呢？这样的事情虽然在许许多多人的身上发生了，但是对不曾有过类似经验的我来说，依然是难以理解的。根本的问题在于，那些在肯特和他的同道看来是充满生命意义的字句，在我的眼里却只是些文字，即便我对于这些文字产生了有意义的理解，那也只能算作知识，而不是发自生命的对于神意的深切体认。其实，在此以前，我曾不止一次地去到教堂，在那里流连徘徊，沉思默想，我也曾聆听布道，同在教堂工作的义工谈论信仰问题。末了我发现，我既没有在生命的深处认同基督，也未能让别人了解到我以自己的方式确立的信仰。的确，在和美国人谈论信仰问题的时候，我感到的困难并不只是语言上的。

汉斯·昆（Hans Küng）把中国的宗教看成是不同于西方先知型宗教和印度神秘宗教的另一种类型。更极端的看法是说中国从来就没有宗教。而我只是知道，这个民族曾经创造了有数千年历史的文明，我们的先人曾在漫长的岁月里不懈地追求智慧，从事艺术的创造；他们的实际生活，虽然远不是完美的，却也不比同时生活在其他地方的其他人更悲惨；他们追求卓越，心性甚高，尤其看重道德与礼仪，这一方面促进了对于君子人格的培养，另一方面产生了对民众教化的重视；这个民族的历史上，每一代都有许多圣贤之士，他们品格高洁，情趣高雅，堪为师表，他们用自己的生命去体认传统，并把它传递于后人。这样的一个民族和一种文明，如果说它有过一种特殊的宗教，那么这种宗教就是它成功的一个部分；如果说它没有产生过何种宗教，那也不过说明，在特定的情形下面，一个民族或一种文明无需所谓宗教也可能解决人类遇到的一般问题。当然，如果把宗教看成是一种终极关切，一种人类关于自己生命意义的探求与回答，中国人无疑是有自己的宗教的，而对我和有着类似经历的同代人来说，这种"宗教"似乎是自然的、亲切的，最容易接近和认同。因此，尽管这种"宗教"近代以来衰落了，甚至被恣意诋毁摧抑，但是它精神不灭，仍具有生命力和号召力。

在我认识的人里面，有人主张基督教救中国。我想，这或者是因为对中国社会缺乏认识，或者是出于对基督教的某种偏执，而归根到底，都是对于人类历史文化的发展太少了解的缘故。把这种主张付诸实践，即使能够造成一时的耸动，终归是要失败的。虽说文化的更新须要不断吸收新的养分，其中也包括外来的思潮和制度，但是，文明的再造必定要牢牢地建立在传统最深厚的根基上面，否则不能够成功，这样的例子，历史上不胜枚举。

最近一位来访的朋友跟我谈到民族精神、中国人的根性一类问题。在我看来，这种东西看似神秘，却也是真实存在的，所谓文化差异，往往与此有关。中国人的概念根本上是历史文化的，也是富于特性的。如果把基督教也视为一种文化，显然，那不是中国文化，这样说当然不是否认作为个体的中国人可以成为基督徒，而是说，至少在历史上基督教不是中国文化的重要组成部分，甚至相反，中国文化的许多特征与基督教文化的恰好形成鲜明的对照。诚然，历史的概念是可变的，中国文化的内容在变，中国人的概念也在变，未来中国文化与基督教文化之间有更大的融合也未可知，但是无论如何，作为一个民族，中国人要求得发展，首先要立足于本民族的文化与传统，努力发掘其中的价值，使发扬光大，适应新的时代。就此而言，各种宗教救国论，也会像那些主义救国论一样，不但不可行，而且很容易造成祸患。

那位可爱的青年肯特对于宗教表现出来的热情，在我个人的经验里面是新鲜的。而我在他的热情里面，隐约还感到有另外一些东西。肯特除了自己信仰上帝，而且努力劝说，想让身边所有的人也都皈依他的上帝。我却从来不曾想要别人放弃自己的信仰而成为我精神上的同道。这种差别恐怕不是个别的和偶然的，而有着普遍的意义。说到底，基督徒信奉的上帝，如威尔斯谈到犹太人的上帝时所说，是一个"嫉妒的神"，"一个可怖的真理之神"。这个独一的至高神是排他的，富于侵略性。这种品质造就了基督教的历史，也部分地造就了今天的世界。这其中也包括，在基督教的荣耀已经成为历史的时候，它把自己的"神性"传给了这样那样的主义或学说，有人称之为"世俗的宗教"。后者也有自己的"可怖的真理之神"，它们也传播福音，发动圣战和迫害异教徒。人类20世纪的灾难多半与这些世俗宗教的兴盛有关。这些，恐怕是那位热心于传福音的肯特不曾意识到的吧。

哥大校园

圣瓦伦丁节

2月14日是圣瓦伦丁节（St. Valentine's Day）。这是古老的情人节。但并不只是情人们才庆祝它，如果是这样，大概也就没有什么庆祝活动了。

晚上在法学院（哈佛）的"Harkness Common"有一场庆祝晚会，一个五人的乐队闹得震天价响，弄得人心烦意乱，索性放下手里的事情去看看热闹。其实那里什么都没有。一伙一伙的学生围坐在桌旁，一边喝着饮料，一边大声地谈天。要是在平时，这种交谈就是喊叫了，可他们不得不如此，除非闭口无言。因为音乐声震耳欲聋，对面相坐也要大声嚷嚷才能彼此听见。梁启超先生尝云："西人讲话，与一人讲，则使一人能闻之；与二人讲，则使二人能闻之；与十人讲，则使十人能闻之；与百人千人数千人讲，则使百人千人数千人能闻之；其发声之高下，皆应其度。"未知我说的这种情形是不是也包括在内。照我的推测，如果是在这种场合，任公先生坐不上三分钟，定然要大呼头疼，逃之夭夭了。就我来说，极限是三十分钟，问题还不是喜欢不喜欢，而是生理承受的能与不能够。为了这半小时的体验，我还要忍受更长时间的耳鸣。我弄不懂的是，那么多的美国学生为什么愿意在这样的环境里谈天。他们显然不是来欣赏音乐的，或者说，音乐只是他们谈话的背景。这是什么样的音乐，什么内容的谈话，也就不难想见了。

"Harkness Common"是法学院学生的活动中心。我在那里多次看到，公共电视的音量开到了最大，刺得人耳膜发疼，喝着饮料的学生们却在下面谈笑自若。看到他们兴致盎然的样子，我可以想象，他们的耳朵必定如同他们的胃一样坚强。真是了不起的本事。不过，我虽然羡慕他们的胃，却并不羡慕他们的耳朵。我怀疑，一个习惯甚至要求这种强烈刺激的耳朵，是否还能保有对于世间各种精细微妙之音的敏感。生活在黑暗当中的古代人，通常被想象和描写成粗鲁愚钝的一群，这样做可能并不公平，因为粗糙的外表下面，可能包裹了极为敏感的心灵，至少，有一小部分人是这样的。退回到几百年以前，类似我在这里看到的事情如果也能够发生，我想，那一定只是在底层社会里乌烟瘴气的小酒馆，而不应该在受过教育的人们中间。自从工业时代来临，许多东西都变了。先是配器复杂、规模宏大的交响乐出现，现在是摇滚乐的风靡，而且经久不衰。教育的概念变化了，音乐的内容也在变化，人性又有什么样的变化？

现代技术在制造精密之物方面比较以前任何时代都要进步，但是现代人的感受能力是否有了相应的提高却是颇可怀疑的事情。事实可能是，由于技术取代了其他，现代人的感觉器官不是进化了，而是退化了。否则，他们何以要求这样强烈的刺激呢？

观察者

据说过去有一些作家，喜欢坐在咖啡馆一类地方观察路上的行人，由他们形形色色的姿态和面孔，去窥探人的心灵，了解他们的隐秘世界。我的朋友里面，也有人说坐在公共汽车上面，看各式各样的人是最有趣的事情。这种体验我好像从来不曾有过，然而在哈佛访问期间，我却也不经意地扮演了这种观察者的角色。

从我住处的窗子看出去，有道路，有房舍，视野逼仄，风景单调，唯来来往往的人是总是新鲜富足的。读书之余，望一望窗外的活动景色，在我是一种很好的休息。至于有时因此而引出心中的一缕思绪，获致某种印象或感觉，那就是意外的收获了。

那一日在窗前闲坐，看到马路对面人行道上一位白发老妇人，正拄着轻便钢架吃力地挪动。她那老态龙钟的样子一下子让我想到几天前在波士顿美术馆看到的两组照片，一组是老年人的特写，另一组是艾滋病患者的病容。它们都令我震撼。也许，大多数人不会患这种或那种特殊的疾病，但是生老病死却是任何人都不能够逃脱的命运。然而，我们在年轻健康的时候，充满活力和希望，何曾想到过生命的衰老和死灭，更难用死的尺度去衡量生的历程。这也是为什么，两组普通的照片也能使我心惊。此刻，看到外面行走艰难的老妇人，看到那些从她身边匆匆掠过、步履轻盈的少男少女，我不由心生感慨。我想，我们大家终有一天也会如这老妇人一般步履蹒跚、艰难行走于道中，就像这老妇人也曾有过青春年少的美好时光一样。我们的今天正是她的过去，她的现在便是我们的未来。这样想想，不独深觉悲哀，而且对自己、对人生都生出许多的疑问来。人总是要死的，但是在死亡降临之前，到来的却是疾病和衰朽。健康和活力一点点离我们远去，也许是忽然之间，我们便失去了对自己生活的支配。意识到这种命运的无可改变，人们便再难有纯净的欢乐。然而，一个人本不应当在命运以外求索更多。人们之所以常常感觉不满，不正是因为他们要求得太多？天地万物，各有道理，合乎道理的即是自然的，顺应自然的即是合宜的、完美的。从少年到青年，由壮年而老年，依照生命的自然形态，度过人生的每一个阶段，让人生按阶段完成，如此，当死亡来临，生命终结之际，我们便能够无忧无喜，坦然面对。这就是"自然地生活"的意义。然而，自觉要过自然的生活的我，何以因为"学问"、"机会"一类莫名其妙的理由，离开了娇妻挚友，独自一人飞越了半个世界，将生命中这一段宝贵的时光，轻掷在这块不相干的土地上面？解惑不易，不惑更难。

在那一刻，我忽然意识到，坐在屋子里面的我，和在外面的老妇人，其实同在一个世界里面。大家都受世俗欲念的支配，都逃不出生老病死的大循环，哪里又有什么观察与被观察的分别呢？不过，当我一点点深入内心的时候，我发现，在我们的心里另外还有一个世界，一个和外面的世界同样真实的世界（有许多哲人甚至认为这个世界才是最真实的），倘我们最后竟能够真正地进入到那个世界，那么，我们虽然还在此世之中，同时也是在此世之外了。

窗子外面的风景

一桩未了的心愿

从纽约转往哈佛的时候,我把暂时用不上的东西和大部分书籍都存放在纽约朋友的住所,随身只带了简单的行李和极少的几本书,在那里面,就有梭罗的《瓦尔登湖》(*Walden*)。

知道梭罗这个名字,是在很久以前,对他有多一点的了解却很晚。先是读到爱默森的一篇人物特写,后来又读了一位朋友写的关于《瓦尔登湖》的文字,大有"相见恨晚"的感慨。是以当我在哥大附近的一家书店看到这本《瓦尔登湖》时,不假思索就把它从架上取了下来。不过,我之所以在转道哈佛时专门把它带在身边,除了是出于对这位异国先哲的敬重和喜爱,也是因为麻省是梭罗的故乡,哈佛是他的母校,而那个以"瓦尔登湖"名世的著名池塘,距哈佛不过个把小时的车程。专门去一趟瓦尔登湖,到梭罗当年生活、读书、沉思和写作的地方去凭吊一番,是我哈佛之行计划中的一部分。而在实施这个计划之前,我想认真地读读梭罗,不是通过译文,更不要借别人的眼光,我想要直接去了解他。

梭罗是那样一种人,"不肯为了任何狭窄的技艺或是职业而放弃他在学问与行动上的大志,他的目标是一种更广博的使命,一种艺术,能使我们好好地生活"(张爱玲译爱默森语)。尤其让我感觉亲切的,是他的思想里面有一些东方智慧的色彩。1845年7月4日,他在瓦尔登湖的岸边筑起一座小木屋,他在那里生活了整整两年又两个月零两天。他就像一个古代的隐士,离群索居,过着极为简朴的生活,靠自己的双手来养活自己。闲暇的时候,他读书、散步、沉思、倾听自然的声音。我想,他在这么做的时候,心里大概有东方的圣贤作榜样。他说,古代中国、印度、波斯和希腊的哲人是这样一群人,在外观上没有人比他们更贫寒,而在内心里面,没有人比他们更富有。梭罗自己,正是要使生活尽量地简朴,因为生活越是简朴,生命才越是具有真实性。现在的人,有太多的欲求、太多的牵挂、太多不能够割舍的东西,终而淹没在外物之中,这种可悲的命运,正是梭罗看得十分清楚,并且彻底摆脱了的。爱默森说,很少有人像他这样,生平放弃了这样多的东西。又说他知道怎样能居于贫穷而绝不污秽或粗鄙。这正是智者的境界。梭罗说,只有从我们称之为自愿的贫穷的立场出发,才可以做人类生活公正而智慧的观照者。那么,他都看到了什么呢?他看到人们已经变成了他们工具的工具;文明人不过是更有经验和更聪明的野蛮人。他还看到不再风餐露宿的人类,在土地上定居却忘记了天堂。多数的人都关心遍布东方和西方的高大的纪念碑,想知道是什么人建造了它们,他却宁愿知道在那个时代什么人没有去建造它们。

梭罗的智慧是严厉的,读他的书总要有点勇气,爱真理的勇气。他说他从未在报纸上读到值得记住的东西（的确，五年来我从不读报和收听新闻也生活得很好）；他认为没有什么重要的交流需要邮政来传递；他还说世上哲学教授太多而哲学家极少，并且把不识字的文盲与识字但只读专为儿童和低智者写的书的"文盲"等同视之。我后悔没能更早读到梭罗，虽然如果生在他的时代我未必喜欢他的性格。据爱默森说，梭罗的美德有时太趋极端。他太严正，从不肯通融，这造成了他的孤独。幸好，心灵的交流还可能有另外一种方式。比如，作为后人，我们在一个世纪以后读他的书，了解他的思想和品格，倾听他对事物的看法，甚至，到他生活过的地方，从他曾经相伴的山水树木里面去了解他，那时，我们不用担心他的严厉的性格，而可以把他视为最友善的朋友。

哈佛的冬天是寒冷的。深夜，外面大雪飞扬，捧一本《瓦尔登湖》靠在床头，最觉得温暖。梭罗在书里也写到冬天，写到雪。在我的想象里面，那冬天是白色的，晶莹的，但是一点不让人觉得寒冷。我知道，冬天就要过去了。我开始又一次地筹划期待中的旅行，在春暖花开的时候。我甚至想按梭罗的方式来一次远足……可惜，我没有等到那个时候，就像我没有把那本《瓦尔登湖》读完一样。4月初，我离开了剑桥，提前返国。一片静穆的瓦尔登湖，连同哈佛的春色，都留在我的期待之中。

此刻，那本在纽约买到的《瓦尔登湖》，已被我带回到大洋的这一边。它还照原样合着，那只自制的书签，正放在还是在哈佛时放置的位置上。

"故 国"

中国店铺

纽约的唐人街,其规模在东部是首屈一指,说那里店铺如云,繁华热闹,一点也不过分。只是,我这里说的"中国店铺",指的是另外的一类。

早就听说纽约有家中国人经营的"免税"商店,东西较市场上略为便宜,是中国人时常光顾的地方。去了才知道,这样的小店在纽约不止一家,而且,我以前听说过的那家声誉欠佳。

那一日逛街,由一位朋友引着,顺便看了几家这样的小店。先去的一家是在一座高大的建筑里面。我们进了大楼,正犹豫着不知上几层,进来两个西装革履的同胞,跟着他们走自然错不了。这家店铺占了两间相连的房间,外面是经营商品的铺面,里间作了仓库。它经营的种类颇杂,大约是根据大陆同胞的实际购买力和喜好来进货的。店主系上海人,看上去精明能干,熟悉所经营的商品,了解行情,就像了解他的顾客一样。进出这里的,清一色是来自大陆的中国人,通行的语言,因此既不是英语,也不是粤语,而是吴语和普通话,就连打电话联系业务也不例外。进门对面的墙壁上面,有几张手写的字条，一张写着，"本店售出商品，除质量问题以外，概不退换"，另一张写着，"金银珠宝，售出概不退换"。到了这里，真有"宾至如归"的感觉，只是这种感觉并不让人觉得亲切和安适。

出了这家店，下楼，转过街角，有另一家中国店铺。我们走进电梯，尚未开口，电梯工人便大声说，"六"、"六零六"，他的汉语听上去突兀而生硬，但内容很清楚。大概这是他见到东方面孔生出的一种条件反射吧。这家店里经营的货物，与刚才那家店里看到的一般无二，这也难怪，同样的顾客，自是供应同样的商品。

那天看到的中国店铺，给我印象最深的是我们最后光顾的一家。这家店铺门面更小，而且好像是在一间比路面还要低几个台阶的屋子里。我们一进门，就有一位女士跟我的同伴打招呼，我想是碰到正巧也在这里买东西的熟人，并不在意。然而我很快发现，那位女士并非顾客，倒像是店员，这不免让我稍稍感觉诧异，因为那位朋友的熟人里面，似乎不应该有这一类人。出了门才知道，刚才那位女士是和我们一样的高校访问学者，不同的只是她对校园、图书馆和课堂没有兴趣，她在中国店铺"打工"，一天八小时，一周五个工作日，同美国人的"上班"完全一样。这真让我吃惊。原来，和我一样来到这里的人，还会有另一种选择，另一种生活，这是我以前不曾想到的。后来我又听说，一个我认识的访问学者，报到以后便找了家中国人开的餐馆做事，每周六天，吃住都在店里。他的目标异常明确，为他的孩子多挣点钱回去。那时，我心里感觉到的，悲哀多于惊讶。

一次诗歌朗诵会

第一次到纽约的现代艺术博物馆,是陪两位朋友一道去参加一个中国当代诗歌的朗诵会,那是一个中国当代诗人访问团在纽约活动中的一项。

朗诵会在博物馆地下室的小礼堂内举行,听者颇众,其中很多是美国人。东道主方面,以美国当代诗人金斯伯格为首,中国客人却多年轻人。他们的作品,几年前我曾读到一些,当时觉得好的,现在看已经显得稚嫩。有时我会觉得奇怪,为什么这样的诗篇,当时也能够传诵一时。也许只是因为,诗人的背景也是我们的背景,我们的生存状况,也是他们所在的环境。如果是在往常,我会满足于这样一种解释,但是当我置身于纽约现代艺术博物馆的小礼堂,我却变得敏感起来。我因为觉得自己正受到别人的审视,而对于自己的同胞也变得苛求了。毕竟,我们是有过屈原和杜甫的民族。先人的光辉长明不灭,让我们这些不肖子孙无处藏身。

第一出场的中国诗人(大家是这么称他的)是位老者,我已经很有几年没有听到过他的大名了。朗诵之前,有一段很长的开场白,从祖国讲到家庭,从"文革"讲到当下。有悲惨的往事，有动人的故事，最后是希望有热情的听众买一尊自由女神塑像送他，当然，他是准备付钱的。从前有一些关于出访的中国作家的说法，说他们在外国人面前惯于作态，在公共场合旁若无人地大笑和高声发表议论，谈论自己的才华与成就，过火地表露自己的潇洒和气度不凡，等等。听到这类故事，我会为这些同胞有如此表现感到遗憾，然而此刻，我却如坐针毡。接下来是一首又一首的作品，听他在台上念出的句子，我又庆幸台下的美国听众大都不懂得汉语，只能从英文口译里去了解那些称之为诗的东西。散场的时候，诗人得到了他想要的东西，我的心却被一种绝望的情绪所笼罩。

　　伟大的诗篇，连同创造这些诗篇的伟大人格，都从我们生活的世界中消失了。如果不是生在今日，人们怎么能够相信这是一个事实？最可悲的事情甚至不是当下流行着鄙俗、无知无识和寡廉鲜耻，而是在那片土地上，我们的先人曾经创造过如此辉煌的文明，延至近代，这一伟大文明不但没有被珍惜、小心维护和传递，反倒被其不肖子孙恣意污损、毁弃和摧抑，终至断送，无以为继。我们愈是了解自己的文化，愈是企慕前贤，热爱那伟大的传统，便愈是不能够接受这当下的世界。

吃亏的哲学

哥大法学院七层的休息室，朝南的一面一色是落地的玻璃窗，采光最好。在晴朗而寒风凛冽的冬日，端一杯热茶或是咖啡，在窗前随便找张椅子坐下，一面享受暖融融的阳光，一面有一搭无一搭地读膝上摊开的闲书，真是受用得很。

那一天上午，我正懒懒地坐在那里和一位朋友闲聊，进来一位 P 君。这位同胞虽已年近花甲，却是一点都不显老。他有一副满不在乎的神情，聊天也是一把好手。我们打过招呼，谈话重新开始。很快，聊天变成了说故事，内容是讲 P 君这大半生的经历和人生哲学。自然，说故事的人是 P 君自己了。

这是一个很长的故事，要在这里把其中的细枝末节一一记录下来，怕是不大可能的。故事的大意，是说主人公在他整整四十年的机关工作生涯里面，如何在无以计数的政治运动中免遭凶险与不测，安然无恙地活到今日。的确，对于他这把年纪的人来说，这种成绩真是了不起，值得吹嘘一番。而我所以对其中的奥妙感到兴趣，也是十分自然的事情。

据 P 君讲，他在刚参加工作的时候，年纪尚小，一味贪玩。运动来临，虽有一点不谨慎的言行，也因此被人看成是

"糊涂"而轻易地逃脱了。以后，随着年龄增长，阅历增加，早先在别人眼里的"糊涂"，在他那里成为人生经验的总结，于是有一种"有意的糊涂"。照他自己的说法，人要做官，我说"官运亨通"，人欲发财，我云"财源茂盛"，既不为自己树敌，又不与他人深交，但吃小亏并不计较（P君专门注明，此项须讲究艺术，断不可给人以软弱可欺的印象），只求吃得香，睡得稳，余事不闻不问。P君这一席话，引发我心中许多感慨。

以P君生活的这段历史来说，在他这一代人里面，既不曾戕贼他人，也没有受人迫害者，实在是不多。P君的幸运，半是因为机缘，半是因为其生活哲学和他对于这种哲学的机巧的运用。俗语说，害人之心不可有，防人之心不可无，这虽然不是什么高妙的哲学，却至少是无害的吧。所以，我对P君的为人，绝没有理由去责难。只是，听P君带了得意的口吻谈论（或者可以说是炫耀）他的这套吃亏的哲学，我的心里真有说不出的厌恶与悲哀。

五十年前，丰子恺先生写过一篇短文《佛无灵》，其中所谈一般善男信女念佛诵经的心理，与这些信奉吃亏哲学的人的心态很有些相近。"他们平日都吃素、放生、念佛、诵经。但他们的吃一天素，希望比吃十天鱼肉更大的报酬。他们放一条蛇，希望活一百岁。他们念佛诵经，希望个个字变成金钱。这些人从佛堂里散出来，说的统是果报：某人长年吃素，邻家都烧光了，他家毫无损失。某人念'金刚经'，强盗洗劫时独不抢他的。某人无子，信佛后一索得男。某人痔疮发，念了'大慈大悲观世音菩萨'，痔疮立刻断根……此外没有一句真正关于佛法的话。"在这里,佛的真义,其广大慈悲的精神,完全被自私自利的欲念淹没掉了。

最近这几年,印了"难得糊涂"、"吃亏是福"几个字的镜架、条幅、匾额流行得很,大约是"文化复兴"的一种征兆吧。其实,它们所代表的那种哲学,就是在扫除旧思想最彻底的时候,也没有离开过人心。只是,它们在今天重新流行于市,又有一种时代的原因,这个原因或者可以由P君的生活经历来说明。古人云,"大智若愚",那是因为对人生有大智慧者,其行为举止在世俗人看来必定愚不可及。寻常人为物欲所蔽,机关算尽太聪明,反不见人生真谛。在这一层意义上,"糊涂"确可谓"难得"。至于时下流行的"糊涂"哲学,正好比一般人念诵佛经是要与佛做交易一样,是舍了小便宜而贪图大利益,真正是精明到底了。信奉这种哲学,需要的不是大智慧、大勇气,而是小聪明和苟且之心。我所以不能去赞颂它,就是这个原因。

话再说回来,我所以认为自己绝无理由去非难P君一类人的处世之道,又不只是因为我相信,每个人都有权选择个人的生活方式,他人不能干涉,也是因为我看到,在环境险恶如彼的年代里面,P君以这样的哲学来自保,也是完全可以理解的。人总是生活在特定的社会里面,且由社会中去求生存之道。偷生的哲学也算是一种生存之道,问题是,偷生者可能卖身求荣,拿人格、尊严和原则去做交易。P君的所为至少不是去损害他人,这在他生存的环境里面,甚至是种可贵的品质。如此说来,我们对于他的吃亏的哲学似乎也应该加几句赞辞了。这真是令人悲哀的事情。

东方晚会

想不到最少乡土观念的我，在这除夕之夜也感觉百无聊赖，一个人在房里坐不住了。中国人到底是中国人。

为了逃避无聊，我临时决定和 Z 君夫妇一道去参加中国留学生的"春节晚会"。我们晚饭后去到会场，那里已经在跳舞，周遭摆放点心和饮料的桌子上面一片狼藉。坐下待大约半个小时，竟没有看到一张让人觉得愉快的面孔。无聊没有除去，反有一种庸俗气氛让人受不了。原本不该去的，这是自讨苦吃。于是我告别了 Z 君夫妇，先走了。

一周之后，法学院的东方留学生举行"东方晚会"，广告贴得到处都是。晚会由新加坡同学负责组织，安排在庞德楼二层的一个大厅里。那天去的人很多，热闹非常。自助餐的食品，由学生们提前备好，一个国家一道菜。我记得中国菜是一大锅"素什锦"，颇受欢迎。我因为排在末尾，居然就没有吃到。以前听人说，煮粥给美国佬，他们也要大加赞赏，但是这次有不少东方的美食家，所以我猜那道"大菜"的味道应该是不错的。晚饭后有文艺节目，也是"按国摊派"。先上场的是新加坡的"红绸舞"。跳得真不错,纯正的中国风,动作、音乐、服装,一色是传统,没有掺杂。这也难怪,舞蹈的姑娘是中国血统,虽然生在海外,却是受了中国传统熏陶的。这种海外的中国传统,与本土的相比应该只是小小旁支,但在有着特殊生活经验的我看来,却也够得上是"纯正"了。那晚中国学生的节目是男声独唱。唱得不坏,举止也还大方,只是全无特色。唱的是一支现在流行的中国歌曲,但跟刚才看到的"红绸舞"又很不相同。因为它属于驳杂不纯的一类,就像独唱者身上那套中国造的西装,亦中亦西,非驴非马。以往,我只注意到今天的中国人如何受传统的影响,可在这里,我却如此清楚地意识到,现代社会中背弃传统者,没有比我们更厉害的了。接下来是泰国和日本学生的表演,几个身着艳丽筒裙的泰国女孩子,带点羞涩地绕场舞蹈,动作优雅,但是简单易学,引得不少人加入进去。最后是一群着宽大布衫、头扎白布带的日本学生,吆三喝四地绕场而行,笨拙的动作像是祭神的表演,于是有更多的人加入进去,"台"上"台"下,闹成一片。这次晚会热烈而轻松,单纯而丰富,是我在哈佛见到的最成功的一次。

节目之后的舞会要一直延续到深夜,我又是提前离去,但这次是带了满意的心情。

在美国读丰子恺

赴美行前的最后一日，收到浙江文艺出版社 L 君寄来的《缘缘堂随笔集》。于是它随我飞越重洋，伴我度过在异国他乡的漫漫长夜。虽然案头常摆着荷马、柏拉图、柏克、梭罗，读得最仔细且感兴最多的，还是这本《缘缘堂随笔集》。这不独是因为，它是我行囊中唯一的一册中文书，更是因为，在这位前辈文化人的身上，我竟能够照见自己的影子。末了我发现，虽然时间有先后，机缘各不同，我们却是受了同一种精神资源的滋养，为了同一种价值而生活的。我们心性相近，心灵相通，原是一家中人。因为这个缘故，我心中子恺先生的形象，渐由仁爱的长者，变作亲近的师友，而经常地与他交谈、对话，也终于使我禁不住要提起笔来写点什么了。

大约四年前，偶然在一本文摘杂志上读到子恺先生为其画集作的一篇代序，题目是《给我的孩子们》。那是我认识子恺先生的开始。

这一篇序文写在 1926 年，其时，作者将入而立之年，已经是几个孩子的父亲了。他在这不过三千字的短文里面，为我们记录了孩子们的行状，展示了一个孩童的世界。在他眼中，这孩童的世界不但广大无边，而且竟是令人憧憬的黄金世界。孩童的真率、自然与热情，他们从事一切活动的认真和专注，他们的不肯承认失败而要为所有不能为之事的勇气和执着，以及，他们把每日的生活都变作游戏的创造和创作，令成人的世界黯然失色。只是，黄金时代不能永驻，每一个成人都有过这样的黄金时代，也都有过走出这黄金时代的经验。这种不可更改的命运预示了人生的悲剧性。"我的孩子们！憧憬于你们的生活的我，痴心要为你们永远挽留这黄金时代在这册子里。然这真不像'蜘蛛网落花'略微保留一点春的痕迹而已。且到你们懂得我这片心情的时候，你们早已不是这样的人，我的画在世间已无可印证了！这是何等可悲哀的事啊！"读到这里，早先因儿童天真烂漫的行状而生的欢喜，因作者委曲道来的幽默发出的微笑，都化作一种沉重，压在心头。我想，只有像子恺先生这样率真而不失童心的人，才可能发现如此广大的世界，才会对它热情礼赞；也只有这样一种真性情自然流露的文字，才可能具有如此动人的力量。

类似的文字，《随笔集》中还有若干篇，如《儿女》《作父亲》《送阿宝出黄金时代》《谈自己的画》，以及写得较晚而初衷不改的《我的漫画》，等等。还在旅途之中，我就挑着读了这些篇目。早先因了一篇短文对于子恺先生的印象，这时并不曾改变，而是愈加深刻了，丰富了。

人固然不能够回到过去，但是童心的有无与多少，无论对个人还是民族，又绝不是一件无关紧要的事情。它是一种尺度，可以用来衡量文明的生气和个人生活的价值。所可虑者，在我们的国家里面，孩子太少了。"成人们大都热衷于名利，萦心于社会问题、政治问题、经济问题、实业问题……没有注意身边琐事，细嚼人生滋味的余暇与余力，即没有做孩子的资格。孩子们呢，也大都被唱党歌、读遗嘱、讲演、竞赛、考试、分数等事物弄得像机器人一样，失却了孩子原有的真率与趣味。长此以往，中国恐将全是大人而没有孩子，连婴儿也都是世故深通的老人了！"这段写在四十年前的话，真像是对今人说的。

写在1936年的《家》，是一篇闲散的文字。作者把他在短短几日之内，由南京朋友家回到旅馆，从旅馆回到杭州别寓，又由别寓回归家乡的缘缘堂本宅，每一次转移的感想一一记述下来，无非是抒写家之于人的安适与恬然，以及人想要寻其归宿的天然本性。由这里，作者转入对人生根本问题的思考，意识到自己不过是"负着四大暂时结合的躯壳，而在无始以来种种因缘凑合而成的地方暂住"，实际上无"家"可归。既然无"家"可归，就不妨到处为家。作者于此心安，而妄念不生了。

子恺先生发出这样的感兴，自然是完全真实的，但这只是其心性的一面，是"暂时的出世"，不然，我们如何理解他屡屡谈到毁于战火的缘缘堂时的痛惜、激愤之情，又怎样解释他在当时和后来所写的许多对于故乡风土人情、物产风貌极尽热爱与眷念的文字呢？因为时代的变迁，身世的不同，在我身上最少乡土观念、家乡意识一类东西，但这并不妨碍我对于子恺先生的"思乡"寄予最深刻的理解与同情，也未能使我自己免于"家"愁的萦绕。

的确，我是理解子恺先生的，从他的"暂时的出世"，到他在尘世生活中欲加保持的"趣味"。

缘缘堂本宅建成后，子恺先生又在离家不远而"花样较多"的杭州租了一所房子作别寓。这在一般人看来纯属费钱、多余的举动，据子恺先生说，只是为了"调节趣味"。"趣味，在我是生活上一种重要的养料，其重要性几近于面包。别人都在为了获得面包而牺牲种种趣味，或者为了堆积法币而抑制趣味。我现在幸而没有走上这两种行径，还可省下半只面包来换得一点趣味。"这种想法最能得我的理解与拥护，不同的只是，当初子恺先生以半只面包换得的趣味，在今天的我却须付出高得多的代价而未必能够得到。因为这种不同，子恺先生谈到家，在亲切的亲友之外，多写熟悉的环境，住惯的房屋、用熟的器具，以及自己的书斋，手种的芭蕉、樱桃和葡萄。我的思家，只是独居家中的年轻妻子，和一群心性相近、趣味相投的朋友。物质的家的概念，在我几乎是个空白。

时代毕竟不同了。同是要保住一点人生的趣味，须要付出的代价却很不相同。尽管如此，我初衷不改，因为就是余下的一点趣味，在我也较另一种物质条件好些的生活更有价值。况且，我亦如子恺先生一样，时常怀有"暂时的出世"的念头。如此，则困窘生活中存留的那一点趣味，我和妻子还能够充分地体味，而不至为生活的艰辛所压倒。这就是为什么，那在过去几年里建立起来的小家，总能够唤起我温馨的回忆、苦苦的思念。这也是为什么，同样是对家的回味与向往，在我和子恺先生，内容上竟是那样地不同。

时代造就了这样的不同。倘子恺先生再世，大约不再会有不相识的路人因为听到他的名字而肃然起敬，他也不会在所到之处听人在身后悄悄相告"他就是丰子恺"了。这就是现今的时代。不复有"采菊东篱下，悠然见南山"的闲适，亦不保"谈笑有鸿儒，往来无白丁"的斯一陋室。子恺先生，你热爱的价值破碎了，你倚赖的秩序变换了，你还写得出这样闲散的文字吗？不过三年之后，因为日寇来犯避乱他乡的子恺先生，再写到故乡，沉郁之中，满是悲愤，哪里还有这份闲适与恬淡。然而，激愤之中，希望尚在。子恺先生坚信有重新收拾旧河山的一天。其时，子恺先生决计不能想到，家园的毁坏有甚于战火者。不幸，经历过战乱和背井离乡之祸的子恺先生，后来又亲历了一场更加深重无望的灾难。那场灾难所以更加深重，更加无望，是因为它纯由内部发生，带着命定的悲剧色彩。

毁于战火的缘缘堂可以再建，哺育了缘缘堂主人、庇荫了缘缘堂的"家"一旦失落，又到哪里去寻觅？可以想象，心性敏感、性情率真、执著于人生的子恺老人对此该有多少感慨与叹息。可惜，先生已去，不复得见，想要了解老人的心曲，只有往他晚年的文字里面去寻觅了。

《缘缘堂随笔集》最后十七篇均写于1972年，系作者生前未曾发表过的遗稿。把这组文字与前面的作比较，显见其文字更简练，心境更平和。十七篇皆叙旧之作，然不再言"家"，亦不再伤时感世。作者似乎生活在另一个世界里面，那些文章与其说是写给旁人看的，莫如说是老人回忆旧事的自言自语。正是读这一组文字，最让我动情。在述说旧事的平和里面，分明蕴含了子恺老人对于失去的家园的无限眷恋。在那超然的心境下面，我感到了太多的悲哀与怅惘。

子恺先生去了，留下与他同命运的我，在异国他乡的漫漫长夜里，一面读他的文章，一面空自思家。渐渐地，无限的惆怅占据了我的心。

究竟在哪里，寻回我失落的家园？

作者附记：
此篇写于纽约，因此在行文上与其他篇目稍异。

求 书 记

纽约求书记

4月返国，7月间，由海路运回的书到了。

把书迎了回来。堆得满床满地，我就坐在书堆之中，随意翻检。那情形，很像是旧友重逢。

这些书，尽是在纽约、剑桥两地所得。游学七个月，购书二百余册，平均起来，至少日得一册。书与我之间关系的密切可以想见。事实上，我熟知所有这些书的故事，因我自己正是这些故事中的角色。诚然，以我有限的知识，要讲关于这些书的故事，一定力不能逮，然而若只是作一角色的自述，却又不妨一试。求书的甘苦原是不分界域，凡读书人皆可以领略到的。

作为世界第一大都市，纽约是个充满机会的所在。书店及其种类的繁多自不待言，五花八门的经营形式才是它的特点。

在纽约期间，我住哥伦比亚大学学生公寓。这里虽然不是闹市，书店及常设的书摊却有十余处。书店有普通书店与旧书店之分，书摊亦有"桌摊"与"地摊"的不同，书贩中更有职业与业余的分别。至于书价，自然高低不同，未可一概而论。一般地说，二手书贱于新书，书摊书价低于书店书价。书摊之中,"地摊"最廉。这是因为,地摊的经营者多是无业穷汉,他们虽在售卖图书,但是既不懂书,更不爱书。只是想用不知从什么地方弄来的几本书换点零用钱。跟这种人,大可以讨价还价。只是,在这些时常经营各色破烂的小摊上面,好书总是少数。它们落到了这些全无爱书之心的人手中,又总是被杂陈于流行读物和劣质印刷品之中,一般地易于污损。因此之故,求书于地摊,只可偶一为之。

哥大一带有新、旧书店约七家。它们不愧是职业者所经营的,图书排列整齐,门类也相对齐全,有的书店还出售颇有年头的珍本、善本。这些书店里面,令我受惠最多的是设在一百二十一街和一百二十二街之间,一爿专营旧书的小店。那里的书质量不差,标价却不高。此刻摆在我案头的《爱默生文集》、《瓦尔登湖》(梭罗,兰登书屋现代文库本,1937年)、《法国革命随想录》(柏克,企鹅本,1973年)等不下二十册书,都是在那里购得的。这家店的老板兼伙计,一位中年男子,性情温和,彬彬有礼,熟谙书市行情。买他的书虽绝少还价的余地,却总是满心愉悦的。

哥大近旁可以一提的旧书店还有一家。这家店规模稍大,经营花样更多,颇见老板的创造力。其手法显见者有四,一是扩展营业于"门檐"(那"门檐"伸出数米至街面)之下;二是在邻街设"巡回"书摊;三是频繁改变门前图书的摆列次序;最后是每隔一段时间在门前"无偿图书"招牌下面扔上一堆年代不早不晚,内容难以归类的旧书。这位老板显然是行家里手,经他处理的"无偿图书",我在翻阅之后总是恭敬放还。初到纽约,我在此购得几部画册,事后略有悔意。

时间稍长,看破了老板的花架子,心下更不以为然。以后即使在它门前的廉价书堆里面披沙拣金,挑出一二图籍,也没有领情的意思。

有人把读书人逛书店比之于女孩子逛商场,这种譬喻十分贴切。女孩子逛商店首先是出于爱好,买东西倒在其次。读书人的出入书肆也是如此。倘佯于书林之中,取架上图书随意翻检,且行且读,这样的乐趣,决不亚于女孩子逛服装超市的欢喜。我相信,读书人经常置身书林,必定于身心有益,且不说,这一种有益的"运动"还可以让人大开眼界呢。

纽约城最大的书店位于下城,名"Barnes & Noble",建于 19 世纪末,是家老字号的书店。一条大道贯通南北,将这家书店一分为二,西面的一半专营降价书。距此不远而稍南,有纽约最大的旧书店,名"Strand"。说是旧书店,其中也经营降价新书。我在那里买作纪念的两本书,一册马丁·布伯的自传《相遇》(1973 年),一册《古代希腊的生活》(意大利,1986 年),均是装帧精美的新书。

走进这一类巨型书店,每每自觉渺小。世上既已有了这么多的书,我们又何苦经年累月,伏案苦思,在这书海之中添加只如滴水的一册?每念及此,益觉劳作的无益。然而转念再想,倘写作只是人生的需要,又如果这种努力竟能够在另一些人心中引发共鸣,何乐而不为?再退一步,不谈写的得失,读的价值毕竟永不可磨灭。想到此,复又心平气静,放脚行来,慢慢欣赏。这种"看"法,与其说是"逛"书店,不如说是"泡"书店。"泡",主要不是为了买书,或更经济地买书(这种地方无价可还),而在博览和观赏,虽然最后总忍不住在"以为纪念"的名目下为自己买几本称心的好书。我曾在"Barnes & Noble"觅得一册柏拉图、奥勒留和爱比克泰德的合集（哈佛古典丛书，1980年版），仿革硬面精装，三边烫金，书背书面均以金线勾勒，典雅之至，可作艺术品来欣赏。自然，像这样买书，买这样的书，在我只有屈指可数的几次，但是因此得享的乐趣，却是无穷无尽的。

读书人似乎没有例外都喜藏书，虽然未必是要做藏书家。记得有人说过，以为既有图书馆可以利用，则私人收藏大可不必，这样的人或者是不读书的人，或者是假冒的读书人。此话对极。书与读书人之间，实在有种说不清的关系。本来，这几年我身上求书的热诚已不比刚刚走出书荒那会儿的狂热（那种渴求之情只有亲历那个时代的人才可以真正理解），然而来到纽约，见闻所及，多少像是又一次走出书荒。再者，我的读书，多半出于一己兴趣，而不限于何种"专业"。因此，赴美之后求书的热诚并不稍减，反倒是愈加高涨了。

在国内买书，除经常感叹书劣、书荒，近年又加上了对物价暴涨的无奈。在美国，固然不敢放开了手来买书，但是至少不担心书荒。新书买不起，尽可以搜罗旧籍。只要是有心人，不愁得不到好书。在纽约，书店、书摊之外，图书的另一重要来源是书市。

教堂的贱卖，私人因迁居或清理房屋的处理旧物，都可能包括卖书一项，我统称之为书市。其方式是以广告公示于众，指定日期、地点售卖。这种地方所卖旧书，真正是纽约旧书市场上最便宜的一类。还记得有一次邻近一所教堂图书馆售书，我和另一嗜书的朋友整日泡在里面，收获颇丰。这里的旧书，多数为人捐赠，名曰旧书，未必破旧，许多书不见有人读过的痕迹，只是在架上放够了年头，新颜换了旧貌。我曾经花15美元购得一套1953年版、三十卷本的《大美百科全书》。在那上面，除了时光流逝遗下的痕迹之外，便什么都没有了。我并不怀疑那套书的主人乃是笃学之士，然而即便在买书之时是为了读书，后来却因了种种缘故，令书摆在架上变成为装饰的一种，在读书人也不是没有可能，况且，这只是一部当作资料使用的大书呢。

五个月的纽约之旅，贯穿了一连串与书有关的故事，要把这些故事一一讲述出来，怕读者也要嫌我琐碎了。

此刻，过去的一切都已变得遥远，恍若梦境。那是些美丽温馨的梦。每一次重温旧梦，都会令人感动。忘不了那许多个夜晚，桌前灯下，将一本本新得的书来过目，一面翻阅序、跋、提要，一面抚平折角，拂去灰尘。买到精致讲究的新书，更要把玩、欣赏。那一刻，总是一天里最平和、丰富的时候，心满意足，别无他求。不容否认，那一刻的快乐常常包含了因节省也许只是几十美分却到手一部佳作的小小得意在内。现在想来，当时那份得意未免有几分滑稽可笑。将这许多书搬运过海，送到地球的另一面，不独费时，而且破财，仅运费一项，就不知又可以买多少书了。这些，当时怎么就"忘"了呢？人说读书人"痴"，信然。

《地平线》

　　记不清早先在什么地方看到或听到过这个名字，只依稀记得是一种杂志，而且是颇著声望的一种。也许就因为这么一点模糊的记忆，那天在旧书摊上，我一下就注意到堆在角落里的这几本《地平线》（*Horizon*）。上前去拿起一本，倒像是旧相识一般。

　　这种杂志约八开大小，精装，又厚又硬的封皮上面，贴一张彩色图片作封面。翻开扉页，地平线上一只风帆胀满的双桅大帆船印在右上方，这是它的徽记。杂志的篇幅每册在一百二十页上下，其中，图片占据了很大的分量。在这些图片里面，最吸引人的是那些整幅的彩色插页，其内容多为美术作品，少数是照片。每一册里，这些彩页都有四十张左右，它们印制精美，色彩逼真，真让我爱不释手。起先，我想在十数本《地平线》中选出几种，可又觉得无论放弃了哪一本都很可惜，最后只好尽数买下，一共是十四本，其中，最早的一本 1960 年 11 月出版，最晚的则是 1969 年的冬季号。

　　因为对这种杂志有兴趣，所以想多知道一点它的情况。请教过几位熟人，有做大学教授的美国人，也有刚拿了博士学位的中国人。回答要么语焉不详，要么干脆是不知道，这自然很让我失望。后来，这十四本《地平线》和我在美国买到的其他书一道，漂洋过海运到北京，所有的书都上了架，唯独这一堆旧杂志令我为难。它们不但开本大，而且沉甸甸的，不知放在哪里为好。再往后，因为忙，难得拿它出来翻翻。直到不久以前，为要整理旧印象，才又把这些《地平线》连同其他旧物一起找出来。认真翻过几本，对它的概貌就有了更多的了解。

《地平线》最初在美国出版是在1958年。萧乾先生在《欧战杂忆》中曾提到40年代仍在英国出版的一份"重要文艺刊物《地平线》"，或者就是它的前身。《大美百科全书》1959年的年鉴记录了《地平线》在美国出版一事，说它是一种人文杂志，硬面精装，每年出六期。这样一段记录还是不能够让人满意。我查对了一些手边的资料，觉得可以再稍稍地作一点补充。

最初，《地平线》由隶属于《美国遗产》（开本、篇幅和装帧皆与《地平线》相仿）出版公司的美国"地平线"公司出版，1961年起，改由前者出版，同时，杂志每本售价也由原来的3.95美元上升到4.5美元。1964年，《地平线》由双月刊改为季刊，定价则涨到每本5美元。也是从这时开始，杂志上增开了编者言，栏目版式也有了变化，这样就突出了编辑的旨趣和它在编排上的风格。

《地平线》的栏目里面，广义上的历史占了很大的分量。"历史"和"考古"这些专门栏目就不必说了，其他如"艺术与建筑"、"文学"、"近代思想"、"观念"等栏目，也多从历史角度入手讨论问题。涉及现代生活的主要是"当代世界"

一类栏目。自然，这样的划分可能有些机械，事实上，《地平线》的编辑者对发生在当代的事情极为关注，他们甚至想要做现时代的预言者，而他们的偏重于历史，乃是出于这样一种信念，即越是了解了我们的过去，便越是能够意识到当下文明的特殊性格。所以从一开始，他们便扬起风帆向古代航行，既抱着同情的态度去研究各种类型的文化，又不失现代人的自觉，而要借他人（古人）的目光，审视自己（今人）的世界。这种文化襟怀最可以称赞的地方，是它反对伯特兰·罗素称之为现代社会缠人的谬误的狭隘历史观——"时代上的地方主义"（parochialism in time），即把现时代的偏见作为绝对的标准去评判历史。我们因为不满于现实的压迫，而把攻击的矛头对准历史，在影射中求情感的宣泄与心灵的平衡。这种做法或者可以有一时的效果，为长远的文化建设计，却是最最有害的。因为我们的褊狭使我们丧失了对于传统的理解，而丢弃了传统，便失却了文化重建的可能。只说文章的价值吧，倘能够怀着同情的态度去对待别种文化，以公允的立场去探究历史，文章的生命便可能久远。对我来说，手边这十四本 60 年代的《地平线》并不是文物，在那里面，总有一大半的文字是有价值的和不易过时的。我所以喜欢和看重《地平线》，这也是原因之一。

《地平线》后来的命运怎样，我不大清楚。在美国期间，我虽十分留意，但从没有看到过新出的《地平线》，只是有一次在书市上，发现有一二本 70 年代初的《地平线》，想必它已经停刊了。据说，像这样豪华考究的杂志，都是在五六十年代美国佬钱多得没处花的时候办起来的。在今天的杂志市场上，这样精致考究的杂志已然很难见到了。

《国家地理》杂志

好几年以前,在一部随笔集中偶然看到一篇介绍文字,说《国家地理》杂志历史如何悠久,内容如何丰富,印刷又如何精美,看得心向往之,可惜无缘读到。在中国,我想,大概专门的地理机构里面会收藏这种杂志,可事实上,这并不是只有专门家才感兴趣的专业刊物。《国家地理》杂志的订户遍于全世界,1980年,它每一期的销量都超过一千万份,世上哪有这么多的地理学家呢?

赴美前不久,又是在一个偶然的场合,我居然看到了《国家地理》杂志,并且不止一期。黄色的外框,套一幅彩色照片。正中上方,在两簇花叶之间,是美国"国家地理学会"(National Geographic Society)的徽记:一幅经纬分明的球形地理图。它的下面,大书的"National Geographic"和要目反白印在当期的封面照片上。翻开杂志,里面用厚磅的双面粉纸精印彩色图片,文字、摄影均属一流。即便是不通英文的读者,只看照片也会觉得赏心悦目。这些杂志的主人是一位美国朋友,我征得他的同意,剪下一张附在杂志里面的订单,为的是在美国时能够订阅一份。不过,我最终还是没有寄出这张订单。我发现，对于只作短期旅行的我来说，订阅倒不如直接购买来得方便。然而，最后我连收集这种杂志的企图也放弃了。《国家地理》杂志自1888年10月创刊，每月一期，到我访问美国期间，少说也出了一千二百期不止。只说市场上仍然可以见到的那些，数量也够惊人的，哪里收集得完，摆放得下。有心选些精品留作纪念，可是翻开来觉得期期都好，不舍割爱。就这样犹豫徘徊，差一点空手而还。幸运的是，我到纽约时，恰逢《国家地理》杂志创刊一百周年纪念，我不但参观了一个专门为此举办的摄影展，而且买到一册当年9月份出版的专号。这是《国家地理》杂志创刊百周年的最末一期。纯黄色的封面，衬出白、红、黑三色字体。封面正中，大书红字"100 Years"（一百年），下面醒目的黑体字记录了杂志创办人之一贝尔（Alexander Graham Bell）的一句名言，"报道这个世界并其中的一切"（Cover the world and all that's in it.）。这也正是《国家地理》杂志的宗旨和口号。

《国家地理》杂志由美国的"国家地理学会"创办。这个学会成立于1888年，是一个非营利的科学教育组织，以"促进和传播地理知识"为其宗旨。它自成立以来，支持了数百次的科学探险活动，对于扩充人类关于地球、海洋和宇宙空间等方面的知识，贡献极大。《国家地理》杂志的存在本身就是一个最好的证明。它在过去的一百年里，足迹遍于人类活动的所有领域，从极地到内陆，从海底到月球，从草原森林中残存的原始部族，到现代化都市中奔忙的人群，它不但记录了地理的概貌，而且记录了百年来世界政治、经济、历史和文化的变迁，记录了人类梦想和追求、失落与希望的百年历程。这样的内容，再加上印刷的精美、摄影的高超和文字的耐读，使它拥有大量读者，享有崇高声誉。

《国家地理》杂志的百年，恰好经历了三代人的历史。最先为它构想蓝图的，是美国科学家，大名鼎鼎的发明家亚历山大·G. 贝尔，他也是"国家地理学会"的第一任会长。接替他的，是他的女婿兼合伙人，编辑、作家和地理学家吉尔伯特·H. 格罗夫纳（Gilbert H. Grosvenor）。此人才干出众，最善于将蓝图变为现实，他可以说是杂志的建筑师。第三代传人梅尔维尔·B. 格罗夫纳（Melvill B. Grosvenor）是老格罗夫纳的长子，贝尔的外孙。不过，他接掌这个职位却不是靠裙带关系和运气，而是全凭苦干和才具。他从头做起，一步一步往上爬。到1957年最后被任命为学会会长和杂志主编时，他已年近五十六岁了。梅尔维尔精力充沛，知能善任，极富领导才能，他一直在精神上指导着《国家地理》杂志。当然，除了优秀的领导者，杂志的成功还须依靠一大批精明强干的编务人员。事实上，是所有那些编辑的热情、才干和献身精神支持着这项巨大的事业。往往在一幅或一组照片的后面，都有一连串离奇感人的故事。美国影片《鸽子号》记录了一个美国青年驾舟环游世界的故事，这个剧原来真有其事，而那次历时三年的成功旅行，正是在《国家地理》杂志的支持下完成的。可惜，影片只顾描写主人公的坚韧顽强，对那个抽烟斗的大胡子记者着墨太少了。

《国家地理》杂志的故事，这期9月号的特辑讲得很多。但是这期最特别的，是缩印了三百六十幅封面的，一共两个四对折的长衬页。在那上面，有1888年10月创刊号，有最早采用著名的黄色封面的1910年2月号和最先有封面插图的1942年7月号。在这三百六十幅封面里面，有自1942年7月以后附有图片的全部三百五十三个封面。这些封面以其独特的方式，令读者一目了然地看到了近半个世纪的人类历程，自然，最使我感觉亲切的是有关中国题材的照片：戏妆的女旦头像（1964.11），红小兵打扮的一群孩子（1969.10），满脸皱褶的西部老农（1980.3），怀抱小猪、喜气洋洋的四川养猪专业户（1985.9）……看到这些照片，就像是回顾中国社会刚刚走过的路程，让人不胜感慨。杂志社编辑威尔伯·E.加勒特（Wilbur E. Garrett）在配发的短文《黄色封面之内》中说，这些封面像是一面镜子，照出了国家地理学会这份杂志的生命历程。这一段话如果移用到它所记录的社会演进、文化变迁上面，也是一般合适的。

踏上归程的时候，我的行囊里面一共有三册《国家地理》杂志。跟我以前的期待相比，这自然差得很远，但是它们带给我的快慰，却不是可以用这册数来衡量的。

哈佛的书店

哈佛有许多可以夸耀的地方，哈佛周围书店之多即是一项。据说，哈佛广场一带书店的密集程度堪称世界第一。究竟是不是世界第一，我不敢断言，这里书店多而且密却是事实。如果要提供准确的数字，我可以告诉读者，哈佛广场名下共有大小书店二十五家，而那个著名的"广场"，不过是几条马路的交汇口罢了。

剑桥是座安静的小城，哈佛更处处透着庄重、高贵，就连这里的书店也大都充满安适与温馨。在这里，不但看不见由无业穷汉经营的街头书摊，甚至也很难见到"Barnes & Noble"那样的巨型书店。这里最大的一家书店坐落在哈佛广场一侧，占据了一幢三层大楼，但它并非独立经营的书店，而是所谓"哈佛库普"（Harvard Coop）的一部分。每逢开学，这里总挤满了选购教科书的学生。

离开喧嚣繁华的曼哈顿，在我可以说是一种解脱。尽管如此，在漫长的冬日，一味地闭门读书也不可取。风和日丽的周末，可以在查尔斯河边散步、沉思，而在更多阴冷、潮湿、雨雪交加的日子里，书店却是最好的去处。在那些温暖的屋顶下面，置身于书香和轻柔的音乐声中，你会陶然忘返。

起初，我只是沿着哈佛广场的辐射状街道，在书肆之间信步所至地"漫游"。不久，我得到一纸哈佛广场书店分布图，上面标有各书店位置，并附简介，使用起来十分方便。到哈佛未及一月，我就按图索骥，跑遍了所有书店。

二十余家书店，统统挤在方圆不过半里的狭小范围之内，如何经营实在大有讲究。既然街头叫卖、清仓处理都不是哈佛人的本色，大家只好划分地界，各图发展。历时既久，特色也就出来了。"七星"书店专营宗教和心理学类书；"格罗利亚"书店专营诗歌；"沃兹沃思"所有新书都打折出售；"企鹅书店"以企鹅丛书为主要经营范围；"哈佛出版社书屋"只售本社图书；"亚细亚书店"经营有关亚洲的书籍。此外，还有专门的外文书店、法律书店（"哈佛书店法律分店"）、科幻小说书店。至于旧书店，更是少不了的。当然，并非每一家书店都经营一个特殊的门类，但确实可以说，各家书店都有自己的特色。"哈佛库普"财大气粗，它的书店也最具规模，其中，教科书部占据了整整一层楼面，最引人注意。"库普"之外，"哈佛书店"也兼营一点教科书，但都是二手书，经营规模也要小得多。哈佛的学生换了一茬又一茬，教科书卖了一次又一次。许多书显见已是"三手"、"四手"了。比较起来，这种书总要便宜许多。尽管如此，大多数学生还是宁愿花多得多的钱去买"库普"里面那些贵得吓人的新书。这里书多，选择余地大，这大概是人们多选择"库普"的原因之一。不过据说此外又有一种原因：出版商为赚钱计，于每年再版教科书之际，总要在里面作些至少是技术性的改动，诸如调整页码等。这类改动虽然无关宏旨，却使得用旧版书的学生大为不便，结果，大家只好"舍旧逐新"，用钱来买方便了。据我推想，只此一项，"库普"就有大钱可赚，它就是靠了这许多求学者才发达起来的。话说回来，哈佛近旁的书店，哪一家不是靠了这满街的读书人来维持的？学生们入学、毕业，大量地买书、卖书自不待言；学者们著书立说，先是买了书店的书回去读，然后是把写就的书摆上新书架，用过的书送进旧书店，这样的循环往复，大约是没有止境的。哈佛办得下去，书店老板亦无须为饭碗操心。

以我在纽约买书的经验衡量，哈佛的书实在够贵的。三十二开的平装书多在每本 10 美元上下，精装本卖到三四十美元更是常事。至于旧书，多半是半价出售。其实，这原是美国书的寻常价格，并非哈佛书特贵。只是在哈佛，图书的经营方式相对单一，对于求书人来说，机会便不如在纽约那样多。这固然减少了选书的余地，但是这种减少，与其说是在书的类别方面，不如说是在书的价格方面。不能再随时随地买进来源不一、内容驳杂的廉价书，而必须在门类齐全的高质图书中间精心挑选，这种转变未尝不是一件好事。须知，世上好书实在太多，我们不但买不尽，而且注定读不完。因此，怎样买书和怎样读书，都是需要认真考虑的事情。

我想，世上的书大抵无外乎两类，一类是自在的书，一类是他在的书。自在者所指乃是自在者本身，他在者的言说却只是自在者的回声。自在的书是智慧的源头，他在的书至多只是智慧的流衍。意识到这一点，我们就会发现，真正值得我们去读的书并不是很多。自在之书、智慧之书，毕竟总是少数。

什么样的书可以算是自在之书、智慧之书,这是还不曾完全解决的问题。不过一般地说,选择那些历经磨难留存下来,时间流逝亦不能使之褪色的"经典",总是大体不差的。

我在哈佛买的第一本书是柏拉图的《理想国》(企鹅本,1987年),尽管此书的中译本我已经有了。在被译成现代英语的西方古典名著当中,这一本书所拥有的译本的数量大概是最多的。而我单单选中收入"企鹅古典"的这一种,却是有多种原因的。首先,"企鹅"版书质量可以信赖。收入其中的古典译本,例皆出自专门家甚或著名古典学者之手,书前长序,亦非泛泛之作。比较起来,西方古典凡译为中文的,质量也都不差,问题在于,我们就西方古典所做的研究,无论深度还是广度,比较西方自己的研究,到底不可同日而语,单是为了补阙,也不能不注意这些现代英语译本。在这方面,也可以见出"企鹅古典"的另一个优点,那就是它选收范围的广泛。无论译本与原本之间,客观上存在怎样难以弥补的不足,对于大量不谙古典语文的现代读者,这些译本的存在的确功德无量。最后,企鹅丛书还以它的低廉价格吸引大量读者。说到底,企鹅丛书以大众为对象。平装本的大量印行,使其价格保持在一种相对低的水准上面。就说柏拉图的《理想国》,此书企鹅本自1955年印行,迄于1987年,在三次修订、两次再版之外,几乎每年都要重印,有时在一年之内竟重印两次。大批量印行和价格优势确保企鹅书标遍及世界的各个角落,它的一个附带结果,则是因供过于求造成的减价出售。在哈佛期间,我买到一批半价出售的"企鹅古典",其中，大部分是新书。经济规律真是无情。

哈佛大学出版社书屋是我时常光顾的地方。这里的书量少而精，更有一角半价书柜可以吸引我。差不多每天都有些书因为破损或滞销被从新书架移到这一角来。书的滞销可以有种种原因，泛而言之都是供过于求。阳春白雪，和者盖寡，就是下里巴人，印得太多也会滞销。每每看到真正的好书因为不好卖而降价，心情总是复杂的。一方面，书好而价廉，对于我等读书人而言诚为乐事，但是另一方面，书若是格调太雅而无人问津，也令人感到遗憾和惋惜，若好书印得太多而贱卖，甚至让人心生凄然之感。书籍原本是人类精神财富的载体，但书之为物，却不只是精神性的，它也是商品，尤其是在当今社会，商业原则无所不在，书籍的商品属性也更为显著。出版、经营者要服从商业规则，这也不必说了，他们原本是商人。写书、译书的文人学士又怎样？他们也不能无视商业社会的法则，更不用说，他们中间有很多人写作的主要目的甚至全部考虑也是商业性的。就是那些一心追求精神目标的人，也需要借助于商业的手段来实现其梦想。这都是无可奈何之事。

初春时节，乍暖还寒时候，我中止了在哈佛的访学，预备离去。临行之日，天气晦暗，烟雨迷茫，我没有忘记与哈佛道别，与哈佛的书店道别。在结识不久但已十分熟稔了的哈佛大学出版社书屋，我买了一册以12世纪欧洲文化复兴为题的论文集。这是一本将近八百页的大书，也是我此次哈佛之行得到的最后一本书。对于就要离开哈佛、离开美国的我，恐怕没有比这更好的纪念了。

阿瑟·拉克姆的童话世界

圣诞节前后，沿着百老汇大道或左近的其他大道往下城去，到处都有专售儿童读物的小书摊。那里摆的书印得漂亮，装得考究，设计也精致，特别是一些著名的童话书，里面附了美丽的插图，让人爱不释手。然而，我当时虽有犹豫，却没有选一二种买下，既然书这么多，何不等等再说？没想到，这一念之差，后来令我后悔不已。

三个多月以后，我又回到纽约，准备从那里飞回北京。行前的几天，我拉了朋友Y君专程往下城一游，想带回几本我那么喜爱的童话书。我们没有坐车，为的是求书的方便。想不到沿街走了很久，几乎望穿双眼，也没有见到一家这样的书摊。我灰心至极。然而，就在我意气消沉到了极点的时候，运气来了。记不清是在第七大道的麦迪逊广场花园，还是在靠近第五大道的先驱广场（Herald Square），总之是在那一带，紧挨广场的路边，有一个临时铺开的廉价书摊。在那些内容驳杂的书堆里面，我终于发现了我们搜寻半日而不见的图籍：有英国历史传说，英国诗歌，还有《格林童话》和其他著名的童话故事集。所有的书都是精装，彩色封套，里面配了不少插图。我把它们一股脑儿取下来抱在怀里，真是如沐春风。启程的时候，我没有把它们放到大宗的书里托运，而是放入衣箱带在身边。回来后，有些书送了朋友，现在手边还有三本，一本是 F. T. 帕尔格雷夫（F. T. Palgrave）编的《英诗金库》，一本《格林童话》，还有一本是阿瑟·拉克姆（Arthur Rackham）的童话。

F. T. 帕尔格雷夫姆（1824—1897）是牛津大学的诗学教授，他编的这本英语诗集非常有名。我手里的这本依据的是1907年的本子，1986年由英国兰姆波尔书屋出版。书中配有大量插图，其中四十九幅全页插图尤为悦目。这本书国内出过两卷本的英汉对照本，我过去在一个朋友家里看到过，印象中似乎没有插图。以往的中国书，包括古书，往往图文并茂，只是这几十年风气大变，再少见到插图书籍，即便是译著，出版时原书插图也往往被略去。这种情形，有点像出版学术书（尤其是译著）时砍掉原书索引一样。大约在编辑或出版者的眼里，插图和索引即便不是累赘，至少是可有可无的附属之物。他们的这种态度实在让我觉得奇怪。因为事实上，文艺书中的描图不但是独立的艺术创造，而且往往成为原著精神的一种表现，而在某些特殊领域，比如童话书里，插图可能创造出一个新的世界。手边这本阿瑟·拉克姆的童话，实际上是本童话集。拉克姆则是一位杰出的插图画家，他也是个英国人，也生在19世纪（1867—1939）。他很早就出了名，但是他最好的作品主要是在20世纪创作的。他曾经为许多著名的童话作插图，作品很多。这本《阿瑟·拉克姆插图本童话》收彩图八幅，黑白插图五十三幅。说起来不算多。碰巧的是，同时买到的那本《格林童话》，插图也是由拉克姆所绘，这本书里的彩色插页达到四十幅，加上黑白插图则逾百幅。这个数量足以让人对拉克姆有比较充分的认识了。拉克姆的插图，我最喜欢彩色的部分。他善于使用柔和的蓝色、绿色和金棕色，画面的基调尤其让人着迷。他喜欢古典的童话，而他的画也带了一种古典风，韵味十足。要问他的画会把人带到什么样的意境里去，那要读者自己去体味，有一点可以确定，同样是《格林童话》，只读文字和图文并读，得到的印象以及由此激发的想象和感受肯定大不相同。语言引发的想象和图画激起的不会完全相同，而好的插图也和好的童话一样可以成为艺术中的佳品。格林兄弟的童话创造了一个世界，拉克姆那些美丽的图画也创造了一个世界。我想，在现在和将来一代又一代读过拉克姆插图本童话的人的精神世界里面，拉克姆是和那些童话作者一样重要的创造者，而人们也一定会怀着同样的感激之情记住他。

先驱广场

后　记

前年夏天，浙江文艺出版社的李庆西君到北京来参加"学术小品丛书"发布会，我们见了一面。他知道我就要赴美访学，便约我回来后为下辑"学术小品丛书"写点什么。这即是本书的缘起。

旅美七个月，匆匆去又归来。平日的闻见所思，拉拉杂杂记了半个日记本，却一直无心整理，直到两个月前，终于在李君的催促下着手去做这件拖了很久的事情。李君的催促使我不致因为行事拖拉，半途而废。这本小书的写成，首先是要感谢他的。

本书篇幅虽小，但要在一个多月的时间里面写毕抄竣，在我仍为难事。幸亏有我妻莽萍女士帮助。她除亲手抄录部分文稿之外，还认真看过全书，代为增补缺字，改正错误，而她就修改文稿提出的建议更让我受益。

这本小书主要基于旅美日记写成，旧文的痕迹在现在的篇目里还保留了一些。日记体的好处是平易，但是处理不好便是啰嗦，但愿本书没有那样的问题。手稿完成之后，我又匆匆地翻阅了一遍，我的印象是，其中有些篇目，倘若写得更从容些，或者较读者现在所看到的更丰富些，只是，事情终究不能无止境地拖下去。如果这本小书终能把我那七个月里的闻见和感受传达于读者，我也就十分满意了。

1990 年 12 月 25 日